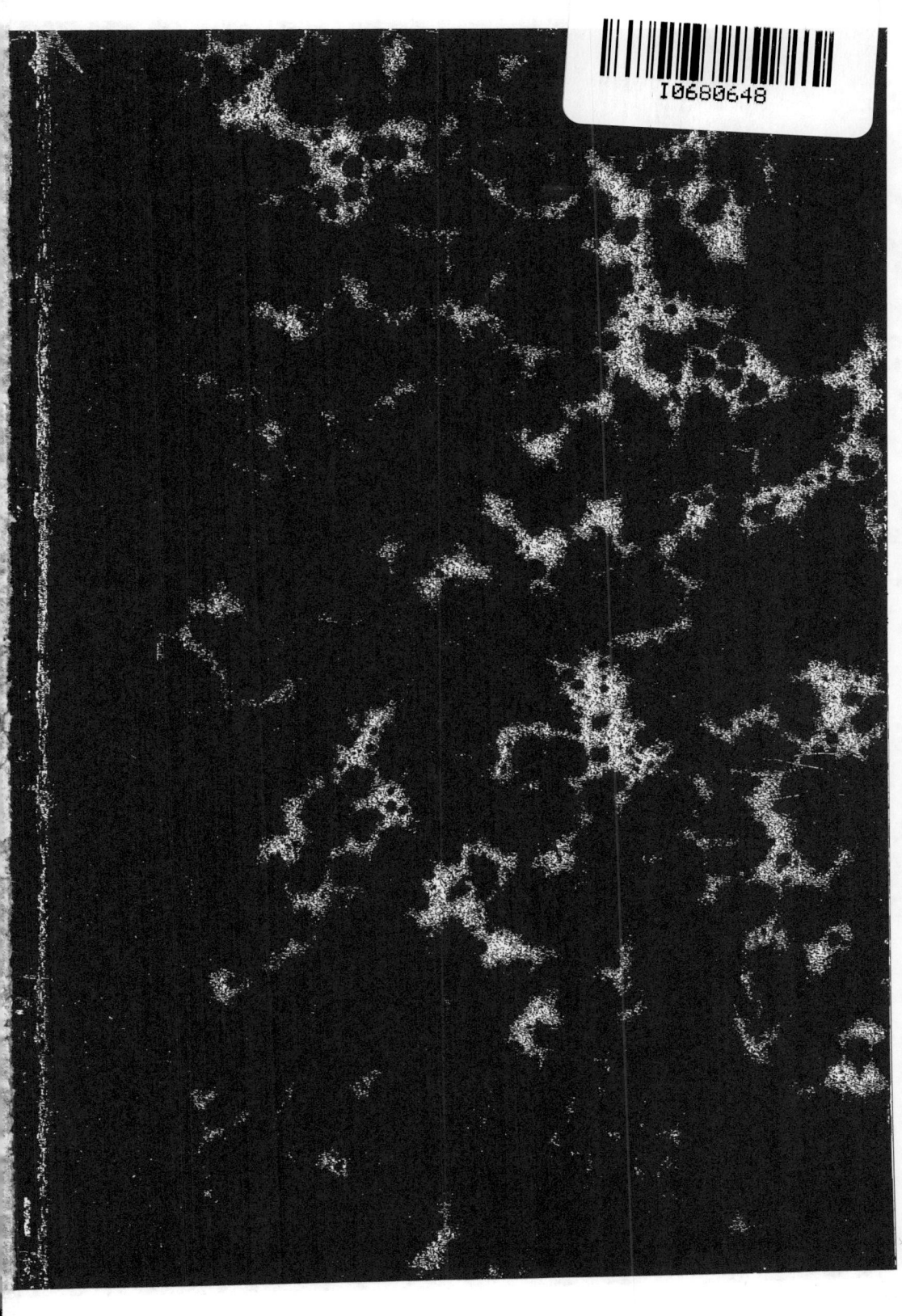

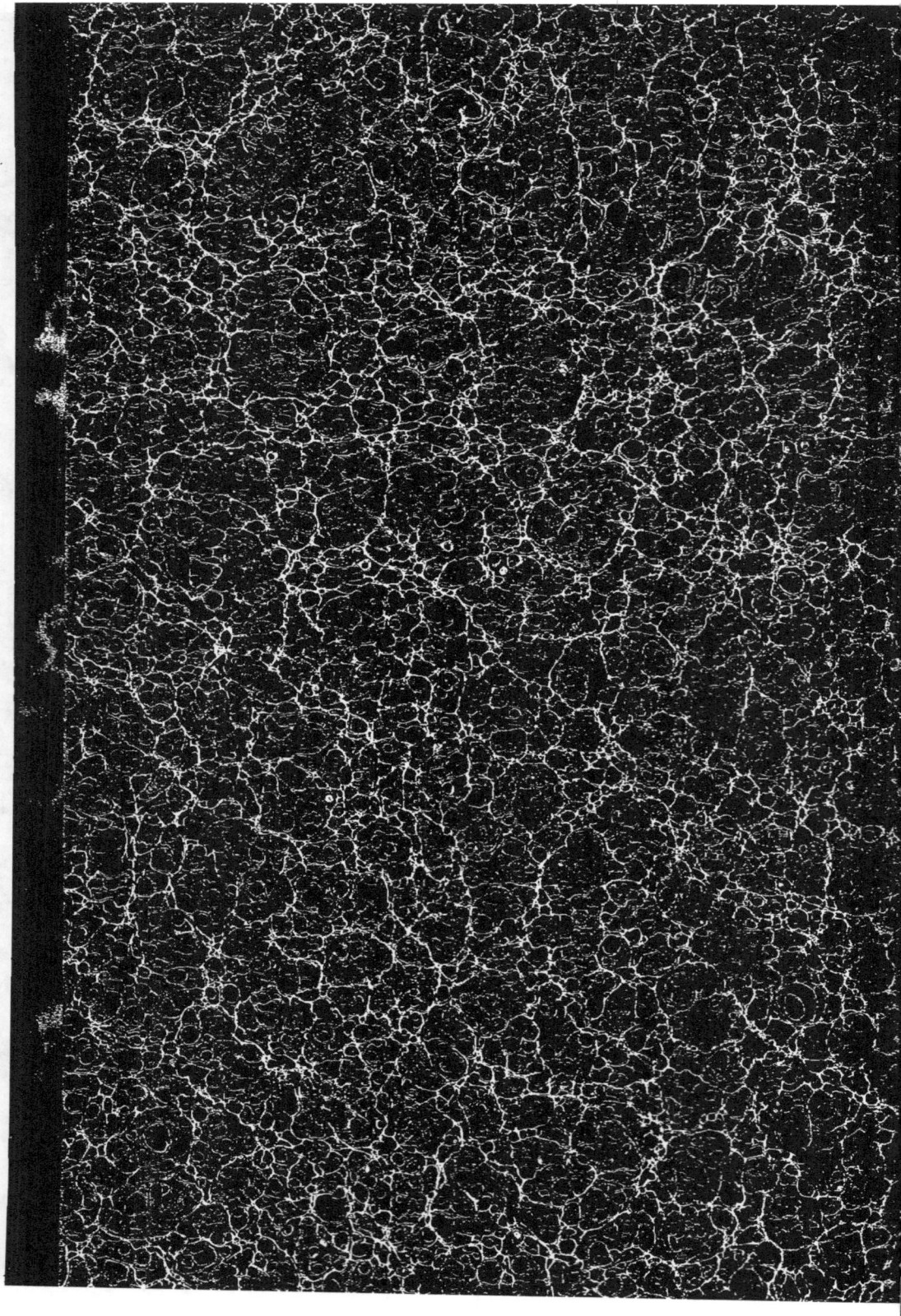

DE

LA MONARCHIE

FRANÇAISE.

IMPRIMERIE DE CABUCHET, A BESANÇON.

ON TROUVE CHEZ LES MÊMES LIBRAIRES,

DE LA MONARCHIE FRANÇAISE, depuis son rétablissement jusqu'à nos jours, etc., etc., 3 vol. in-8°.

DE
LA MONARCHIE
FRANÇAISE,

DEPUIS LE RETOUR DE LA MAISON DE BOURBON,
JUSQU'AU PREMIER AVRIL 1815.

CONSIDÉRATIONS SUR L'ÉTAT DE LA FRANCE A CETTE
ÉPOQUE; EXAMEN DE LA CHARTE CONSTITUTIONNELLE,
DE SES DÉFECTUOSITÉS, ET DES PRINCIPES SUR LESQUELS
L'ORDRE SOCIAL PEUT ÊTRE RECOMPOSÉ.

PAR M. DE MONTLOSIER.

Multa dies, variusque labor mutabilis ævi,
Rettulit in melius, multos alterna revisens
Lusit, et. . . . .

SECONDE ÉDITION.

PARIS,

H. NICOLLE, à la Librairie stéréotype, rue de Seine, n.º 12;
A. ÉGRON, Imprimeur, rue des Noyers, n.º 37;
DELAUNAY, Libraire, au Palais-Royal, galerie de bois.

M. DCCC. XVII.

AVERTISSEMENT.

———

J'AI publié sous le règne de Louis XVIII, trois volumes de la Monarchie Française, composés sous l'Empereur Napoléon. Ma destinée, aujourd'hui, est de publier sous l'Empereur Napoléon, un ouvrage composé sous Louis XVIII. Cet ouvrage qui traite spécialement de l'état de la France depuis le retour de la Maison de Bourbon, avait été livré à l'imprimeur dans les premiers jours de mars; il devait être publié dans les premiers jours d'avril. On comprendra facilement que les événemens aient mis quelque retard à sa publication. Je ne crois pas avoir besoin de prévenir que le changement de choses n'en a point apporté à l'ouvrage. Le public peut être sûr que dans le fond, comme dans la forme, il est publié aujourd'hui tel qu'il a été composé.

Cet ouvrage est divisé en deux parties. La première comprend l'analyse de la Charte constitutionnelle, celle des autres institutions de la France, ainsi que de leurs défectuosités ; la deuxième partie comprend l'exposé des principes sur lesquels l'ordre social en France me paraît devoir être recomposé.

Je ne sais pourquoi je persiste à publier

aujourd'hui un ouvrage que les derniers événemens me paraissent avoir rendu tout-à-fait
inutile. Ces événemens ont pris de plus en plus
un caractère menaçant. Quelle qu'en soit l'issue,
la France me paraît reportée tellement en ar-
rière de toute espérance d'ordre et de paix, qu'il
m'est impossible de rien prévoir aujourd'hui de
ses destinées.

Certes, ce n'est pas moi qui ai pu m'étonner
d'un changement de scène. Je l'ai assez annoncé.
J'admirais l'inconcevable sécurité de ces princes
qui se croyaient établis bien paisiblement sur
un sol qui, par beaucoup de fautes, s'abîmait
chaque jour, et s'écroulait. Personne n'a plus de
penchant que moi à reconnaître ce qu'il y a de
grand dans le génie de Napoléon. Cette fois cependant ce génie n'a consisté qu'à voir ce qui
se passait. Il lui a été facile de venir se remettre
dans une place dont un ouragan l'avait écarté,
mais qu'une mauvaise politique ensuite et de
mauvaises mesures, sont venues lui arranger de
nouveau et lui restituer.

En portant mon attention sur cet événement,
je n'examinerai, pas plus que je ne l'ai fait dans
d'autres circonstances, les intérêts particuliers
de respect, de dévouement, d'affection, qui
d'un côté ou d'un autre peuvent s'attacher de
préférence à tel ou à tel nom, à telle ou telle
famille. Celui par qui les rois règnent, peut
faire succéder quand il lui plaît un prince à un
autre prince. Il met ainsi un Charlemagne à
la place d'un Clovis, un Capet à la place d'un
Charlemagne, un Brunsvick à la place d'un

Stuard. Il mettra de même s'il le veut, un Napoléon à la place d'un Louis XVIII ; je n'ai qu'à m'abaisser devant sa volonté et à m'humilier. Toutefois dans ces grands changemens, lorsque la Providence les destine à être stables, je vois qu'elle a soin de les mettre en harmonie avec l'ordre établi des sociétés ; ce n'est pas en bouleversement alors, c'est en réparation et en protection qu'elle les fait naître. Sous ce rapport, j'examinerai volontiers le dernier événement de la France.

Entrant dans les ébauches de Louis XVIII, de la même manière que Louis XVIII était entré dans les ébauches précédentes, si l'homme qui s'est remis à la tête de nos destinées, avait eu pour principe d'ordonner et de réparer, de conserver et d'améliorer, je pourrais dire, voilà un pas de plus vers la réhabilitation d'un ordre social, et concevoir relativement à nos bouleversemens passés des espérances favorables. On n'a pas eu cette pensée. Des desseins que je ne sais comment caractériser, ont porté à changer de nouveau et à bouleverser. Loin de nous donner un ordre social, on a cru devoir nous replonger dans le chaos.

Peut-être a-t-on cru en cela même se conformer au vœu du peuple français. On s'est mépris. Le peuple français était mécontent : cela est sûr. Mais c'est moins de ce qui existait, que de ce qui se préparait. L'air d'insulte avec lequel des hommes ressuscités jouissaient du présent, l'air d'insolence avec lequel ils montraient l'avenir, voilà ce qui a pu avec raison appeler les

mécontentemens. La présence d'un homme extraordinaire sorti de la révolution, représentant
de tout ce qu'elle peut prétendre d'avantages et
de conquêtes, suffisait pour dissiper ces nuages.
Relativement à certaines concessions, comme
elles n'étaient pas son ouvrage, aucun reproche
ne pouvait lui être fait. Il pouvait faire profiter
de cette manière à la consolidation des rangs
sans lesquels il n'y a ni ordre civil, ni cadre social, une démarcation qui était toute faite. Il se
trouvait ainsi en harmonie avec les anciennes
mœurs de la France, avec ses anciennes traditions, avec ses anciens souvenirs. Il se trouvait
de même en harmonie avec tout l'ordre de
civilisation qui est établi en Europe depuis le
commencement du monde.

Au lieu de ce plan simple et modéré, on a
préféré de déclarer la guerre, d'un côté à la
moitié de la France, d'un autre côté au monde
entier. C'est bien d'évoquer l'enfer, si le Ciel
refuse de venir à notre secours. *Flectere si
nequeo superos, Acheronta movebo.* Mais ici
certainement le Ciel ne refusait pas... Et quoi!
sans nécessité, comme sans motif, on appelle
sur ce pays à peine échappé au chaos et au
bouleversement, un nouveau chaos et un nouveau bouleversement! On présente de nouveau
à la France comme aliment la révolution qu'elle
a vomie; on invite à ce festin tous les souverains de l'Europe; on prétend ainsi obtenir
partout l'amitié et la paix!

Qui pourra croire jamais que les décrets de
Lyon, les proclamations, sur-tout cette inconce-

vable déclaration du Conseil-d'État, aient eu un objet pacifique! Et puis la résurrection officielle du dévergondage révolutionnaire sous le nom de club et de fédération; le soulèvement universel de toutes les passions, de toutes les cupidités et de toutes les vanités; la France entière se présentant de nouveau comme en 1789 au premier voulant, au premier occupant: si cela est du sublime, il est complet, rien n'y manque. Cependant où prétend—on aller?

Quand on remue la vase des marais Pontins, on en voit sortir aussitôt des serpens et des couleuvres. Quand on remue la vase d'une nation, on en fait sortir de même des ordures et des vices. Céux-ci répandent partout des semences d'incendie et de meurtre; qu'on se rassure, nous disent ceux-là : la terre d'aujourd'hui n'est plus comme celle de 1789, préparée pour les recevoir.

Au milieu d'un appareil d'horreur combiné énergiquement avec un appareil de force; au milieu des cris d'appel qui se font d'un côté aux peuples de l'Europe, d'un autre côté, aux peuples des faubourgs : c'est dans cette bagarre, que des hommes d'un grand talent et d'une intention droite, sont appelés à libeller des articles constitutionnels. Le soin que ceux-ci mettent à dresser ces articles, le zèle que ceux-là mettent à les discuter et à les défendre, la bonhomie avec laquelle d'autres croient à la stabilité de ces nouvelles tables produites tout à coup dans une tempête : au milieu de tout ce spectacle ma pensée s'abîme et se confond.

Certes s'il ne fallait qu'examiner méthodique-

ment cette production à laquelle il plaît à quelques personnes d'attacher nos destinées, je de-
vrais convenir qu'en beaucoup de points, elle
porte l'empreinte des mains savantes qui y ont
participé. Une Chambre de pairs héréditaires,
une liberté pleine de la presse, une augmenta-
tion de nombre dans la Chambre des députés,
sont des avantages que je me plais à reconnaître.
L'hérédité de la pairie ne suppose pas seulement
des lumières dans ceux qui l'ont proposée ; elle
suppose aussi du courage ; car avec le tour qu'a
pris l'opinion et la situation générale de la
France, je doute, d'un côté, que cet avantage
puisse être compris ; d'un autre côté, qu'il
puisse se réaliser.

C'est tout ce que je puis dire à l'avantage de
cette nouvelle production ; car si je veux, après
cela, arrêter un moment mon attention et sur
l'institution de la Chambre haute, telle qu'elle
a été conçue, et sur les attributions et les fonctions qui lui ont été faites, je ne puis m'empêcher de dire que sur ce point rien n'a été convenablement aperçu. J'en dirai autant, soit de
l'initiative partagée entre les Chambres et le
chef du Gouvernement, soit de l'envoi qui doit
leur être fait de ministres ou de délégués intrus.
Ces défauts qui sont importans le sont bien
moins encore que le manque de connexion de
ces lois politiques, avec le mouvement de l'ordre civil. On ne sait pas plus dans cette Charte
que dans la précédente, ce qu'il faut penser de
la maison, de la corporation, de la cité. On
n'y trouve rien de cet ordre élémentaire social

d'où sortent, ainsi que je l'ai montré, les premiers et véritables droits du citoyen. Ces vices, qui sont les mêmes que ceux de la Charte de Louis XVIII, sont notés dans cet ouvrage. Ici seulement, ils sont renforcés par la confusion prononcée ou supposée de tous les rangs et de toutes les classes, et par conséquent, par l'impossibilité d'établir la moindre forme sociale.

Je désire me tromper; mais, dans cette Constitution, où les autres voient un plan de liberté, je ne puis voir, moi, qu'un plan de campagne. Ce plan a dû être de mettre toute la France en élémens d'attaque, tandis qu'en même temps on mettrait toute l'Europe en élémens de révolte. Cette manière de dépenser pour un objet particulier une nation entière, et de la tenir, à cet effet, en état de dissolution, selon le principe : *corpora non agunt nisi soluta*, peut avoir pour cet objet de la grandeur et du génie. J'y cherche seulement, pour ce qui me concerne, la liberté et la patrie.

Je n'ignore point que, selon le langage de quelques personnes, il faut donner le nom de France à je ne sais quel pays, où les soldats règnent, où les citoyens sont en effroi, où tout est compté par le nombre, où tout est livré à la force, où tous les rangs sont en confusion, toutes les opinions en délire. Quelque nom qu'on veuille donner à un tel pays, je puis dire, au moins, que ce n'est pas un pays civilisé. Je dirai de même que ce n'est pas la France. Les pierres qui tombent de la lune me paraissent tout anssi françaises que des hommes de deux jours, qui n'ont ni père, ni mère, ni enfans, ni petit-fils, qui appellent monstruosité tout ce qui existait avant eux, sublime tout ce qui a été fait par eux, national tout ce qui a été imaginé depuis Roberspierre jusqu'à eux. Comme ces hommes ont déjà changé le nom de nos provinces, ne pourraient-ils pas de même emprunter le nom de quelque peuplade du désert? Qu'ils ne prennent pas, au moins, celui de Tartare; car les Tartares qui, à plusieurs reprises, ont conquis la Chine, en ont constamment respecté les mœurs.

Quelques personnes ont la bonté de croire à un nouvel ordre social. Je suis bien plus disposé à me croire à la fin de toutes choses. Mon attention se porte vers le dénouement qui est destiné à cette crise; car, si ça n'est pas beau, c'est au moins un spectacle très-curieux pour moi, que cette guerre déclarée à tout l'ordre social de l'univers. Il me semble que c'est quelque chose comme si les jeunes gens étaient appelés à massacrer les vieillards, les enfans à tuer leurs pères; car c'est bien, en réalité, la France nouvelle qui s'excite à assassiner une seconde fois la France ancienne, sauf à calculer ensuite, bien froidement et bien méthodiquement, comment elle pourra parvenir à en faire disparaître les traces.

Au milieu de ce mouvement, par lequel une classe d'hommes s'efforcent à effacer dans l'Etat une démarcation de rangs qui leur est importune, ce qu'il y a d'admirable, c'est l'air de bonté avec lequel ils vous exhortent à vouloir bien accepter à leur profit votre dégradation et la dégradation de vos familles ; ce qu'il y a d'admirable, c'est que ces mêmes hommes qui se pressent à vous dépouiller de la considération dans laquelle vous êtes nés, avec une rage qui prouve l'importance qu'ils y attachent, vous reprochent sérieusement, comme de la vanité, l'importance que vous y attachez vous-même : semblables à ces anciens voleurs de la forêt de Bondy, qui, après vous avoir dépouillé de votre argent, vous reprochaient votre avarice.

Quelques personnes se rassurent sur l'absurdité de ces doctrines. Je ne partage en aucune manière leur sécurité. Qu'on ne croie pas que ce soit peu de chose, qu'une nation placée ainsi dans l'absurdité. Il faut frémir de la réunion de ces deux choses : l'absurdité et la force. La force s'impatiente d'abord contre un objet qu'elle ne peut atteindre ; ensuite elle s'irrite. Dominateurs de la France, aujourd'hui vous n'êtes qu'absurdes, demain vous serez impatiens ; après demain, vous serez féroces !

Telles sont, dans ma carrière politique, ce que je puis annoncer d'avance comme mes dernières paroles. Triste du mal que je prévois, impuissant pour le bien que je désire, faible et déjà avancé en âge, je désire terminer par un peu de repos une vie que je n'ai point épargnée, mais que je n'ai pu rendre utile. Les temps actuels sont difficiles. Je dois dire plus, ils sont impossibles. Mais d'autres temps surviendront, et peut-être alors on reconnaîtra la vérité des maximes suivantes :

1.º Je crois qu'un peuple n'existe pas seulement au moment présent; mais aussi dans la succession des âges, c'est-à-dire dans le passé et dans l'avenir, dans ses traditions comme dans ses espérances, dans ses espérances comme dans ses souvenirs, dans ses mœurs encore plus que dans ses lois.

2.º Je crois qu'un peuple ne se compose pas seulement d'individus, mais sur-tout de familles, que ses lois doivent se faire dans l'intérêt des familles; que les premiers élémens d'un État sont la maison, la corporation, la cité,

3.º Je dois croire qu'un fils succède naturellement à son père; car je vois qu'il succède à ses traits, à ses défauts, à son caractère, souvent même à ses infirmités. Je crois que la femme qui est une partie de l'homme en état de famille, partage la considération de son mari; que s'il y a dans l'État un homme qui s'appelle Empereur, sa femme doit s'appeler Impératrice; que ses enfans partagent, même de son vivant, sa considération et son rang; et que la succession des rangs fait la première partie de la succession des biens.

4.º Je crois que ce qui est réglé ainsi par l'ordre naturel, est encore plus commandé par l'ordre social; je crois qu'il y a des choses qui ne peuvent absolument être payées en argent, mais seulement par l'honneur; je crois que dans l'administration, dans la magistrature, dans l'armée, on ne peut solder que par l'honneur et d'une manière héréditaire les services et les sacrifices publics.

Relativement aux grandes crises des États, je crois qu'il est du devoir d'un honnête homme de s'opposer de toutes ses forces à une révolution lorsqu'elle se déclare; mais une fois effectuée, c'est-à-dire lorsque vainement combattue elle s'est érigée tout-à-fait en ordre établi, je crois que la sagesse est de s'y ranger, de s'y coordonner, d'y porter l'esprit d'oubli, de condescendance, de sacrifice. Je parle de sagesse. Je crois que c'est encore un devoir; car un honnête homme doit avant tout s'occuper de la conservation de son pays. Les États ne se conservent pas seulement par la justice, ils se conservent aussi par l'ordre.

Appliquant ces principes à la révolution française, je crois que l'irrévocabilité des ventes nationales, celle de l'abolition des dîmes, des cens, de tout ce qu'on appelle droits féodaux, c'est-à-dire l'allodialité entière, l'indépendance entière des personnes et des possessions, doivent être consacrées. Je crois qu'il en est de même de l'admissibilité à toutes les places, sous les conditions diverses de capacité; telles qu'elles auront été légalement et convenablement consacrées. J'en dirai autant de la liberté individuelle, de l'abolition des ordres arbitraires, de la liberté pleine de la presse, de la responsabilité des ministres et de la permanence d'un Gouvernement représentatif.

Pour consolider ces avantages, pour y attacher toutes les opinions et tous les partis, tous les événemens et tous les bouleversemens, je crois qu'il faut y intéresser tous les droits, toutes les espérances, tous les rangs; et à cet effet je crois qu'il faut adopter un procédé qui mêle ensemble d'une manière honorable, et avec le moins de sacrifices possibles de part et d'autre, tout ce que la France ancienne et la France nouvelle ont eu également d'important.

Telle est la somme de principes qui a dirigé constamment ma conduite depuis la révolution, et à laquelle je ne puis renoncer sans renoncer à ma conscience même. Si ces principes sont faux, je n'ai qu'à me retirer de la société des hommes; car avec toute ma raison, je ne puis comprendre comment ils sont faux. Si au contraire ils sont vrais, toutes les passions de la France réunies ne pourront les effacer. L'Italie assemblée avec son pape et ses cardinaux, peuvent prendre de force la tête d'un homme et la courber jusqu'à terre. Il se relève bientôt en s'écriant : *Et pourtant la terre tourne.* Après avoir provoqué au milieu d'un peuple aigri toutes les irritations et toutes les jalousies, on peut en faire sortir une grande assemblée, et appeler en délibération cette assemblée. Quels que soient ses décrets, elle ne parviendra pas à changer la nature des choses. Avec sa puissance, elle pourra courber un moment quelques têtes : ces têtes se redresseront bientôt après, en criant : ET POURTANT LA TERRE TOURNE.

N. B. Il est un point sur lequel des personnes sages m'invitent encore à prévenir le lecteur.

Telle est dans cet ouvrage, la singularité de ma position que j'ai sans cesse à parler contre les personnes, tout en parlant pour les choses. C'est ainsi que, par zèle pour les Gouvernemens, je suis obligé d'accuser la conduite des membres du Gouvernement. En faveur de la noblesse, je suis forcé d'accuser la conduite des nobles. En faveur de la liberté, on me verra parler contre les doctrines les plus chères aux amis de la liberté. En faveur de la religion, je suis entraîné de même à écrire contre les prétentions des prêtres. Cette position qui, pour le salut des institutions, me met en attitude offensive contre les passions des individus, est un malheur qui me poursuit depuis le commencement de ma carrière politique. Je dois le subir encore ici pour la dernière fois. Cependant au moment où j'écrivais, ces passions étaient puissantes; actuellement elles sont abattues. En ce qui concerne les prêtres, comme le changement de Gouvernement qui s'est effectué a déterminé contre eux en quelques endroits, un mouvement de haine que j'ai malheureusement prévu, il m'importe avant même qu'on lise la seconde partie de cet ouvrage, de prévenir ici contre la religion chrétienne et contre ses ministres, des inductions qu'un mauvais esprit serait disposé à en tirer. Je dois annoncer que, dans mon opinion, il n'est point pour la France de véritable restauration morale, civile et politique, si l'ancienne religion de la France n'y est

b

associée. Il ne faut point, sans doute, que les ministres de cette religion entrent dans nos sallons, dans nos Conseils-d'État, dans nos écoles. Il faut qu'ils demeurent dans leurs temples. Mais là, au moins, il faut qu'ils soient respectés et honorés. Il faudrait avoir horreur d'un pays, où l'on insulterait publiquement et impunément des vieillards, des femmes, des prêtres.

FIN DE L'AVERTISSEMENT.

TABLE.

TABLE

TABLE.

FIN DE LA TABLE.

DE LA MONARCHIE

DE
LA MONARCHIE
FRANÇAISE,
AU PREMIER MARS 1815.

PREMIÈRE PARTIE.

LIVRE PREMIER.

De la nouvelle Charte constitutionnelle.

CE qui attire principalement les regards dans
le mouvement d'un État, c'est le jeu de ses
grands corps qu'on appelle toujours impropre‑
ment ses grands pouvoirs ; car dans un sens
rigoureux, il ne peut y avoir dans un État
qu'un seul pouvoir.

La manière dont se meuvent ces grands
corps dans notre nouvelle Charte constitu‑
tionnelle, c'est ce que je me propose d'abord
d'examiner. Le Roi, la Chambre des Pairs, la

1

Chambre des Députés figurent, comme de raison ; en première ligne. L'Angleterre, modelée
presque en tout sur l'ancienne constitution de
la France, présente de même, dans la sienne,
un roi, des lords et des communes. A proprement parler, le roi n'est pas souverain en Angleterre. La souveraineté réside dans l'ensemble
du parlement. Un certain mouvement de l'opinion nous a poussé à imiter ces dispositions de
la constitution anglaise. Je veux dire qu'à son
exemple, nous avons placé le roi, seulement
comme partie tierce, dans la puissance législative. Je ne crois pas que de telles dispositions
nous conviennent.

S'il y a quelque ami de la liberté bien ardent,
bien irréfléchi, bien impétueux, et tellement
sous le charme des idées dominantes, qu'il
n'ait ni la force ni la patience d'examiner ces
dispositions avec impartialité, il peut déchirer
ces feuilles ; car pour moi qui me crois aussi
un ami de la liberté, je déclare dans les intérêts même de la liberté, que ces dispositions
sont défectueuses, et qu'elles doivent être
changées. J'en dirai autant de quelques autres
dispositions, généralement signalées comme
agréables aux amis de l'autorité, et que je
me permettrai d'attaquer.

Je ne me dissimule pas ce qu'il y a de

danger dans une pareille entreprise. J'espère qu'à l'exemple d'une nation voisine, où il est permis de regarder les paroles royales comme une émanation des ministres, il me sera permis de regarder comme une simple émanation des ministres, ce que je pourrai observer de défectueux dans la nouvelle Charte constitutionnelle. Les conférences où les divers articles de cette Charte ont été débattus, ont eu trop de publicité et trop de solennité, pour qu'on puisse former du doute sur la part qu'ils y ont eue.

Placer sur des bases solides et désormais inébranlables, l'autorité du monarque et la liberté du peuple, a été la pensée du Roi. A cette pensée, s'attachent nos respects, notre admiration, notre reconnaissance. Toutefois il me paraît probable qu'à l'exemple de Solon, Sa Majesté ne s'est point occupée à nous donner les meilleures lois possibles, mais seulement les meilleures lois possibles pour les Français. Sous ce point de vue, j'espère, non-seulement ne point m'écarter de l'esprit qui a animé Sa Majesté, mais encore seconder ses intentions, en montrant dans la Charte constitutionnelle qui nous a été donnée, ce que nos troubles passés, nos passions actuelles, un reste de mauvais esprit public, ont forcé d'y laisser de lacunes, ou d'y introduire de défectuosités.

CHAPITRE PREMIER.

D'un caractère particulier de la Charte.

Nous devons rendre grâce à Louis XVIII, d'avoir bien voulu attacher la royauté actuelle à la royauté ancienne, et compter, dès le premier moment de son retour, les années passées de son règne. Je dis cela non en simple serviteur du Roi, mais comme citoyen. Je le dis dans les intérêts de tous les partisans d'une monarchie héréditaire. Je n'examine à ce sujet aucune doctrine. Je laisse de côté celle de la souveraineté du peuple, que je ne partage point ; mais, même en parlant dans le sens de cette doctrine, s'il était vrai, que comme peuple ou peuple français, nous eussions eu le droit de détrôner Louis XVI et de mettre Louis XVIII sur le trône, la chose une fois faite, il faudrait se hâter, selon moi, de désavouer ce droit, ou de le mettre dans l'ombre.

En effet, une seule fois constaté qu'il y a eu, par le droit du peuple, un roi dépossédé et un autre roi élevé, vous aurez beau proclamer ensuite une monarchie héréditaire, vous ne pourrez plus l'avoir avec sécurité. Je viens de relire avec beaucoup d'attention les débats sur le procès de Louis XVI : il m'est démontré qu'il a été mis à mort par le décret même qui a proclamé, comme une concession, sa personne sacrée et inviolable. Vous vous prétendez aujourd'hui peuple souverain : eh bien ! peuple souverain d'aujourd'hui, vous aurez beau faire, vous ne pourrez jamais dépouiller le peuple de demain, celui d'après demain, et des années subséquentes, de la souveraineté que vous venez de vous arroger. Proclamée par un grand exemple, cette souveraineté se poursuivra sans cesse et se détruira sans cesse.

Dans son arrêté du 6 avril, le Sénat n'a-t-il pas été inconséquent ? il dit d'un côté : « La noblesse ancienne reprend ses titres, » ce qui suppose une reconnaissance de ses droits ; il dit dans un autre article : « Le peuple français appelle librement au trône de France, Louis-Stanislas-Xavier, » ce qui suppose un droit nouveau concédé par élection.

En ce qui concerne l'autorité royale, la

prérogative royale, la succession au trône, il est évident que la Charte n'a pas voulu avoir l'apparence d'une loi nouvelle; en ce qui concerne la liberté publique, l'influence publique, la participation nationale à tous les actes d'intérêt public, voyons si elle a montré les mêmes ménagemens.

Sur ce point, je ne puis dissimuler que la Charte ne soit susceptible de fâcheuses interprétations. En même temps que Louis XVIII, porté par les acclamations de tout le peuple français, s'assied sur un antique trône héréditaire, la Charte de liberté qu'il proclame pour le peuple, peut offrir l'apparence d'une concession nouvelle. N'était—il pas convenable que dans cette Charte, la liberté éternelle et inaliénable du peuple français fût marquée du même sceau que la légitimité de la puissance et celle de l'hérédité du trône? L'une ne devait pas plus que l'autre, ce me semble, offrir la couleur d'une concession du moment. Elles devaient se rattacher de la même manière, l'une et l'autre, à notre ancien droit public et à la chaîne des âges.

Ce n'est pas qu'on n'aperçoive, soit dans le discours du Roi, soit dans celui de M. le chancelier, des traits qui semblent avoir voulu adoucir cette impression. Quelques-uns de ces traits l'ont agravée.

Les ministres ont fait dire au Roi : « Nous « avons considéré, que bien que l'autorité « *toute entière* résidât en France dans la *per-* « *sonne du roi*, nos prédécesseurs n'avaient « point hésité à en modifier l'exercice, suivant « la différence des temps. » Voici comment on a interprété généralement ces paroles : c'est que le pouvoir absolu royal, ou autrement le despotisme, est en France de droit commun : que les modifications que ce même despotisme a bien voulu subir quelquefois, sont de pures concessions précaires, temporaires, arbitraires ; d'où on vient naturellement à la conclusion : que la Charte de liberté qui est aujourd'hui accordée au peuple, pourra être reprise demain, maniée, remaniée par tous les ministres et souverains qui succéderont.

Ces traits qui ne sont certainement que de rédaction ministérielle, ont élevé un grand scandale. Ils sont démentis par notre histoire et par tous nos monumens. Ce n'est jamais dans la *personne* du roi qu'a résidé en France l'autorité toute entière ; c'est, dans son caractère officiel, immortel, indélébile. Nous verrons bientôt ce que c'est que ce caractère. Pour le moment, nous pouvons d'autant mieux laisser de côté ces écarts de l'influence ministérielle, que nous les trouvons en opposition avec la véritable pensée du Roi. Le caractère de la Charte nouvelle me paraît fort bien exprimé dans les traits suivans.

« Nous avons cherché les principes de la « Charte constitutionnelle dans le caractère « français et dans les monumens vénérables des « siècles passés. Ainsi nous avons vu dans le « renouvellement de la pairie, une institution « vraiment nationale, et qui doit lier tous les « souvenirs à toutes les espérances, en réunis- « sant les temps anciens et les temps moder- « nes. Nous avons remplacé par la Chambre des « députés, ces anciennes assemblées des Champs « de mars et de mai, et ces Chambres du tiers « état qui ont si souvent donné tout à la fois « des preuves de zèle pour les intérêts du peu- « ple, de fidélité et de respect pour l'autorité « des rois. En cherchant ainsi à renouer la « la chaîne des âges.... »

Voilà des pensées vraiment justes, vraiment royales. Elles sont tellement gravées dans mon esprit, que j'ai été tenté d'applaudir à une expression de M. le chancelier, qui s'y rapporte, encore que cette expression ait causé un peu de rumeur : c'est lorsque ce magistrat a présenté la Charte, comme une simple *ordonnance de réformation*. Je n'aurais peut-être pas dit comme lui au sujet de l'autorité royale, que *des contre-poids salutaires ont constamment existé dans notre constitution*. L'autorité légitime, dans un état, n'est jamais un poids; ou si c'est un poids, il est trop salutaire pour exiger des contre-poids. Mais en cela, il a écarté au moins l'idée d'une concession nouvelle. Lorsqu'il a ajouté que *la France avait retrouvé les fondemens inébranlables de son antique monarchie*, il a pu voir ces paroles accueillies de tous les suffrages. Les amis de la liberté ont été d'accord à cet égard avec les amis de l'autorité.

Il est à déplorer, que, parmi les premiers, il n'y en ait encore quelques-uns qui aient le tort de craindre les rapports de la liberté actuelle avec nos libertés antiques. Ils ne s'aperçoivent pas qu'ils sappent par là même les fondemens de leur doctrine chérie; car il est bien certain que le roi d'aujourd'hui qui pourrait donner, de sa simple volonté, la liberté au peuple français, ou que le peuple français d'aujourd'hui qui pourrait donner de sa volonté un trône au Roi, ou que le même peuple français qui pourrait par violence recevoir ou faire des concessions du moment, nous laisseraient également exposés aux vicissitudes des peuples français de l'avenir ou des rois de l'avenir, et par là même à des convulsions et à des bouleversemens.

CHAPITRE II.

De la prérogative royale, de la distinction de la puissance législative et de la puissance exécutive.

L'ARTICLE 13 de la Charte constitutionnelle porte : *Au roi seulement appartient la puissance exécutive.* Le sens de cette disposition est déterminée par l'article 15.

« La puissance législative s'exerce collectivement « par le Roi, la Chambre des Pairs, et la Chambre « des Députés des départemens. »

il est confirmé par l'article 24.

« La Chambre des Pairs est une portion essen- « tielle de la puissance législative. »

Voilà qui est entendu. Le roi est seul pour exercer le pouvoir exécutif; il n'est qu'en tiers pour l'exercice du pouvoir législatif. Je ne puis dissimuler qu'un tel partage ne me paraisse fâcheux.

Le roi, en France, n'a pas seulement à lui seul toute la puissance exécutive, il est de plus le seul législateur : ce n'est pas tout ; il est le seul magistrat, le seul juge, le seul notaire. Aucun individu, aucun corps n'exerce collectivement avec le roi, aucune puissance ; toute puissance émane de lui, et est enfermée en lui. Dans cette doctrine, le roi peut tout, le roi fait tout. Ce ne sont pas les ministres qui déclarent la paix ou la guerre ; c'est le roi. Ce ne sont pas les généraux qui remportent des victoires ; c'est le roi. Ce ne sont pas les magistrats qui rendent des jugemens ; c'est le roi. Ce ne sont pas les notaires qui passent des actes ; c'est le roi. Enfin, ce ne sont ni les membres de cette Chambre qu'on appelle des pairs, ni les membres de cette autre Chambre, qu'on appelle des députés, qui sont législateurs ; c'est le roi. Toute pensée publique, toute action publique ne peut, en France, émaner que du roi. Toute autre doctrine calquée soit sur les principes de M. de Montesquieu, relativement à la séparation des pouvoirs, soit sur ce qui se passe chez une nation voisine, est une erreur funeste. Les amis de la liberté qui ont voulu avoir une garantie contre l'extension démesurée du pouvoir, n'ont pas su apercevoir cette garantie où elle est.

J'espère, dans mon ouvrage sur la monarchie

française, avoir suffisamment établi cette grande et fondamentale vérité : c'est que chez nous le *Prince* n'est pas la même chose que le Roi. Le prince est un individu qui naît, qui meurt, qui, comme tous les autres hommes, est sujet à des misères, à des infirmités : le roi ne naît, ni ne meurt ; il n'est ni jeune, ni vieux ; selon la doc- trine de nos sublimes ancêtres, le roi en France ne meurt pas.

Cette distinction du prince et du roi n'est pas, comme on pourrait le penser, simple- ment ingénieuse : c'est une chose réelle. Et d'abord je pourrais dire, qu'il s'introduit sou- vent dans les mœurs d'un peuple, dans ses lois, dans sa constitution, jusque dans son langage, une multitude de ces nuances fines que le bel-esprit qui se croit profond est tenté d'appeler métaphysiques. Combien je pour- rais, en ce genre, citer de traits admirables dans ces constitutions des langues, qu'on appelle Syntaxes, ainsi que dans ces syntaxes de la vie des peuples, qu'on appelle Constitutions. Il en est de même en France de cet être tantôt simple, qu'on appelle prince, tantôt complexe qu'on appelle roi. Tous nos monumens attestent que ces deux qualités n'ont jamais été confondues. La volonté du prince, les ordres du prince ont toujours été distingués de la volonté et des ordres du roi. Non seulement le chancelier, mais même les plus simples juges, ont été en ce genre positivement avertis. Ils n'ont point dû obéir à des ordres privés. L'État tout entier a marché dans ce mouvement. Un bailli, dans son bailliage, n'a pu rendre un jugement sans l'assistance de son conseil ; un évêque, dans son diocèse, n'a pu rendre une ordonnance sans l'assistance de son chapitre ; dans les doctrines ultramontaines les plus outrées, le Pape lui-même n'a été réputé infaillible, que dans ses décrets *ex cathedrá*.

Pour prouver que la justice appartient en France à la personne du roi, on a cité souvent l'exemple de Saint—Louis, qui rendait la justice à Vincennes. Cet exemple n'a aucune application au droit régalien. Saint—Louis rendait à Vincennes, la justice, non comme roi, mais comme seigneur. Quand il se trouvait sur le territoire d'un autre seigneur, le monarque ne s'immisçait, en aucune manière, dans des fonctions de justice qui ne lui appartenaient pas. L'affaire où le sire de Coucy fut accusé de violence envers trois jeunes gens qui avaient chassé dans ses forêts, fut jugée par la Cour des pairs, et non par Saint—Louis. Dans tous les actes d'État, ce monarque n'a procédé qu'avec l'assistance et le consentement de ses barons. En tout et pour tout un conseil est essentiellement attaché à la personne du roi. Ce conseil est dans la mesure de tout ce qu'il fait. Si ce sont des choses du palais, c'est un conseil du palais. Les choses nationales, à leur tour, se font avec un conseil national.

C'est dans cet esprit, que se trouvent autour de leurs personnes deux ordres de serviteurs : les uns purement domestiques tels que les écuyers, les chambellans, etc.; les autres de véritables serviteurs d'État sous le nom de ministres. La responsabilité de ceux-ci dérive du caractère même de cette situation. Les écuyers, les chambellans, les autres officiers du palais qui n'appartiennent qu'au prince, ne sont justiciables que du prince. Il n'en est pas ainsi des ministres ; comme ils ne sont nullement les serviteurs du prince en sa qualité individuelle, mais seulement les serviteurs du *roi* en sa qualité solennelle et officielle, ils sont responsables envers l'État, de tout ce qu'ils pourraient faire contre l'État. Il leur est ordonné par le roi de désobéir au prince, lorsque, par hazard, les volontés de celui-ci seront en opposition avec les commandemens de celui-là. La responsabilité des ministres considérés par la constitution, comme serviteurs du roi et non comme serviteurs du prince : c'est là où est la garantie de la liberté, voilà le palladium de la constitution.

Je viens de parler de notre histoire : je viens de citer nos monumens. Les rites sur ce point sont d'accord avec les faits.

Dans les mouvemens ordinaires de la vie, comme premier magistrat, comme premier gentilhomme, comme premier citoyen, le prince trouvera toujours sur ses pas la disposition à l'obéissance et l'expression du respect. Le prince passe, tout le monde se découvre ou s'incline devant lui. Mais dans les solennités d'État, lorsque le prince, la couronne sur la tête, se présente comme roi, c'est-à-dire, comme armé de toute la puissance de l'État, comme environné de toute sa science, de toutes ses lumières, de toute sa sagesse, ce n'est plus seulement du respect qu'on lui accorde.

Quelques personnes s'étonnent que le chancelier qui va prendre ses ordres, fléchisse le genou devant lui. Cela doit être, car ce qui paraît là n'est plus le prince, c'est le génie même de la France. C'est alors qu'on peut voir en lui le représentant de la Divinité ; c'est alors que l'expression de seconde majesté, inventée par l'éloquence, appliquée par la servilité, a son véritable sens. Charlemagne, Philippe-Auguste,

Saint-Louis, tels sont les rois à qui cette expression convient. Marchant avec le cortége des lumières, des vertus et de la sagesse de la France réunies dans ses conseils, Louis XVIII obtiendra non seulement le respect qui est dû à son caractère ainsi qu'à ses vertus personnelles, mais encore l'espèce de culte que, dans des circonstances semblables, la France se plaît à porter à ses rois.

Cette condition indispensable de conseil et de cortége composés constitutionnellement, et délibérant constitutionnellement, voilà ce qui, dans nos anciennes lois, comme dans nos anciennes mœurs, constitue la différence essentielle entre le caractère privé du prince, et le caractère public du roi : telle est la double base fondamentale sur laquelle repose d'un côté la colonne de la puissance royale, d'un autre côté, celle de nos libertés. C'est ainsi que peut s'assouvir désormais en pleine sécurité cette ardeur d'amour et de respect que nous avons pour nos rois, rassurés comme nous le sommes par cette pensée, que tout ce qui émane d'eux comme souverains, a été consacré d'avance par la sagesse, et sollicité par nos vœux.

Des instrumens, des organes, des conseils, c'est au milieu de ce cortége, qu'il faut aperce-

2

voir l'action du roi et de la puissance royale.
Les instrumens, ce sont les ministres; les organes, ce sont les magistrats; les conseils, ce
sont les deux Chambres. Les conseils, c'est où se
fait la pensée du roi. Les tribunaux, c'est là où
se prononcent ses jugemens. Les ministres sont
les instrumens d'action et d'exécution pour ses
volontés. Comme siége où se forme sa pensée
légale, les conseils doivent avoir une existence
particulière. Le Sénat doit être regardé comme le
représentant des anciennes lois et des anciennes
mœurs; la Chambre des députés, comme représentant des vœux du moment et des plaintes.
Comme organes de la justice du roi, les magistrats sont essentiellement inamovibles. Il importe
que celui qui a à prononcer tous les jours entre
le pauvre et le riche, entre le misérable et le
puissant, ne soit point exposé, s'il est faible,
à être fléchi par la supériorité de la grandeur;
ni s'il est fort, à être victime de ses jugemens.
Comme instrument de sa volonté légale, les ministres doivent être amovibles au gré du prince,
selon qu'il sera averti de leur capacité ou de leur
incapacité; ils doivent en même temps être responsables envers l'État, selon qu'ils auront été
fidèles ou infidèles à leur qualité d'instrumens
d'une volonté légale.

CHAPITRE III.

De l'initiative attribuée au roi dans la confection des lois.

L'ARTICLE 16 de la Charte porte:

« Le Roi propose la loi. »

L'article 17 ajoute :

« La proposition de la loi est portée au gré du Roi à la Chambre des Pairs, ou à celle des Députés, excepté la loi de l'impôt qui doit être adressée d'abord à la Chambre des Députés. »

Je remarquerai d'abord que la constitution de l'an VIII avait cru, comme celle-ci, devoir donner l'initiative au chef du Gouvernement.

L'article 25 porte :

« Il ne sera promulgué de lois nouvelles, que lorsque le projet en aura été proposé par le Gouvernement, communiqué au Tribunat, et décrété par le Corps-Législatif. »

Il faut remarquer que le Gouvernement ne

se présentait pas alors comme souverain. Bonaparte n'était qu'un simple magistrat temporaire
et subordonné, selon la doctrine d'alors, aux
représentans du peuple. Ici, au contraire, c'est
le souverain qui s'établit en pétition auprès des
deux Chambres pour proposer la loi; il doit
attendre qu'il leur ait plu d'accomplir sa demande, ou de la rejeter. Dans nos mœurs,
comme dans nos lois, cette disposition est in-
soutenable.

Selon notre ancien droit public, le roi en
France ne peut pas proposer la loi, c'est lui qui
la fait. L'édit de Piste, qui n'est pas comme nos
derniers édits de Louis XIV et de Louis XV,
la conception individuelle d'un prince dans son
cabinet, mais une déclaration formelle prononcée par toute la nation, porte que la loi se fait
en France par la constitution du roi. *Lex fit
constitutione regis.* Il est vrai que cette déclaration ajoute *consensu populi.* Mais cela ne veut
pas dire que le roi commence à proposer, et
qu'il attend ensuite le consentement du peuple.
Cela n'a jamais eu lieu que dans des actes extraordinaires, tels que des testamens et des partages
du territoire. Une preuve sans réplique que les
lois et les réglemens étaient débattus d'avance
avant d'être proposés à la sanction du roi,

ce sont tous les capitulaires portant des réglemens concernant les moines et la discipline
ecclésiastique. On ne croira sûrement pas que
nos princes eussent arrangé d'avance ces règles
dans leurs cabinets. Hincmar, dans son livre
de l'*Ordre du Palais*, nous apprend que le
clergé avait des appartemens séparés pour délibérer sur les matières religieuses.

Je puis me dispenser d'insister plus long-
temps sur notre droit public. Sous aucun rapport cette disposition n'est soutenable. Comment! le roi ira timidement proposer aux deux
Chambres une loi dont celles-ci n'auront eu
préalablement aucune connaissance, sur laquelle
elles ne seront pas préparées, contre laquelle
elles auront dès lors les préventions qui ne
manquent jamais de s'élever contre une proposition nouvelle! Comment! le roi ayant proposé la loi, un membre se lèvera pour déclarer
que la volonté du roi, la pensée du roi, ne lui
conviennent pas! Dans les débats, la proposition
du roi sera-t-elle ménagée? il est évident qu'il
n'y aura pas assez de liberté. Sera-t-elle discutée
librement? il n'y aura pas assez de respect.
Dans tous les cas, il est impossible que le roi
soit ainsi habituellement et personnellement en
scène.

Chez une nation voisine, les ministres du roi proposent sans doute des lois. On peut croire que généralement ces propositions sont dans les vues de celui qui occupe le trône. Mais d'abord, ce n'est pas au nom du roi que la loi se propose; ce n'est pas même au nom du ministre; c'est comme membre du parlement, que le ministre se présente. En cette qualité, il n'est censé ni plus fort ni plus faible que tel autre membre du parlement. Quelqu'un qui prononcerait le nom du roi dans les débats, serait sur-le-champ rappelé à l'ordre. Chez nous, on a vu scandaleusement, les ministres invoquer à plusieurs reprises la volonté royale, se retrancher derrière cette volonté; on a vu un député interpeller le Roi lui-même et lui adresser une portion de sa harangue.

Je ne me permettrai pas d'entrer dans le détail des débats extrêmement animés qui ont préparé et amené cette disposition. On serait bien étonné d'apprendre qu'elle a été imaginée dans un esprit de zèle et de service pour le Roi. Il est singulier de voir à quel point les auteurs de cette disposition ont montré d'obstination. C'est avec bien de la peine qu'on a pu leur arracher, en faveur des deux Chambres, la moindre participation à cette initiative. Il est évident que ces hommes qui, sous d'autres rapports, ne manquent ni d'instruction, ni d'esprit, n'ont eu en ce point aucune idée juste.

En fait de législation, en fait d'administration, en fait de jugement, en fait d'acte public, il faut savoir que nous sommes ainsi constitués en France : d'un côté, tout est fait par le roi ; d'un autre côté, tout est demandé au roi. Cette règle qui est consacrée par nos coutumes, l'est également par la nature des choses. Il suffit d'observer, à cet égard, le mouvement social.

Il me semble d'abord qu'on ne voit pas les notaires courir de maison en maison avec des actes tout faits, pour savoir si on en a besoin. Encore que l'acte se *fasse par la constitution du notaire et le consentement des parties*, les notaires attendent que les parties viennent chez eux requérir ces actes.

Pour ce qui est des ministres, des conseillers-d'État ou des préfets, je ne vois pas qu'ils se déplacent davantage pour demander aux divers territoires, si par hasard ils auraient besoin d'un pont, d'une grande route ou d'un chemin vicinal : ils attendent que la demande leur en soit adressée par les maires, les autorités locales ou les grands propriétaires.

D'un autre côté, je ne vois pas que les magistrats se transportent dans l'intérieur des maisons pour y proposer au nom du roi des arrêts et des jugemens; ils attendent que ces arrêts et ces jugemens leur soient demandés par les parties.

Il en est de même des lois. Leur confection appartient au même ordre de besoin et de mouvemens. Quand la nécessité d'une loi nouvelle sera généralement sentie, les ministres n'ont que faire de se transporter avec beaucoup d'apparat dans les deux Chambres, pour les supplier, au nom du roi, de lui faire la grâce d'accéder à une telle loi; ils n'ont qu'à attendre; cette loi leur sera bientôt demandée.

Dans ce mouvement général, il est à remarquer que la puissance royale n'est en scène que pour accorder ou pour refuser, et non pour demander elle-même et pour proposer. Il faut remarquer encore comment, selon les circonstances, ses intermédiaires augmentent ou diminuent de grandeur, changent de lieu et de forme.

Dans les cas ordinaires, les intermédiaires

peuvent être des ministres, des juges, des préfets; dans le cas d'une loi générale, les intermédiaires doivent avoir une autre importance;
ce sont les deux grands conseils de la nation;
et alors, si la demande de la loi prend son origine dans celui de ces deux conseils qui s'appelle la Chambre des députés, la Chambre des
pairs devient aussitôt pour cet objet le conseil
du roi; le roi renvoie la demande de la
Chambre des députés à la Chambre des pairs.
Si, au contraire, la demande de la loi prend
son origine dans la Chambre des pairs, la
Chambre des députés devient en ce point le
conseil du roi; le roi renvoie à la Chambre
des députés. Le roi fait juger ainsi ces diverses
demandes dans leur ordre, comme il le fait
relativement à des demandes d'un ordre inférieur.

Ce n'est pas assez : dans le cas où les deux
Chambres se trouveraient d'accord sur l'objet
de la demande, le roi a encore la faculté de
l'examiner dans son conseil privé, et de l'ad-
mettre ou de la rejeter, selon qu'il lui convient.
C'est ce qui compose son droit de *veto*, lequel
ne peut être admissible qu'en ce sens-là; car
cumuler, comme on l'a fait, le droit de proposer et le droit d'empêcher; établir, comme

on a voulu le faire, que le roi, qui a d'abord proposé la loi, ait encore le droit de la rejeter, c'est une véritable absurdité.

Tout cet article, qui porte sur les lois ordinaires, est vicieux. Le segment de cet article, qui porte sur l'impôt, est une méprise. Après avoir dit que les lois pourront être proposées indifféremment aux deux Chambres, on ajoute : *Excepté la loi de l'impôt qui doit être adressée d'abord à la Chambre des députés.*

LA LOI DE L'IMPÔT ! L'impôt n'est pas une loi en France ; c'est une concession. Impôt n'est pas même un mot qu'on puisse regarder comme français. Il n'est employé d'une manière générale parmi nous, que pour exprimer les contributions que le vulgaire des nations de l'Europe paie à leur souverain. Pour la France, le véritable mot français est OCTROI, ce qui veut dire libre concession ; le sens de ce mot prouve que c'est au roi à en faire la demande. Chargé spécialement des fonctions exécutives, le roi peut savoir seul ce qui est nécessaire aux besoins de l'année. Il en donne l'état, il en fait la demande; en cela, il n'est pas question de loi.

Si on voulait appeler de ce nom les réglemens particuliers qui assoient les contributions, et qui les répartissent, ces réglemens ne devraient pas même être considérés comme une chose appartenant à la prérogative royale. Le clergé, plusieurs états de province, quelquefois même les États-Généraux, ont réclamé ce soin. Il ne leur a pas été contesté.

Ainsi donc, il n'y a, à proprement parler, en France ni impôt, ni loi d'impôt; il y a octroi. D'après les maximes fondamentales de notre droit public, la loi est demandée au roi par le peuple; l'argent est demandé au peuple par le roi. Les impôts arbitraires, les ordres arbitraires, sont sur la même ligne : les uns sont des attentats contre la liberté, les autres contre la propriété.

CHAPITRE IV.

De la Chambre des pairs.

ON sait ce que c'était que l'ancien Sénat. Sous beaucoup de rapports, sa constitution était vicieuse. Il n'avait été d'abord imaginé que comme absorbant. Le premier Consul lui attribua quelques fonctions, comme de faire certaines nominations. Il put juger en même temps les actes qui lui étaient déférés comme inconstitutionnels par le Gouvernement ou par le Tribunat.

Deux ans après, le premier Consul voulut lui donner encore plus d'importance. Par des sénatus-consultes organiques, le Sénat put régler la constitution des colonies, tout ce qui n'avait pas été prévu par la constitution, et qui était nécessaire à sa marche ; il put de même expliquer les articles de la constitution susceptibles d'interprétation. Par les simples sénatus-consultes, il put suspendre les fonctions des jurés, déclarer certains départemens hors de la constitution, déterminer le temps dans lequel certains individus arrêtés seraient jugés, traduits devant les tribunaux, annuler dans certains cas les jugemens mêmes des tribunaux; enfin, dissoudre le Corps-Législatif et le Tribunat, et nommer les consuls.

Avec ces diverses attributions, comme le Sénat n'avait, en effet, aucune consistance par lui-même, qu'il était sans connexion habituelle avec les autres parties de l'ordre social, il ne put être jamais qu'un instrument. C'est ce Sénat qui vient d'être remplacé par la Chambre des pairs.

J'avoue d'abord que j'ai peine à m'accommoder de cette dernière dénomination.

Lorsque Bonaparte voulut composer son Sénat, il n'eut qu'à rassembler autour de lui les leudes et les grands vassaux de la révolution. Il avait marché avec la plupart de ces hommes; quelques-uns étaient ses compagnons d'armes: tous s'étaient montrés ses compagnons de doctrine et de principes; je ne sais pourquoi cette véritable Cour des pairs fut appelée alors Sénat. Je sais encore moins pourquoi les restes de ce même Sénat, qui a pris si manifestement aujourd'hui une autre couleur, ont été nommés Chambre des pairs.

PAIRS ! de qui ? où sont les pairies ? Considérés individuellement, que sont ces pairs ?
quelle est leur fonction dans l'État ? Nous avions
sans doute, avant la révolution, une Cour des
pairs : c'étaient, depuis l'extinction des grands
fiefs de la couronne, les successeurs réputés de
nos anciens hauts barons. Plus ou moins anciennement, ces pairs avaient été investis, par let-
tres-patentes du roi, de leurs titres, auxquels
étaient attachées des fonctions et des prérogatives particulières. Dans mon ouvrage *de la*
Monarchie française, j'ai déjà parlé des défectuosités de cette institution. c'était une ombre
pâle et faible de notre antique pairie ; mais la
pairie d'aujourd'hui, comme elle n'est qu'une
ombre de cette ancienne pairie, laquelle n'était
elle-même qu'une ombre, je demande qu'on me
définisse ce que c'est.

Je ne prétends point disconvenir que je n'aie
une grande admiration pour nos institutions
antiques : ce n'est pas certainement pour ces débris informes et mutilés qui s'étaient conservés
comme des vieilles ruines à l'époque de la révolution ; c'est pour celles qui existaient robustes
et florissantes aux temps de la vigueur de la
France. Comme celles-là mêmes, par l'effet du
mouvement des âges, ne conviennent plus à

notre ordre de civilisation, je trouve un peu singulier de voir dessiner nos nouveaux corps sur la forme d'anciens squelettes. C'est sur le modèle de nos anciennes masures qu'on veut composer nos maisons !

Il me semble qu'il eût été convenable de laisser au Sénat son nom de Sénat. *Senatus*, *senes*, *seniores*, sont des noms consacrés qui ont en euxmêmes un sens positif et une signification franche. Cette expression me paraît la seule applicable aujourd'hui à la première de nos grandes corporations. C'est un malheur, que des dénominations fausses, illusoires, sans rapport avec l'objet qu'elles veulent exprimer.

Je passe aux attributions de cette Chambre.

Tandis qu'avec une dénomination qui n'a pas de sens, on a voulu donner aux membres de cette corporation un lustre que la nature des temps, et je pourrais dire même la nature des personnes, a rendu dérisoire ; je trouve que tout a été confondu ensuite dans sa constitution particulière, dans ses fonctions et dans ses attributions.

Le premier article de ce titre porte :

« La Chambre des Pairs est une portion essentielle de la puissance législative. »

Dans cet article certainement on lui a accordé beaucoup trop. La Chambre des pairs n'est pas plus une portion essentielle de la puissance légis-lative, que les Cours d'appel du royaume ne sont une portion essentielle de la puissance judi-ciaire. De même que toute justice en France émane du roi, il doit être établi que toute loi émane du roi.

La lumière d'équité royale par laquelle se rendent les jugemens, réside sans doute dans les Cours judiciaires: la lumière de sagesse royale par laquelle se rendent les lois, réside de même dans la Chambre des pairs, ainsi que dans la Chambre des députés; mais la puissance légis-lative, ainsi que la puissance judiciaire, sont certainement l'une et l'autre, de la même ma-nière au roi et dans le roi.

Cela est d'autant plus manifeste, que cette même Chambre des pairs exerce aussi des fonc-tions judiciaires. Un article de la Charte porte: « La Chambre des pairs connaît des crimes de « haute — trahison et des attentats à la sûreté « de l'État. » De cette manière la voilà cor-poration judiciaire. En cette qualité elle ne doit être qu'une émanation royale, puis-qu'il est dit que *toute justice émane du roi*: dans ses fonctions législatives, comment perd-elle tout à coup ce caractère, pour faire conjointement avec le roi une partie du souverain !

Les inquiétudes de la liberté et l'exemple d'une nation voisine, ont déterminé, sans doute, cette disposition. Mais les garanties de la liberté qui sont l'objet de ces inquiétudes : on n'a pas su les placer où elles sont. C'est dans la composition particulière des juges qu'ont été placées, relativement à la puissance judiciaire, les garanties de la liberté : c'est de même dans la composition particulière de la Chambre des pairs et de la Chambre des députés, que sont placées, relativement à la puissance législative, les garanties nécessaires.

En associant la Chambre des pairs à la première des attributions de la puissance souveraine, on a donné, selon moi, à sa prérogative une extension démesurée. D'un autre côté, on n'a donné, ce me semble, à cette Chambre, ni le corps, ni l'importance, ni la consistance convenables.

Il importe sûrement que la Chambre des pairs balance en importance la Chambre des députés. Celle-ci étant la représentation de tout l'ordre des libertés et des propriétés, a par cela même un grand volume. Cette Chambre a derrière elle

3

tout le corps des propriétaires, toute la hiérarchie électorale. Je ne vois rien de semblable
dans la Chambre des pairs. Des individus isolés,
la corporation elle-même isolée, c'est-à-dire,
sans connexion et sans base : voilà ce qui se présente dès le premier abord.

Il serait superflu en ce point comme en d'autres, de citer la Cour des pairs d'Angleterre.
D'abord c'est que la constitution de la pairie, en
Angleterre, est pleine elle-même de défectuosités. Dans aucun cas, la comparaison ne pourrait se soutenir. L'action du temps en Angleterre a suppléé, à beaucoup d'égards, à la nature des choses. Avec le temps, on voit sortir
du mouvement seul des intérêts, des rapports
qui, à la longue, s'établissent d'eux-mêmes, encore qu'ils n'existent pas dans l'origine.

Si notre Charte parvient à se conserver, je
veux espérer qu'il en sera de même dans quelques siècles. Mais en attendant que nous ayons
obtenu, pour des institutions défectueuses, cette
vénération que le temps imprime à toutes choses,
en attendant que nous ayons obtenu, pour des
institutions sans consistance, ces connexions
innombrables qu'à la longue le mouvement des
intérêts établit, nous pouvons être emportés par
ce temps que nous invoquons. Examinons sé-

rieusement si, dans son origine d'aujourd'hui, notre Chambre des pairs peut être comparée en quelque chose à ce que fut dans son ancienne origine, la Chambre des pairs d'Angleterre. Examinons si nous pouvons nous prévaloir, aussi généralement qu'en Angleterre, de l'éclat du rang, de l'importance des richesses, ainsi que de celle d'un immense et puissant patronage. Les raisons (raisons tristes tirées de nos circonstances) pour lesquelles notre Chambre des pairs n'a point reçu le caractère imposant de l'hérédité, sont trop manifestes, pour que j'aie besoin de les alléguer. Cette hérédité eût—elle été établie, il est évident que ce n'est pas aujourd'hui, mais seulement dans un long laps d'années, que nous pourrons recueillir les fruits de ce grand et salutaire principe d'aristocratie.

Les avantages attachés à l'hérédité dans la première des corporations législatives, sont trop généralement sentis, pour que j'aie besoin de m'y arrêter. Mais ce n'est pas en ce point seulement, que portent mes remarques. J'aimerais beaucoup mieux que l'existence temporaire et viagère de cette Chambre eût été franchement déterminée, que l'incertitude même de ce caractère. Avec les craintes continuelles qui en ressortent, les espérances qui s'y attachent,

comment compter sur la parfaite impartialité d'un
membre actuel de la Chambre des pairs? Dans
certains cas, s'il est juste, il peut deshériter son
fils; dans d'autres cas, s'il est injuste, il peut le
combler d'honneurs : quel parti alors prendra-
t-il? Si une telle disposition existait dans le reste
de l'ordre judiciaire, n'aurait-on pas avec raison
des alarmes?

Il en sera de même pour la législation. S'il
est question d'une loi importante demandée par
la Cour, j'ai peur que la perspective éventuelle
du viager et de l'hérédité, ne tourmente un
peu la liberté du législateur. Dans toute espèce
de situation, cette considération aurait du poids;
dans les circonstances particulières qui ont fait
entrer dans cette Chambre un grand nombre
de membres qui n'ont pas d'autre existence,
elle doit en avoir davantage. En tout, l'effet
de cette disposition est tel, qu'il n'y a pas un
homme sensé en France, qui, dans une cause
grande, n'aimât mieux être jugé par le jury
de son département, que par la Cour des pairs.

L'inconsistance que donne à cette assemblée
son existence incertaine et comme suspendue
entre le viager et l'hérédité, est encore aggravée
par la situation où se trouvent des individus
qui, hors de leurs fonctions législatives, se

trouvent sans charges et sans fonctions civiles. « Dans nos temps anciens, quand le roi rassemblait ses barons, ces barons étaient l'un, le comte de Flandre, l'autre, le comte de Champagne, d'autres, de grands possesseurs de fiefs, de grands officiers de l'État. Dans les temps plus modernes, quand le roi envoyait ses édits au parlement, pour être enregistrés, chaque individu de ce parlement exerçait, en outre de son droit d'enregistrement, de grandes fonctions judiciaires. D'un côté, il avait l'indépendance qui s'attachait à la propriété assurée de ses fonctions ; d'un autre côté, il avait, pour sa part d'action législative, l'instruction et l'expérience que donne l'habitude des affaires. Ici au contraire, voici la première des corporations de l'État, dont chaque membre sans fonctions et sans vocation habituelle, est appelé de loin en loin d'un côté à prononcer sur les parties les plus importantes de la législation, d'un autre côté, sur des affaires d'État et des délits d'État les plus graves.

J'ai trouvé des personnes qui ne pouvaient comprendre l'inconvenance d'individus qui, sans vocations habituelles législatives ou judiciaires, étaient appelés tout-à-coup accidentellement et comme par exception, à juger

souverainement les plus grands délits de l'État.
On n'a qu'à faire attention à ce qui se passe
à l'armée. Là, où les affaires sont traitées
d'une manière que les frondeurs trouvent
quelquefois cavalière et expéditive, je vois
que quand le général juge à propos de convoquer un conseil pour quelque grande opération, il appelle des maréchaux, des lieute-
nans généraux, des officiers habitués par les
fonctions de leur grade, aux choses militaires.
Dans les affaires particulières, je vois de même
que le conseil de guerre se compose d'officiers
de divers grades, offrant par cette circonstance
même, une garantie suffisante pour leurs lumières et l'intégrité de leurs décisions. Dans
l'un et dans l'autre cas, je ne vois pas, comme
dans notre Chambre des pairs, qu'on convoque
des hommes qui, étrangers habituellement aux
fonctions militaires du second ordre, seraient
destinés précisément à régler ce qui, dans ces
fonctions, se trouverait de plus important.

L'inconsistance de notre Chambre des pairs,
par le défaut de fonctions habituelles, s'ag-
grave d'un autre côté, par son défaut absolu de connexion. Lorsque le parlement de
Paris (qui n'a jamais eu contre lui que la tache
réelle ou supposée de l'infériorité de naissance),

se présentait devant Louis XIV, il ne s'y présentait pas seul; il avait avec lui non seulement sa propre grandeur, qui était bien autre que celle de votre Chambre des pairs, mais encore celle de tout le corps judiciaire. Tous les tribunaux du royaume semblaient se mouvoir et marcher avec lui. Peut-on en dire autant de la Chambre des pairs? Si dans quelque grande occasion d'État, une attitude imposante de sa part devenait nécessaire, où trouverait-elle de la dignité? où trouverait-elle de la force? qui répondrait à ses signaux, qui répondrait à ses mouvemens? Dans l'état actuel des choses, une attitude de la part de la Cour des pairs ne pourrait être imposante, qu'autant qu'elle serait liée à des troubles ou à une faction : et alors cette attitude ne serait pas seulement imposante; elle serait funeste. Hors de là, une attitude de la Cour des pairs exciterait la risée. Il faut le dire franchement : cette prétendue tête de l'État, qui ne tient à rien, tomberait ou serait abattue, sans que personne s'en aperçût.

Je demande pardon d'avoir à développer tant de défectuosités; mais je n'ai pas encore fini. Tandis qu'on place à la tête de la constitution, une Chambre des pairs qui n'a en elle-même ni connexion ni consistance, on trouve à côté d'elle., sous le nom de Tribunal de cassation, un corps qui a précisément toutes les attributions qu'elle devrait avoir. Ici, vu le silence de la Charte, nous sommes obligés de nous reporter à la constitution de l'an VIII. L'article 65 de cette constitution porte.:

» Il y a pour toute la République un tribunal de cassation contre les jugemens en dernier ressort rendus par les tribunaux.; sur les demandes en renvoi d'un tribunal à un autre, pour cause de suspicion légitime, ou de sûreté publique, sur les prises à partie contre un tribunal entier. »

Par le sénatus-consulte organique du 16 thermidor an 10, il lui est accordé de nouveaux avantages.

« Le tribunal de cassation, présidé par le grand juge, a droit de censure et de discipline sur les tribunaux criminels. Il peut pour cause grave, suspendre les juges de leurs fonctions, les mander près du grand juge pour y rendre compte de leur conduite. »

Il est ajouté :

« Les tribunaux d'appel ont droit de surveillance sur les tribunaux civils de leur ressort, et les tribunaux civils, sur les juges de paix de leur arrondissement. »

Voilà une vaste hiérarchie. Dans cette hiérarchie un tribunal est au-dessus de tous les tribunaux. Ce tribunal n'est point le Sénat, n'est point le Conseil-d'État; c'est la Cour de cassation. Si par d'autres moyens on ne s'était pas ménagé la facilité d'asservir ou de paralyser cette Cour, il n'y a point de doute qu'avec le temps ses rapports avec le reste de cette organisation, n'eussent fini par se cimenter, se fortifier, s'accroître. Aujourd'hui, je me demande pourquoi ce tribunal n'est pas dans la Chambre des pairs. On me dit que cette Chambre est une partie essentielle de la puissance législative : en cette qualité, comment les écarts des tribunaux relativement à la législation, ne sont-ils pas de son ressort ? N'est-il pas naturel que cette *partie essentielle de la puissance législative* ait les yeux sur la jurisprudence habituelle des tribunaux ? N'est-il pas naturel de même qu'elle ait les yeux sur le mouvement habituel des contentions et des procès, afin que connaissant l'ensemble des plaintes particulières, elle puisse pourvoir au besoin général par des lois générales ?

Dans d'autres articles sur la Chambre des pairs, je vois qu'elle est investie du pouvoir judiciaire, qu'elle a le droit de juger les ministres, de connaître des crimes de haute-trahison et des attentats à la sûreté de l'État; comment

se fait-il, d'après cela, que les délits des tribunaux et leur discipline, ne soient pas dans ses
attributions? N'y a-t-il pas évidemment une de
ces deux Cours, la Chambre des pairs ou le
Tribunal de cassation, qui est un hors d'œuvre;
et si cela est, n'y en a-t-il pas une des deux
qui, dans peu de temps, doit tomber dans le
discrédit et dans l'oubli?

Dans ce dilemme qui me paraît inévitable,
je ne puis croire que ce soit de préférence
la Cour de cassation. Par ses rapports habituels avec tous les tribunaux, elle doit au
contraire chaque jour accroître de volume,
tandis que la Chambre des pairs, sans connexion, sans consistance, doit nécessairement
peu à peu se dégrader et s'effacer. Où sommes-
nous? Est-ce dans le despotisme? La Cour
de cassation doit rentrer dans le Conseil-d'État.
Sommes-nous dans un régime de liberté? La
Cour de cassation doit être dans le Sénat. Le
regard sans cesse dirigé sur les autres Cours,
le droit de juger en grand la loi et son application, le droit de ranger et de discipliner une
masse considérable de tribunaux : voilà ce qui
convient à un Sénat. C'est dans cette habitude
de vigilance sur toutes les magistratures, que

la Chambre des pairs pourra être regardée elle-même comme une magistrature. C'est toute pénétrée des lumières et de la sagesse que donnent des fonctions habituelles, des fonctions précises, des fonctions respectées, qu'elle se présentera honorablement, et qu'elle commandera le respect.

CHAPITRE V.

De la Chambre des députés des départemens.

Lord Chatam parlant de la représentation anglaise, affirmait qu'il n'y avait pas en Angleterre un brin d'herbe qui ne fût représenté. S'il fallait considérer la représentation de ce pays en principe, cette assertion se trouverait fort compromise ; il s'en faut de beaucoup que la Chambre des pairs en Angleterre soit ce qu'elle devrait être ; relativement à la Chambre des communes, les principes représentatifs y sont encore plus altérés. Tout cela va par le mouvement des intérêts, ainsi que par celui des habitudes.

Dans la représentation nationale, je viens de comprendre la Chambre des pairs. Je sais que, selon une prévention générale, une Chambre haute n'est pas classée dans le régime représentatif. C'est une erreur.

Une nation n'existe pas seulement dans le

moment présent; elle existe dans les temps passés. Son existence est attachée de même aux temps à venir. Qu'est-ce qu'une Chambre des communes? c'est la représentation du temps présent, c'est l'organe de toutes les plaintes, de toutes les demandes, de tous les besoins du moment. Qu'est-ce qu'une Chambre haute? C'est, par son aristocratie et sa constitution héréditaire, la représentation de notre existence nationale dans le temps passé, dans le temps présent, dans le temps à venir. C'est l'organe de nos anciennes lois, de nos anciens rites, de nos anciennes mœurs.

De ce double principe jusqu'à présent trop peu connu, sort le double caractère qui appartient aux deux chambres. L'une doit être prise dans l'esprit de famille, parce que l'existence de la famille est parallèle à l'existence des peuples; elle doit être aristocratique et héréditaire : l'autre, qui appartient à des intérêts temporaires, doit se renouveler et se recomposer sans cesse par des élections temporaires.

Il s'agit d'examiner sur quel principe doivent être formées ces élections.

L'article 38 de la Charte constitutionnelle porte :

« Aucun député ne peut être admis dans la

Chambre s'il n'est âgé de quarante ans, et s'il ne
paie une contribution directe de mille francs. »

Dans un autre article, le corps électoral
doit se composer d'électeurs, âgés au moins de
30 ans, et payant une contribution directe de
300 francs.

La pensée qui a présidé à cette forme de représentation, est de signaler d'un côté, des
individus, d'un autre côté, des propriétés ;
voilà tout ce qu'elle a vu dans l'État.

Mais d'abord, est-il vrai qu'il n'y ait dans un
État que des individus? On n'a pas fait attention qu'un grand État ne peut se composer sans
renfermer en lui une multitude de petits États.
De même que la constitution dans le corps humain, se compose d'une multitude de viscères
qui ont chacun leur constitution propre, et
dont le contingent de vie particulière forme en
quelque sorte la vie générale ; de même, dans
un grand État, on peut dire que la constitution
générale ne se forme que d'une sorte de contingent de toutes les constitutions particulières.
C'est ainsi qu'au-dessous des lois politiques,
s'aperçoivent immédiatement les lois civiles
municipales, parce que la constitution de la
cité vient immédiatement après la constitution
de l'État. D'après la Charte constitutionnelle,

on pourrait croire qu'il n'y a en France, ni cités, ni grandes institutions, ni grandes corporations. Et cependant l'existence, à cet égard, de la ville de Paris, est assez imposante, puisqu'elle a excité la jalousie au point de diviser son gouvernement en douze sections. Après la ville de Paris, les villes de Lyon, de Bordeaux, de Nantes, de Rouen, de Marseille, ont aussi quelque importance. Ces constitutions particulières peuvent-elles être étrangères à un système représentatif!

Ce ne sont pas seulement les cités et leurs constitutions municipales, qui ont été oubliées dans le nouveau système, les grandes institutions l'ont été également. Puisqu'on a sans cesse (fort mal à propos, selon moi,) ses regards sur l'Angleterre, comment n'a-t-on pas aperçu que les universités de Cambridge et d'Oxford avaient des représentans au parlement? Dans d'autres parties de l'Europe, si on a cru devoir établir en collége particulier, la classe des savans, comment cette circonstance n'a-t-elle pas été remarquée? Il me semble qu'assez généralement en France, les lettres et les sciences ont de la faveur. Comment! l'Institut ne sera pour rien dans notre régime représentatif? Il en sera de même de l'Université?

Je parle ici de la science : ceux qui s'obstinent à mettre les prêtres dans toutes nos affaires (ce qui n'est nullement dans mes principes), s'étonneront à leur tour, que les ministres du culte aient été oubliés. De plus, je vois dans la Charte, à l'article 71, « que la noblesse ancienne reprend « ses titres; la nouvelle conserve les siens. » Voilà un ordre de noblesse, et ensuite dans cet ordre, tous les ordres particuliers du Saint-Esprit, de Saint-Lazare, la légion d'honneur : tout cela demeurera étranger à votre système représentatif! Franchement, toutes ces choses ont-elles été méditées : y a-t-on même pensé?

~~~~~~

CHAPITRE VI.

De l'Ordre Judiciaire.

CE titre seul, *Ordre Judiciaire*, donne l'idée d'une grande hiérarchie, c'est-à-dire d'une grande distribution de mouvement sur une vaste échelle. Ce n'est pas dans la Charte, qu'on trouve cette distribution et cette échelle. Nous sommes renvoyés, sur ce point comme sur beaucoup d'autres, à la constitution de l'an 8. Dans cette constitution, je trouve des degrés fort bien établis, du juge de paix au tribunal, de celui-ci à la Cour d'appel.

Il ne faut pas croire que l'emplacement de ces degrés soit une chose arbitraire. Une Cour d'appel, par exemple, ne pourrait être établie à Saint-Denis; le tribunal civil, à Paris. Il est à cet égard des rangs qu'il faut observer. Pour constituer une véritable Cour d'appel, il faut nécessairement, dans toutes ses circonstances, une présomption raisonnable de supé=

riorité. Ce sont là les principes de nos pères,
Major à minore non potest judicari.

Par l'effet de la faveur ou de quelques pré-
pondérances particulières, ce point de droit a
été oublié; avec la multiplicité des Cours d'appel, il n'aurait pu toujours être convenablement observé. Nos treize parlemens formaient
autrefois une assez belle confusion : que doit-
ce être aujourd'hui, avec cette multitude de
Cours d'appel mises à côté les unes des autres,
sans lien entre elles et sans subordination à un
centre commun!

Cette situation n'échappa pas tout-à-fait aux
législateurs de l'an VIII. Ils instituèrent, à cet
effet, un tribunal de cassation. Ce tribunal n'eut
d'abord à prononcer que sur les jugemens. Deux
ans après, on lui donna plus d'importance. Il
reçut droit de censure et de discipline sur les
tribunaux et sur les membres. Ces tribunaux,
à leur tour, reçurent droit de surveillance sur
les tribunaux civils de leur ressort; ceux-ci,
sur les juges de paix de leur arrondissement.

Cette hiérarchie avait manifestement le défaut
de n'atteindre nulle part le souverain. C'est
qu'alors on ne savait pas même précisément où
était le souverain. Les uns le voyaient dans les
trois consuls, les autres dans le premier; d'au-

tres le plaçaient dans le Sénat, d'autres encore
dans le Tribunat et le Corps-Législatif. Mais
enfin c'était une hiérarchie, et dans les principes et dans la situation où on était alors, cette
hiérarchie n'était pas trop déraisonnable. Aujourd'hui, cet ordre ne peut se conserver. Il fini-
rait par anéantir l'existence même de la Chambre haute.

Je me suis plaint précédemment que les rapports de la puissance législative avec la prérogative royale avaient été mal définis. Je n'en
dirai pas de même de la puissance judiciaire :
je trouve au premier article de ce titre.

« Toute justice émane du Roi. Elle s'administre en
son nom par des juges qu'il nomme et qu'il institue. »

Cet article est excellent; il est dans le véritable esprit de la France; il est dans nos cœurs
et dans nos mœurs; il renferme tout ce qui est
nécessaire pour la liberté et pour l'autorité. Il
est bien que la prérogative royale soit ainsi clairement et positivement énoncée. Toutefois, je
crois nécessaire de prévenir le lecteur contre
une fausse induction qu'on pourrait tirer de
cette disposition même.

Parce que, selon notre droit public actuel,
toute justice émane du roi, si on allait croire

que nos justices seigneuriales ont été une concession qu'a faite l'autorité royale, ou une usurpation qu'elle a subie, on se tromperait. Il faut
tenir pour certain, en point historique, que les
justices particulières ont une origine tout-à-fait
étrangère à la royauté : il m'est nécessaire de
faire cette réserve ; car, comme dans une certaine doctrine, il est des imputations qui tendent à abaisser, à diffamer nos institutions antiques, nos temps antiques, et avec eux le plus
illustre, le plus généreux, le plus éclatant des
grands corps de l'État, je n'ai pas dû passer
sous silence un axiôme vrai, dont la malveillance chercherait à se prévaloir. Oui, toute justice en France émane du roi, de la même manière que toute grandeur, toute puissance,
toute dignité en lustre, en gloire de tout genre.
Il est dans nos mœurs comme dans la constitution de l'État, de tout rapporter au roi. Jamais un général français ne remporte de victoire ; c'est le roi. Ces mœurs françaises sont
les mœurs mêmes de la Germanie. *Sua fortia
facta gloriæ ejus assignare præcipuum sacra-
mentum est.*

J'ai une autre observation à faire. *Toute justice émane du roi.* Quand on a proconcé cette
disposition, comment a-t-on pu oublier cette

autre disposition nécessairement parallèle : *Toute loi émane du roi.* Le premier de ces deux axiômes peut être regardé, en quelque sorte, comme une fiction, puisque, dans la réalité, les jugemens sont rendus, sans la participation du roi, par des juges indépendans et inamovibles. Il n'en est pas de même de la loi; elle ne se montre jamais qu'avec la sanction expresse du roi. A-t-on craint qu'une telle disposition alarmât la liberté? Mais quand on a dit que toute justice émane du roi, ou a bien vite, et avec raison, ajouté qu'elle s'administre en son nom par des juges indépendans et inamovibles. Après avoir dit que toute loi émane du roi, il suffisait, pour rassurer la liberté, d'ajouter, comme dans le cas précédent, que la loi s'institue par l'organe d'un Sénat inamovible et d'une Chambre de représentans librement élus.

Faute de comprendre les rapports qui lient essentiellement ces deux parties de l'ordre politique, on a placé, à l'article de l'ordre judiciaire, une disposition de prérogative dont on n'a pas aperçu le sens.

« Le roi a le droit de faire grâce et de commuer les peines. » Cette disposition est excellente; mais de la manière dont elle est jetée là, il est manifeste que c'est de routine; on a voulu se conformer à l'ancien usage établi. On n'a pas vu que, dans l'esprit de notre ancienne législation, le droit de faire grâce est un *veto* appliqué à l'ordre judiciaire, qui correspond au *veto* appliqué à l'ordre législatif. Par cela même que toute loi émane du roi, il s'ensuit nécessairement que le roi a un *veto* sur les propositions législatives qui lui sont faites par les Chambres. Toute justice émane du roi; par cela même, le roi a nécessairement un *veto* sur les diverses sentences judiciaires portées par ses Cours. Ce *veto* se développe tantôt en demande en cassation, auprès de la haute Cour, lorsque les jugemens sont portés contre les formes ou contre les lois, tantôt, dans les cas particuliers, en droit de faire grâce et de commmuer les peines, c'est-à-dire en droit d'indulgence et de miséricorde.

CHAPITRE VII.

***

De la Religion et de la Noblesse.

L'ARTICLE 6 porte :

« La Religion catholique, apostolique et romaine, est la religion de l'État. »

Cet article est franc ; il est bon. Nous verrons dans peu comment on a cru faire une chose merveilleuse, en sécularisant la législation ; il est très-heureux qu'on n'ait pas voulu de même séculariser la constitution.

En stipulant des traitemens du trésor royal en faveur des ministres du culte catholique, l'article 7 associe à ces traitemens les ministres des autres cultes chrétiens. A quel propos ? Que la religion protestante soit admise en France, qu'elle y soit protégée, c'est bien ; mais que ses ministres s'entendent, comme ils voudront, avec leurs prosélytes. Pourquoi l'État serait-il obligé d'accorder des traitemens aux ministres d'une religion qui n'est pas la religion de l'État?

J'ai dit, au sujet de l'article 6 sur la religion catholique, que c'était un article franc ; je dois ajouter qu'il me paraît bien laconique. Comment est-il possible que l'ancienne religion du pays touche si peu toutes les parties de l'État, pour qu'on n'ait besoin d'établir envers elle ni précautions, ni réglemens ?

L'article 71 , concernant la noblesse , présente le même caractère. Il y est dit :

« La noblesse ancienne reprend ses titres. La nouvelle conserve les siens. Le Roi fait des nobles à volonté : il ne leur accorde que des rangs et des honneurs, sans aucune exception des charges et des devoirs de la société. »

Mais d'abord, la noblesse ancienne reprend ses titres : savons-nous bien positivement quels étaient les anciens titres de la noblesse ? N'y avait-il pas, à cet égard, d'abord depuis deux siècles, et plus scandaleusement encore depuis un demi-siècle, envahissement, désordre, confusion ? Reprendre aujourd'hui ses anciens titres, n'est-ce pas reprendre l'ancienne confusion qui existait ? La Charte fait-elle quelque chose, annonce-t-elle quelque chose pour remédier à cette confusion ?

Sera-ce le dernier état solennel et patent, tel qu'il existait immédiatement avant la révolution, qui fera titre, qui fera loi? Mais combien de possessions patentes alors étaient des envahissemens patents!

Cette considération qui est assez importante par elle-même, le devient encore plus sous les trois rapports suivans : 1.º les classes inférieures, que des prétentions exagérées abaissent et affligent; 2.º la noblesse créée par le dernier Gouvernement, et qui voit arriver à elle, avec des titres vagues et non définis, des prétentions auxquelles elle ne sait comment se rallier; 3.º la Chambre des pairs qui, n'ayant elle-même que des titres, se voit assaillie de toutes parts de titres qu'elle peut croire sans base et sans objet.

Je dis d'abord les classes *inférieures*. C'est beaucoup aujourd'hui d'oser s'exprimer ainsi. Toutefois cette infériorité à un terme. Il y a auprès de cette infériorité, des rangs voisins, des nuances voisines. Cette infériorité qui a bien de la peine à se reconnaître infériorité, n'aime pas à se trouver aggravée encore par la faculté à tout ce qui l'approche, de prendre auprès d'elle, et au-dessus d'elle, l'élévation qui lui plaît.

Je dis en second lieu, la noblesse créée par le dernier Gouvernement. Dans les rapprochemens de cette noblesse avec la noblesse ancienne, il n'est pas impossible qu'il ne s'élève des discussions et des jalousies. S'il survient entre elles des contestations, comment seront-elles jugées! qu'un des nobles du régime de Bonaparte conteste à un jeune homme de la plus illustre naissance, le titre le plus inférieur aujourd'hui de la noblesse, le titre de chevalier : comment celui-ci se défendra-t-il? On naît noble, on naît gentilhomme; mais sans l'investiture du roi, est-on, par sa naissance seule, comte, baron, chevalier? Je crois savoir quelque chose de l'ancien droit public de la France; mais en vérité, j'avoue que je ne saurais comment défendre une telle cause, soit avec cet ancien droit public, soit avec le nouveau.

J'ai cité la Chambre des pairs, elle me paraît sur ce point dans une situation encore plus gauche. Cette Chambre à laquelle, par certaines raisons, on n'a pas cru devoir accorder le lustre de l'hérédité, cette Chambre dans laquelle, malgré une première épuration, on peut trouver encore un mélange fort extraordinaire, et qui a de plus dans une grande partie de sa composition, la nuance défavorable des souvenirs révolutionnaires, et sur-tout son défaut de connexion, de ressemblance et d'affinité avec la corporation

illustre qui, autrefois portait ce nom ; cette
Chambre enfin, qui ne semble marquante aujourd'hui que par quelques titres, que lui res-
tera-t-il auprès de la partie de la noblesse nouvelle qui partage ces titres, et auprès de la partie de la noblesse ancienne qui s'en est emparée,
et qui, toutes deux, s'accordent ainsi à effacer
en elle ce seul et dernier lustre ?

CHAPITRE VIII.

De quelques points peu précis et peu francs de la Charte constitutionnelle.

Je vois à l'article 30 :

« Les princes membres de la famille royale, et les princes du sang, sont Pairs par le droit de leur naissance. Ils siégent immédiatement après le président: ils n'ont voix délibérative qu'à vingt-cinq ans. »

Je vois ensuite à l'article 31 :

» Les princes ne peuvent prendre séance à la Chambre que de l'ordre du Roi, exprimé pour chaque session par un message, à peine de nullité de tout ce qui aurait été fait en leur présence. »

Je ne conteste pas, à quelques égards, les avantages de cette double disposition; mais je la trouve mal énoncée. Elle me paraît avoir de l'inconvenance, même un peu d'irrégularité.

L'irrégularité consiste à avoir placé de la même manière dans le droit commun, deux dispositions contradictoires. Ce qui est dans le droit commun, peut sans doute en être tiré, mais seulement par exception. Or, voici ici deux règles générales contradictoires : la première, que les princes sont de droit membres de la Chambre des pairs; la seconde, qu'ils ne peuvent y entrer que de l'ordre du roi : cette disposition est tellement absolue, que leur entrée dans la Chambre sans cette condition, frappe ses délibérations de nullité. Il me semble qu'il fallait dire que les princes pouvaient être exclus de la Chambre à la volonté du roi, exprimée et signifiée à la Chambre par un message. Cette disposition qui était suffisante, aurait pris son origine dans l'autorité de père de famille cumulée dans la personne du roi avec celle de monarque. De petites considérations de circonstances, de petits ménagemens, de petites dissimulations, ne doivent pas entrer, ce me semble, dans une Charte constitutionnelle.

Je vois à l'article 62 :

« Il ne pourra être créé de commissions et tribunaux extraordinaires. »

Je vois en même temps en addition :

« Ne pourront être comprises sous cette dénomination, les juridictions prévotales, si leur rétablissement est jugé nécessaire. »

On voit, par cet article que, dans une certaine politique, on porte des regrets à ces anciennes juridictions prévotales. Considérées en soi, ces juridictions anciennes ne sont—elles pas pires que celles qui avaient été crées par le dernier Gouvernement? On ajoute : *Si leur rétablissement est nécessaire.* Jugé nécessaire par qui? Sera — ce l'objet d'une loi ou d'un réglement?

Art. 64 :

« L'institution des jurés est conservée. (On ajoute) Les changemens qu'une plus longue expérience ferait juger nécessaires, ne pourront être effectués que par une loi.

Que veut dire cette réserve? Ne décèle-t-elle pas évidemment les regrets d'un ancien esprit parlementaire, la continuité de ses instances et de ses espérances? Ceux qui attachent (et je suis bien de ce nombre) une importance infinie à l'institution du jury, peuvent-ils être contens de cette disposition?

Art. 64 :

« Les débats seront publics en matières criminelles, à moins que cette publicité ne soit dangereuse pour *l'ordre* et les *mœurs*, et dans ce cas le tribunal le déclare par un jugement. »

Cette dernière disposition mise en réserve annonce, comme à l'article précédent, les soupirs de cet ancien esprit parlementaire qui vou-

lait absolument que les débats en matière criminelle, fussent semblables à ceux des tribunaux de l'inquisition. Ne pouvant rétablir en
totalité ces anciennes merveilles, il s'agite autant qu'il peut pour en conserver quelque chose.
Que veulent dire ces expressions *dangereuses
pour l'ordre et les mœurs?* Ne signifient-elles
pas trop, si elles signifient quelque chose? et
quelle valeur ont-elles, si elles ne signifient
rien? Les *mœurs!* on entend sans doute des
débats qui allarmeraient la pudeur. Mais dans
ce cas, une parole du président adressée aux
femmes, ne suffit-elle pas? Des débats ne
peuvent-ils être regardés comme publics, si
les femmes en sont écartées?

Art. 12.

« La conscription est abolie. Le mode de recrutement de l'armée de terre est déterminé par une loi. »

Cet article, dans ces deux dispositions, me
paraît imprudent. Et si en débattant les divers
moyens de recrutement, on allait trouver que
le meilleur mode est la conscription, que deviendrait votre article constitutionnel?

Je ne conteste point que la conscription, telle
qu'elle a été exécutée par le dernier Gouvernement, ne contienne des règles dures. Mais ces
règles peuvent être abolies, la mesure peut être

modifiée, la chose même, subsister. Qu'est-ce que la garde nationale en soi, si ce n'est la plus sévère et la plus dure des conscriptions? On ne fait pas attention que c'est moins la conscription en soi qui est odieuse, que l'emploi arbitraire, exagéré, qui en serait fait. Mais actuellement que le sang de nos enfans, ainsi que le fruit de nos sueurs, ne seront plus demandés que par la patrie et pour la patrie, il nous importe de composer le mieux possible cet ancien séminaire de nos armées, et non pas de l'abolir. Si en recherchant ce nouveau mode, on ne fait que changer quelques formes, est-il convenable, dans une Charte constitutionnelle, de présenter comme une abolition réelle, un simple changement de nom? Ce n'est pas seulement la conscription, c'est l'armement général de tous les citoyens, qui est dans les mœurs françaises, dans notre esprit national, dans nos anciennes traditions. J'ajouterai qu'il est consacré par nos anciennes lois.

Dans l'édit de Cerisy où Charles-le-Chauve permet à tous les grands propriétaires de demeurer en pleine liberté dans leurs terres, on voit qu'il n'entend par là que les cas de guerre particulière du prince. Il excepte formellement la défense de la patrie : *ad patriæ defensionem pergat.* Le capitulaire *ad marsnam* consacre la même prérogative, à moins, dit-il, qu'il n'y ait cette sorte d'invasion du royaume qu'on appelle la lantver, *nisi talis regni invasio quam lantuveri dicunt, quod absit, acciderit, ut omnis populus illius regni ad eam repellendam communiter pergat.*

J'ai cité la disposition suivante de l'art. 15.

» La puissance législative s'exerce collectivement par le Roi, la Chambre des Pairs et la Chambre des Députés des départemens. »

Voilà actuellement en contrepartie, une disposition de l'art. 14, qui porte :

« Le Roi fait les réglemens et ordonnances nécessaires pour l'exécution des lois et la sûreté de l'État. »

Pour l'exécution des lois ! sont-ce les lois anciennes ou seulement les nouvelles ? Si on a entendu les lois anciennes, en même temps que les lois nouvelles, c'est une prérogative qui pourra prendre beaucoup d'extension. Quand on ajoute ensuite *pour la sûreté de l'État,* je demande s'il y a quelque chose dans notre existence actuelle, qui puisse échapper à la généralité de ces deux expressions.

On a vu les débats qui se sont élevés relativement à la liberté de la presse ; on a vu le

5

parti que des hommes adroits ont su tirer des dispositions suivantes :

« Les Français ont le droit de publier et de faire imprimer leurs opinions, en se conformant aux lois qui doivent réprimer les abus de cette liberté. »

Si la réserve mise à la suite de la disposition générale, a eu pour intention, ainsi qu'on en est convenu avec franchise, d'annuler la disposition même, que sera-ce, dans d'autres circonstances et dans d'autres temps, de la Charte constitutionnelle elle-même !

CHAPITRE IX.

Dernière remarque sur un défaut général de la Charte.

Nous avons recouvré une famille auguste, des princes bons, honorables ; nous avons un Roi dont les dispositions sont douces, éclairées, franches ; j'aime à croire qu'avec cette nacelle qu'on appelle constitution, nous voguerons quelque temps sur une mer où nous avons déjà fait tant de naufrages. Mais malgré ces avantages, s'il nous survient des tempêtes, je n'ai aucun doute que nous ne soyons engloutis. A la suite des billets de Law, nous avons pu faire des assignats ; à la suite des assignats, nous avons pu créer des mandats. J'ai le malheur de n'avoir aucune confiance dans la monnaie de papier, et dans les constitutions de papier.

Mettez-vous, pour votre liberté, toute votre confiance dans des précautions bien prises ;

dans des articles réglementaires bien rédigés ? On peut dire que rien de tout cela ne nous a manqué dans les constitutions précédentes. Je me contenterai de citer la constitution de l'an 8.

Article 55. « Aucun acte du Gouvernement ne peut avoir d'effet, s'il n'est signé par un ministre. »

Article 46. « Si le Gouvernement est informé qu'il se trame quelque conspiration contre l'État, il peut décerner des mandats d'arrêt contre les personnes qui en sont présumées les auteurs ou les complices : mais si dans un délai de dix jours, après leur arrestation, elles ne sont mises en liberté ou en justice réglée, il y a de la part du ministre signataire du mandat, crime de détention arbitraire. »

Article 76. « La maison de toute personne habitant le territoire français, est un asile inviolable. Pendant la nuit, nul n'a le droit d'y entrer, que dans le cas d'incendie, d'inondation, ou de réclamation faite de l'intérieur de la maison. »

Article 77. « Pour que l'acte qui ordonne l'arrestation d'une personne puisse être exécuté, il faut, 1.° qu'il exprime formellement le motif de l'arrestation, et la loi en exécution de laquelle elle est ordonnée ; 2.° qu'il émane d'un fonctionnaire à qui la loi ait donné formellement ce pouvoir ; 3.° qu'il soit notifié à la personne arrêtée, et qu'il lui en soit laissé copie. »

Article 81. « Tous ceux qui, n'ayant point reçu de la loi le pouvoir de faire arrêter, donneront, signeront, exécuteront l'arrestation d'une personne quelconque, tous ceux qui, même dans le cas de l'arrestation autorisée par la loi, recevront ou retiendront la personne arrêtée dans un lieu de détention non publiquement et légalement désigné comme tel, et tous les gardiens ou geôliers qui contreviendront aux dispositions des trois articles précédens, seront coupables du crime de détention arbitraire. »

Il n'est personne qui ne voie l'intention de ces dispositions si bien écrites, si bien rédigées sur le papier. J'en pourrais citer plusieurs autres. Que n'a pas tenté en ce genre l'assemblée qu'on appelle Constituante ? que n'ont pas tenté de même les assemblées subséquentes ?

J'ai noté beaucoup de défauts dans la Charte constitutionnelle. Eh bien, voici actuellement ce que j'ai à déclarer ; c'est que tous ces défauts ne sont encore rien auprès du vice principal qui me reste à indiquer. Ce vice qui nous a poursuivis constamment, depuis que nous avons voulu essayer de refaire notre ordre politique, consiste à n'avoir pas su faire auparavant notre ordre moral et civil.

J'examine notre nouvelle Charte constitutionnelle, et je me demande quel rapport on peut lui trouver avec le reste de notre ordre social. Si je prends une carte géographique de la France, j'aperçois, au-delà de sa circonscription, des terres étrangères qu'elle touche, et avec lesquelles elle a des rapports. Si je vais visiter mon champ, au-delà des bornes qui en forment l'enceinte, je puis apercevoir quelque chose des champs voisins. Mais ici, j'ai beau parcourir tout le champ de la constitution nouvelle ; j'ai le malheur de ne rien trouver au-delà. A-t-on cru que la constitution politique d'un État ne devait avoir aucun rapport avec sa constitution morale ou civile ? Cette erreur serait d'autant plus extraordinaire, que la constitution politique n'est pas seulement un corps de droit mis à côté des autres droits, c'est toujours leur complément final et leur résultat. C'est le faîte de ce grand édifice qu'on appelle État ; et alors on est dans le cas de demander non seulement ce qui touche ce faîte, ce qui est à côté, mais encore sur quoi il repose. En vérité, je crois qu'il n'est venu à l'esprit d'aucun de ceux qui ont coopéré à ce nouvel édifice, d'imaginer que l'ordre politique repose essentiellement sur l'ordre civil.

Je vais examiner actuellement notre ordre civil.

FIN DU PREMIER LIVRE.

LIVRE SECOND.

Du Code civil.

J'AI vu assemblé pour donner une constitution à la France tout ce que la fin du dix-huitième siècle avait de génie, d'instruction, de lumières. Cette œuvre sanctionnée par le plus honnête, le plus vertueux, le meilleur des monarques, ne s'est pas trouvée bonne. Je viens d'examiner notre nouvelle Charte constitutionnelle. Cette œuvre débattue dans un comité particulier d'hommes pleins de sagesse et de lumière, sanctionnée par un Monarque rempli d'instruction, d'expérience et de malheurs, m'a paru défectueuse. J'ai actuellement à examiner une autre œuvre qui a eu une grande célébrité, qui s'est avancée en même temps que nos armées chez les peuples voisins, qui s'est emparée d'une partie de leur territoire, et qui, soutenue par la puissance de celui qui réglait alors nos destinées, s'est avancée avec tout son éclat sur l'Europe, et a failli, comme lui, l'envahir.

☞ Des personnes importantes qui veulent bien m'accorder intérêt et amitié m'ont re-montré qu'il y aurait peu d'utilité, et certaine-ment de l'inconvenance à analyser aujourd'hui, d'une manière critique et directe, un code qui a obtenu en Europe une grande admiration, et qui a eu sur-tout beaucoup de célébrité. Je ne prétends pas écarter de moi la défaveur qui pourra s'attacher au mauvais tour d'esprit qui m'empêche de partager ces sentimens; je per-siste à croire que cette œuvre est incomplète et doit être refondue; après cela, je sacrifie volontiers ce livre, puisque des personnes que je respecte ont une opinion différente de la mienne. Je fais ce sacrifice avec d'autant moins de regret, que dans ma seconde partie, où je traite d'une manière synthétique des principes de recomposition, j'ai suffisamment occasion d'exposer les véritables bases d'un bon ordre civil.

LIVRE TROISIÈME.

—

De l'état de la France considérée sous le rapport de l'esprit public, des mœurs, et de la religion.

Ce n'est pas ici le lieu d'examiner ce que c'est, en principe, que les mœurs et l'esprit public, de quels élémens ils se composent, et leur importance dans la vie sociale. Je réserve cet examen pour ma seconde partie. Je n'ai à m'occuper en ce moment que du tableau de la France. Lorsqu'une nation, accoutumée depuis long-temps à vivre dans de vieilles masures, a vu détruire tout à coup ces masures, et qu'on a essayé ensuite de lui donner pour demeure cinq ou six édifices nouveaux qui, sous le nom de constitution, se sont remplacés successivement; parmi les restes d'un ancien esprit public qui s'est opposé de toutes ses forces aux des-tructions, lorsqu'on trouve les restes d'un autre esprit public qui croit s'être corrigé de la manie de détruire, en se proposant de ne rien réédifier, et qu'un autre esprit public annonce au contraire la volonté de réédifier, mais seulement pour nous rendre ces anciennes masures; lorsqu'à l'anéantissement de la grande maison de l'État, s'est ajouté parallèlement l'anéantissement de la cité, celui de la famille et de la maison; lorsque, frappées de tous ces bouleversemens, les mœurs d'un pays en ont pris la teinte; lorsque toute une classe accoutumée au respect et à l'élévation du rang, a été précipitée dans la médiocrité, et que d'un fonds accoutumé à la médiocrité, sont sortis des bataillons entiers conquérans de l'importance, de l'élégance, de tout ce qui est l'apanage de l'élévation du rang; au milieu de tous ces esprits, de toutes ces tendances, de toutes ces passions diverses, quels que soient les événemens et les espérances, il faut se croire non au rivage, mais en pleine mer. Là, j'aimerais au moins à penser que nous sommes dans un superbe vaisseau sous l'influence de vents établis et réguliers; je crains que nous ne soyons sur une simple nacelle poussée par les vents de l'automne.

Mon intention est d'examiner cette situation toute entière, depuis le fondement jusqu'au faîte.

CHAPITRE PREMIER.

De l'esprit public en France dans les classes inférieures.

Sous le rapport des mœurs, on peut considérer l'esprit public d'une nation, comme une affection plus ou moins vive, plus ou moins générale, pour ses opinions, ses préjugés, ses habitudes. Sous le rapport politique, on peut le signaler comme un sentiment qui s'attache plus ou moins fortement d'un côté, à la plus grande prospérité intérieure, d'un autre côté, à la plus grande gloire au dehors.

La part de ces sentimens ainsi dirigés ne peut être égale ni dans toutes les classes, ni dans tous les temps. Selon qu'une nation a plus ou moins de participation à ses affaires, selon que, par ses habitudes, elle a plus ou moins de connaissance des principes de son activité, et que son esprit s'attache plus ou moins aux résultats certains ou incertains, éventuels ou probables, de ses tentatives, il est naturel qu'elle porte plus ou moins d'affection, d'intérêt ou d'amour, à un ensemble de choses auquel elle engage d'avance ses regards, ses espérances, ses efforts.

Sous ce rapport, n'est-ce pas se tromper que de compter sur de l'esprit public dans les classes inférieures ? Tout entières à leur misère ou à leurs besoins, la guerre ne se présente à elles que dans la perspective de plus grands sacrifices à supporter ; la paix ne les touche de même que sous le rapport des allégemens qu'elle leur fait espérer. Par la même raison, les défaites ou les victoires ne leur font guère que des impressions parallèles à ces deux impressions.

Voilà pour les intérêts au dehors. Au dedans, si on fait consister l'esprit public dans le plus ou moins de zèle pour les intérêts de la liberté individuelle, pour ceux de la liberté de la presse, pour les grandes règles d'une constitution, la balance des pouvoirs, ainsi que pour la responsabilité des ministres ; on conviendra qu'en général toutes ces choses, qui sont hors de la portée de ces classes, les intéressent peu.

Il n'en sera pas de même à l'égard du roi. Il n'en sera pas de même à l'égard de la religion, et des anciens usages.

Je dis d'abord le roi. En effet, ce personnage qu'on n'a pas vu, qu'on ne comprend pas, mais

dont on entend sans cesse parler, qu'on re-
trouve dans tous les évènemens et dans tous
les actes, qui paraît dans l'éloignement comme
quelque chose d'une autre nature, qui est plus
grand que les plus grands, plus fort que les plus
forts, qui, d'un mot, pourrait terrasser, s'il
voulait, toutes ces autorités si redoutables, et
quelquefois un peu arrogantes, dont on est entouré; ce personnage, qui est pour un grand
État comme le soleil dont on reçoit la lumière,
dont on ressent la chaleur, sans trop savoir ce
que c'est, est toujours pour les classes inférieures une espèce de Dieu. Dans les pays où on
s'est habitué à ce que le roi soit tout, qu'il fasse
tout, que tout vienne de lui, et que tout soit
en lui, contester quelque chose au roi, vouloir en quelque point limiter son bonheur,
c'est-à-dire, comme on l'entend, sa volonté,
son action, sa puissance, ce n'est pas seulement
une inconvenance; c'est un scandale qui provoque la haine et l'irritation.

Il s'ensuit que, dans l'état ordinaire des choses, l'esprit public, parmi les classes inférieures,
est naturellement pour le despotisme. Les injustices, la tyrannie, les cruautés, ne dérangent
pas toujours cette tendance. Il faut voir dans
Velleius Paterculus les douleurs de tout le peu-

ple de Rome, son deuil, ses lamentations, aussitôt qu'il apprit la mort de Néron. On se tromperait beaucoup, si on croyait qu'à Paris la mort
de Robespierre ne laissa point de regrets. Dans
des situations différentes, on a pu voir la différence d'enthousiasme du bas peuple hollandais,
d'un côté, pour leur stathouder, d'un autre
côté, pour les grands corps aristocratiques de
l'État. Il faut voir l'enthousiasme actuel de toutes les parties inférieures de la population espa-
gnole en faveur de Ferdinand VII, et l'abandon
où se trouvent les membres les plus respecta-
bles et les plus populaires des Cortès.

Ces principes sont tout-à-fait applicables à la
France. Si on met un moment à part, dans ce
pays, des intérêts particuliers, dont je parlerai
bientôt, il est sûr que là comme ailleurs, les
classes inférieures y seront toujours de préférence pour le roi. Et comme en voulant participer en quelque chose au Gouvernement, on
a éprouvé précédemment, dans ce pays, de
grands troubles et de grands malheurs, ce souvenir, fortifié par le même sentiment dans d'autres classes, pourrait, dans quelques circonstances données, s'accroître ou s'exalter à l'in-
fini. Par exemple, lorsque Louis-XVIII est
entré en France, et qu'il s'est élevé des discus-

sions sur tels et tels arrêtés du Sénat, sur telle et telle forme de constitution, sur telle et telle forme de représentations, il n'avait qu'à dire un mot; dès le premier moment, le parti du Roi les eût effacés tous. Je n'en dis pas assez : à la différence de certains peuples qu'on a vu se soulever pour réclamer la liberté, c'est-à-dire, une obéissance réglée et limitée, il est possible qu'au grand étonnement de l'Europe, on eût vu la plus grande partie du peuple français se soulever à la fois pour réclamer, sous son Roi, la faveur d'une obéissance sans bornes.

C'était là, il faut le dire, un appat fort séduisant. Nous devons féliciter notre monarque d'avoir su s'en préserver; car, quoiqu'il eût pu avoir d'abord, en sa faveur, la jalousie ordinaire contre une multitude de nouveaux riches, de nouveaux parvenus, la France est aujourd'hui composée de manière, qu'une tentative semblable ne pourrait définitivement avoir de succès. La lutte, à cet égard, ne serait pas long-temps indécise.

Je viens de faire, selon les circonstances ordinaires, la part de cette classe. Il faut actuellement que je fasse la part du temps.

Il n'est pas difficile d'apercevoir que, par les circonstances particulières dans lesquelles la

France se trouve placée, cet esprit, tout royal que je viens de montrer comme particulier aux dernières classes du peuple, a reçu beaucoup d'atteintes. L'acquisition des biens nationaux, la suppression générale des dîmes et de ce qu'on est convenu d'appeler droits féodaux, l'égalité de tous les subsides, l'admissibilité à toutes les places, et en même temps la pensée qu'autour du trône se trouve principalement l'ordre de personnes qui a eu des droits ennemis de ces avantages, et qui leur portent encore des regrets, la prévention, généralement établie, que c'est des favoris du roi que pourraient partir des réclamations et des répétitions odieuses, portent l'effroi et paralysent une partie de cet esprit royal, sur lequel on voudrait compter. Je n'en dis pas assez; si on n'y prenait garde, le royalisme lui-même pourrait être signalé, dans cette partie de la nation, comme un objet de crainte et de haine.

Telle est la nouvelle espèce d'esprit public qu'on peut remarquer aujourd'hui en France.

Sous l'Empereur, si rien n'a été observé en ce genre, c'est que produit lui-même de la révolution et de ses mouvemens, il était par ses propres intérêts, le gardien, le protecteur, le conservateur de ces intérêts. Aujourd'hui que le pouvoir est d'un autre caractère, il est supposé dans un autre sens. Et alors tout ce qu'il fait et tout ce qu'il ne fait pas, est attentivement observé. S'il garde le silence, ce silence donne des alarmes ; s'il croit devoir parler, des alarmes naissent de la nécessité de sa parole. La parole considérée comme instrument, est sujette à s'user comme tous les instrumens.

Je n'ignore pas ce qu'il peut y avoir de nuances dans cette situation. Dans certaines parties de la France où on aura réussi à persuader que le Roi et la nouvelle monarchie sont en péril, on pourra exalter l'esprit royal. Mis ainsi en état d'irritation, s'il vient à se recruter de tout ce qu'il y a de jalousie et d'animosité contre les choses nouvelles, il pourra acquérir une grande force. Mais les choses nouvelles, à leur tour, chercheront à se combiner entre elles ; avec le temps, elles se disciplineront, s'organiseront, formeront des rangs, et (n'en ayez nul doute) finiront par avoir l'avantage.

CHAPITRE II.

De l'esprit public dans les classes intermédiaires.

Lorsqu'on agite la grande question de l'esprit public, il est commun d'entendre citer l'exemple de l'Angleterre. Il est rare que, dans nos affaires, cet exemple ait beaucoup d'application. En Angleterre, où des partis formés depuis long-temps, s'étendent de proche en proche jusqu'aux dernières classes du peuple, il n'est pas étonnant que, dans cette communication continuelle de tous les rangs et de toutes les classes, le mouvement qui s'imprime au sommet, parvienne jusqu'à sa base. En France, excepté dans la révolution et au temps présent, on ne voit rien de semblable.

Ce n'est pas qu'anciennement on n'ait pu voir quelque chose comme un esprit public : on peut compter en ce genre, si on veut, les disputes sur la grâce et sur la bulle, les querelles sur la musique, les systèmes des Économistes, et surtout le mouvement philosophique de la fin du 18.e siècle. Mais d'abord, ce n'est ni dans les classes inférieures, ni dans les classes moyennes, que ces discussions ont eu leur principal foyer ; et ensuite, n'est-ce pas altérer un peu le sens du langage, que de décorer de ce nom, des questions purement théoriques, qui n'avaient aucun rapport aux affaires d'État ?

Le défaut de participation habituelle à ces affaires, le défaut d'intérêt qui résultait de ce défaut de participation, le défaut de la liberté de la presse au moyen de quoi il n'était pas même possible de les connaître, un tel ensemble de choses suffit pour nous donner une idée de ce qu'a pu être en France l'esprit public. Si d'ailleurs, par le défaut d'une bonne constitution civile, il n'a pu se composer de véritable intérêt commun ; si par la nature des choses établies, il n'y a eu pour l'habitant de la province, de la ville ou du village, aucun mouvement de municipalité auquel il ait pu prendre part, s'il n'a existé aucune corporation à laquelle on ait pu habituellement s'associer, et par là, atteindre quelque chose des événemens, on peut être assuré qu'il n'y a point eu en France jusqu'à la révolution, de véritable esprit public. Car ce sont là, sans nul doute, ses élémens.

Dans un ordre de choses ainsi combiné, il est impossible de supposer qu'un peu de goût pour les choses de la patrie, descendra jusque dans les dernières classes, lorsqu'il ne peut même s'établir dans les classes élevées; tout ce que je veux dire, c'est que celles-ci en sont plus susceptibles.

Avec la propriété et un peu d'aisance, on acquiert un peu de loisir; avec le loisir, il se montre un commencement d'esprit public. Dans les campagnes, les petits propriétaires qui trouvent chez le juge de paix ou chez le maire le journal du département, commencent à diriger vers les choses publiques, une partie de leur pensée. Dans ce journal, il n'y a guère, il est vrai, que les affaires de biens à vendre, des maisons à louer, des domestiques à placer: cependant comme à la fin, il y a aussi les ordonnances de M. le préfet et au moins un mot sur les événemens publics, ce mot s'agite ensuite dans les petits rassemblemens des voisins ou des familles.

A la ville, où les rassemblemens fournissent plus d'occasions, parce qu'ils sont plus fréquens, les débats relatifs aux affaires publiques n'en sont pas pour cela plus animés. Le mouvement des intérêts particuliers a une action qui absorbe tout. Des pères de famille embarrassés des soins de leurs maisons, de celui de leurs familles et de leurs affaires, n'ont guère le temps de se faire un esprit public ; ils le reçoivent tout fait de l'homme d'esprit de leur société, qui lit les journaux, qui sait les affaires, et qui est abonné au salon. Il faut connaître le caractère d'un tel esprit public. Les édifices de la commune, les aqueducs, les égouts, tout ce qui regarde la propreté, la salubrité : ce sont de petites affaires de ménage, qui concernent seulement le maire, l'architecte, le préfet : mais les intérêts de la Hollande, de la Prusse, de l'Angleterre et du Danemarck ; ceux de l'Autriche, de l'Espagne, de l'Italie, voilà ce qui est intéressant. Aussi, c'est toujours ce que les beaux esprits des villes savent le mieux. Ceux mêmes qui plus modestes croient ne pas entendre ces questions, écoutent avidement ceux qui se donnent pour les entendre. Ils reçoivent leurs décisions avec confiance, quelquefois avec respect. L'autorité est un bonheur pour les imaginations impuissantes ou paresseuses.

Quoique les affaires du dedans aient en général moins d'intérêt, cependant si par hasard il y a deux partis à Paris, si on est divisé relativement à quelques points de législation ou d'administration, les uns seront du parti du roi, les autres du parti de l'opposition. Comme les troubles passés ont appris qu'en s'écartant du parti du roi, on tombe dans celui du peuple et par là dans les folies et dans les fureurs, on doit s'attendre que le parti de l'opposition aura toujours peu de faveur.

Dans cette classe, comme dans la précédente, si le roi était seul, on lui décernerait *presque unanimement* le pouvoir absolu. S'il avait des nobles à combattre, des prétentions féodales à écarter, des priviléges, c'est-à-dire, un reste de liberté ancienne à extirper, l'unanimité serait entière. Mais, au contraire, si c'est la noblesse qu'on veut relever, si ce sont des injures et des malheurs qu'on veut réparer, ce spectacle déplaira, quoi qu'on fasse.

Si, en outre, on y met de la maladresse; si ceux qui ont à jouir de ces avantages, viennent encore à montrer de la morgue et de l'arrogance; si pour justifier cette arrogance, ils rappellent les fautes, les délits, les crimes, les inquiétudes s'éleveront, elles s'agiteront, se combineront; on croira apercevoir de tous côtés des plans d'attaque, contre lesquels on imaginera de tous côtés des plans de défense ; on parlera alors sans doute de constitution et de liberté : ce qui ne veut pas dire qu'on désire, par amour de la patrie, un ordre fixe d'administration et de Gouvernement, mais seulement par amour de soi, un rempart pour les avantages qu'on a acquis. Des limites au point où le Gouvernement pourrait vouloir s'étendre sur les avantages de la révolution, et où les nobles pourraient vouloir se replacer dans des stations d'où la révolution les a déposés : voilà le vœu réel.

Il faut faire une grande attention à la classe intermédiaire ; car elle est très — importante, non seulement par le nombre, par les lumières, par son mouvement ; mais encore par une sorte de concert dans ses desseins et dans ses mouvemens. On ne peut croire à quel point de grandes masses d'hommes sont susceptibles de dissimulation. Cette classe pourra éprouver des injures et les supporter long—temps sans se plaindre. Il faut comprendre ce silence. Rentrant au dedans de soi un homme blessé se raisonne ; il craint d'être injuste ; chacun a un peu de honte de donner l'essor à de simples mouvemens de vanité. Pendant quelque temps, tout sera ainsi tranquille : qu'on ne s'y fie pas; car si , par quelque circonstance, ce mouvement vient à éclater quelque part , il peut gagner au même moment la France entière, et avoir un effet aussi violent que subit.

CHAPITRE III.

De l'esprit public dans la noblesse ancienne.

Quelles qu'aient été, dans la révolution, les préventions générales contre cette classe, quels que soient même souvent ses propres désaveux, c'est principalement dans la noblesse, qu'il faut chercher le véritable foyer des sentimens généreux, et comme on le dit aujourd'hui, des idées libérales. Moins affairée, plus écartée des habitudes mercenaires, à raison de son éloignement des professions lucratives, le lustre de sa condition est plus facilement l'image du lustre de ses sentimens. Jusqu'au moment où elle a été complétement subjuguée, c'est toujours là, ainsi que dans les hautes classes de la bourgeoisie, que l'autorité royale a éprouvé le plus d'obstacle à ses projets d'agrandissement. Les classes inférieures ne sont susceptibles que de sédition et de mutinerie; celle-ci est plus particulièrement susceptible de faction. Elle a le temps de marcher lentement vers des intérêts éloignés ; de combiner sa défense et ses attaques. Quand il n'y a pas de monarchie, les nobles, s'ils réunissent toute l'autorité, peuvent devenir eux-mêmes la tyrannie ; sous une monarchie formée, la noblesse est le premier appui et le meilleur garant de la liberté.

Cette règle générale peut offrir deux exceptions : la première, lorsque par des circonstances particulières, la noblesse se trouvera aux prises avec les classes inférieures.

Nous avons dans notre histoire une grande époque où les classes inférieures, voulant se soustraire d'abord à la domination de la noblesse, ensuite à sa supériorité, tous se réfugièrent comme de concert vers l'autorité royale ; les unes pour faire maintenir leur nouvelle indépendance ; l'autre, pour faire protéger ce qu'elle avait pu retenir de ses anciens avantages : c'est par l'effet de ce double mouvement ménagé savamment par l'autorité royale, que la France est arrivée, comme je l'ai montré, au Gouvernement le plus monstrueux, le plus opposé à son esprit, à ses traditions, à ses mœurs, c'est-à-dire, au despotisme.

La seconde exception se trouvera dans des

circonstances presque semblables. Les classes inférieures étant arrivées, par une grande révolution, à effacer dans les rangs supérieurs un reste d'importance qui les offusquait, si, par une révolution nouvelle, la noblesse vient tout à coup à ressusciter et à reparaître, comment parviendra-t-elle à se conserver? Objet d'envie à cause de quelques avantages apparens, objet de dédain pour sa nullité réelle, placée dans une situation pire de tout point que sa situation précédente, elle n'aura manifestement d'autre ressource, que d'aller se jeter au pied du trône, et de tâcher là de recevoir d'emprunt une existence qu'elle ne peut plus avoir par elle-même. C'est ce qu'il a été facile d'observer au retour de la Maison des Bourbons.

Sous un certain point de vue, on pourrait dire que, précédemment, l'ancienne noblesse n'avait point été trop maltraitée. D'un côté, les grands noms avaient été passablement recherchés et caressés; et même à l'égard des autres, les procédés avaient été passablement adoucis et ménagés. Partout, les anciens nobles avaient été traités, non sans doute comme ils l'auraient voulu, avec respect, mais toujours au moins avec égard, avec justice, quelque-

fois avec faveur. Dans plusieurs circonstances
où l'espoir du retour des anciennes choses avait
égaré quelques-uns d'eux, et les avait entraî-
nés dans de fausses démarches, ils avaient
trouvé, même dans les autorités les plus dévouées,
un esprit d'indulgence entièrement inconnu
sous les Gouvernemens précédens. Des tentatives sur lesquelles le régime de la terreur et
celui du Directoire eussent été impitoyables,
toutes poursuivies qu'elles étaient encore en
apparence, avaient été, en réalité, excusées,
tant qu'on avait pu, quelquefois négligées, oubliées.

A la rénovation, si la noblesse avait eu un
sentiment convenable de sa situation et de celle
de la France, sa conduite pouvait être admirable; son attitude, superbe. Jouir des avantages nouveaux avec franchise, et cependant
avec modestie; trouver tout simple qu'au temps
de son anéantissement, on l'eût traitée comme
une chose anéantie; se souvenir alors, non des
procédés qui, dans cette situation, avaient dû
naturellement en prendre la couleur, mais seulement des procédés doux, honnêtes, obli-
geans, dont elle avait été si souvent l'objet; reprendre ses rangs, en troublant le moins pos-

sible des rangs déjà occupés ; enfin , en se ral—
liant au roi , marquer qu'elle se ralliait avec lui ,
à la liberté et à la patrie ; la noblesse se fût ainsi
honorée , elle eût reconquis , dans tous les cœurs ,
l'affection et le respect.

De petits ressentimens , de petits souvenirs ,
de petites considérations politiques , sont venus
malheureusement déranger ces vues. On a sem—
blé moins occupé du bienfait nouveau qui était
accordé , que des injures anciennes qui avaient
été faites. Comment pourrai—je énumérer tous
ces griefs ? les voici à peu près.

Et d'abord , si les nobles n'avaient pas été trai—
tés avec injustice , ils croyaient n'avoir pas eu
la part d'égards et de considération qui leur
était due. Dans les cérémonies publiques , ce
n'étaient pas les nobles, c'étaient les autorités ,
qui avaient le premier rang. Aux audiences de
M. le Préfet , c'était souvent un maire de can—
ton , qui était appelé avant un ancien seigneur.
A sa table , c'était M. le receveur , M. le direc—
teur , qui avaient les premières places. Souvent
même dans les bureaux , un jeune commis espiè—
gle effaçait fort bien le *de* qui précédait un
ancien nom , ou au moins il avait la malice de
l'écrire en lettres capitales.

Oh! pauvreté! Oh! misères! c'est ainsi que des cœurs nobles se sont ulcérés.

Dans cet état de ressentiment, sans moyen positif de le satisfaire, ayant recouvré en apparence un rang, sans recouvrer en même temps les richesses, les places, les apanages de ce rang, replacée au milieu du tiers-état de 1789, cent fois plus nue, plus faible, plus dépouillée, qu'elle ne l'était alors, ne sachant au milieu de ce dénuement, comment se défendre des prétentions ennemies, et comment faire prévaloir les siennes, il est assez simple que, dès le premier moment, le trône ait été tout pour la noblesse. On veut lui parler de la patrie : j'ai peur qu'elle ne voie, dans la patrie où figure le corps de la nation, qu'un peuple oppresseur, persécuteur, ennemi. Un système de liberté ne lui paraît qu'un système de tyrannie contre elle ; la Charte constitutionnelle, un moyen de donner à ce système un caractère légal et durable.

La noblesse ne s'est pas contentée de se ramasser, dès les premiers momens, vers l'autorité : pour que ce secours lui fût efficace, il fallait qu'il ne restât plus rien de l'autorité formée dans l'esprit précédent et dans les cadres précédens. Ces cadres façonnés dans un autre esprit et dans un autre sens, elle a voulu les faire disparaître; elle a voulu que, partout une autorité nouvelle fut composée par elle et pour elle. Elle s'est jetée ainsi à corps perdu sur tout ce qui existait. A l'entendre, il fallait que toutes les administrations, c'est-à-dire, toutes les préfectures, toutes les sous-préfectures, toutes les mairies et leurs appendices, fussent changées et remplacées dans un sens nouveau, c'est-à-dire, dans le sien. Ne tenant compte d'aucune circonstance, toute entière à ses ressentimens ou à ses vues, elle a tourmenté, de ses mouvemens et de ses plaintes, les princes, la Cour, les bureaux, les ministres. Au véritable motif qui n'a pas toujours été dévoilé, ont été substituées des accusations personnelles. C'est, surtout le zèle, au premier moment de la rénovation, qui a été le point de mire. Ici, le maire n'a pas assez tôt arboré le pavillon blanc; là, le préfet a refusé de croire aux nouvelles du *Moniteur*, et en a retardé la circulation; ailleurs, il a arrêté les courriers, ou il a voulu défendre le territoire contre ces *bons Allemands* et contre ces *bons Cosaques*.

Des hommes d'une intention droite sont entrés dans ces mouvemens; nul doute. Mais des

intrigans aussi s'y sont mêlés. Partout des combinaisons et des associations particulières se
sont formées. Elles ont déterminé aussitôt,
dans un autre sens, des combinaisons et des
associations contraires. Dans cette crise d'opposition et de contre-opposition, quelques-uns
des déplacemens sollicités ont eu lieu ; mais ils
n'ont été faits ni avec le système de généralité,
ni avec l'esprit et l'intention qu'on désirait. Car
comme il est absolument nécessaire de gouverner, non dans un esprit particulier et pour des
intérêts particuliers, mais dans un esprit général
et pour un intérêt général, on n'a retiré de
leurs places que ceux qui, par l'acrimonie des
débats, étaient arrivés dans une telle situation,
que leurs fonctions n'etaient plus faisables. En
parant à quelques inconvéniens personnels, on
est demeuré sur l'ancienne ligne politique ; on
a consenti seulement à changer les noms. Après
tous ces grands mouvemens, toutes ces grandes
cabales, tous ces grands efforts, on a vu se
reproduire, sous d'autres noms, des adminis-
trateurs semblables à ceux qu'on était parvenu
à déplacer.

Une certaine classe de noblesse qui avait
beaucoup espéré des changemens, s'est trou-

vée n'avoir pas fait un pas. Elle a cru donner une idée de sa force ; elle a donné seulement une idée de ses desseins. Ces desseins ont reçu les plus fâcheuses interprétations. On a cru qu'elle s'agitait moins pour conserver ce qu'on lui avait rendu, que pour recouvrer ce qu'elle avait perdu.

CHAPITRE IV.

De l'esprit public dans la noblesse nouvelle.

En 1792, lorsque les officiers abandonnèrent l'armée, ils purent voir bientôt leurs places prises, et assez convenablement occupées. Dans ces dernières campagnes, des officiers avaient beau être faits prisonniers, ils étaient remplacés sur-le-champ par d'autres officiers. Il n'y a pas long-temps que le même régiment a vu arriver à lui trois ou quatre colonels tout étonnés de se rencontrer ensemble, et ne sachant comment s'accorder pour le commandement. Il en est de même de la noblesse ancienne. Lorsqu'elle quitta le territoire français, il semblait que toute institution de ce genre fût désormais insupportable : on l'a vu remplacée par une noblesse nouvelle. Quand on a coupé des forêts, on est tout étonné de voir presqu'aussitôt le même sol se regarnir et se reproduire en forêts. Le sol français est de même tellement rempli d'une certaine semence, qu'on n'a pu détruire un moment la noblesse ancienne, sans voir son sol se couvrir bientôt d'une noblesse nouvelle. Il est curieux d'arrêter son attention sur cet événement.

Du moment que, par une douloureuse expérience, la France eut été avertie de l'illusion des théories républicaines, la monarchie donnant alors, par les personnes, des alarmes qui avaient cessé par les principes, toute la révolution se réfugia vers Bonaparte, en crainte de la Maison de Bourbon. Bientôt lorsque, par le même cours d'événemens, la France fut revenue de ses illusions sur l'abolition des rangs et l'établissement de l'égalité, la noblesse donnant alors, du côté des personnes, des alarmes qui avaient cessé du côté des principes, la révolution demanda de toutes parts une noblesse révolutionnaire. Non seulement tous les hauts faits de l'armée, mais les parties hautes de l'administration, des arts, des sciences et des lettres, furent aussitôt produites et mises en lumière.

Il est à remarquer que cette noblesse nouvelle, destinée à remplacer l'ancienne, n'eut pas tout-à-fait le même caractère.

Lors de cet anoblissement général qui eut

lieu sous Louis — le — Gros et sous Louis X, lequel fut une élévation générale de tous les habitans de la France à la qualité de francs, il devint nécessaire, comme je l'ai remarqué, que tous ces nouveaux anoblis continuassent les professions qu'ils exerçaient. On vit de cette manière, au grand étonnement de ceux qui pouvaient être alors attachés aux anciennes mœurs, un homme franc faisant des souliers, ou labourant la terre.

J'ai montré ailleurs comment les anciens francs qui, au milieu de ce mouvement général, voulurent se conserver et former un ordre à part, réussirent principalement à se faire appeler nobles, par leur dévouement spécial aux professions nobles et par leur éloignement des professions lucratives. J'aurai à examiner bientôt jusqu'à quel point il importe aujourd'hui que ce caractère lui soit conservé. Je ne le note ici que pour montrer comment Bonaparte avait voulu y déroger. Nous avons vu des jurisconsultes, avec la croix d'honneur, continuer à donner leurs décisions pour quelques pièces de monnaie; nous avons vu des chirurgiens, des apothicaires, continuer, avec la croix d'honneur, leur chirurgie et leur pharmacie. La croix d'honneur a été envoyée ainsi dans toutes les

et ensuite, dans ces classes, rien n'a
ngé à leurs habitudes et à leurs vacations
imées.

autre trait non moins important carac-
cette époque. C'est qu'en même temps
s parties hautes de la classe appelée le
tat, passaient à l'état de noblesse, toute
blesse ancienne (à quelques exceptions
) était rejetée dans la classe du tiers-
Au milieu de toutes ces jalousies, la
ntion n'avait jamais autant maltraité la
sse. Elle l'avait faite seulement *égale* par
; elle ne s'était point opposée à ce qu'elle
urât ce qu'elle pourrait par l'opinion et
s mœurs. Ici au contraire, elle était non
nent ravalée; mais des signes, des titres
culiers qui étaient accordés à d'autres
nes, semblaient spécialement composés
re elle. Il suffit de noter cet état de choses,
montrer en même temps dans l'intérieur
l'État, une classe immense extrêmement
sante par sa dignité, par ses malheurs,
son courage, (il faut dire tout) par ses
ntures, en état permanent d'hostilité et de
spiration contre l'ordre établi. Je n'entends
s par conspiration, une trame savamment
ncertée entre quelques individus et quelques

chefs ; j'entends , dans une classe considéra
répandue sur toute la surface de la France
état sympathique des mêmes intérêts froissés
mêmes blessures envenimées , prêt à éclate
même temps d'un bout de l'empire à l'autr
la première crise ou à la première commo

C'est ce que le Sénat a très-bien préve
parce qu'il l'a très-bien aperçu. Il a ordonn
cet effet , la juxta-position de l'ancienne nob
à côté de la noblesse nouvelle. Je dois obse
que cette juxta-position ne suffisait pas; ce
fallait marquer avant tout , c'était la possib
de leur amalgame, et les moyens de l'opéi

Je n'ai pas à m'occuper pour le moment,
moyens qui pourront le faciliter ; ce que je
dire , c'est que , sous peine de notre ruine
faut absolument qu'il ait lieu. Saisissant les cl
ces favorables de la rénovation présente , s
noblesse ancienne se replaçait précisément d
la position qu'on avait donnée , sous Bonapai
à la noblesse nouvelle ; si dans la distribut
des nouveaux avantages sociaux , on ne fai
pas à celle-ci , je ne dirai pas seulement
portion égale , mais une part proportionnell
son nombre , à ses services , à son importanc
si un petit nombre de prétendus fidèles se pl
çaient sur les avenues de la considération et

la faveur, de manière à tout intercepter, et à tout absorber pour eux seuls ; si on leur supposait pour système, de tout délustrer et de tout ternir, excepté eux, et si ce système, favorisé par les souvenirs hideux de la révolution, paraissait avoir l'appui de grands personnages et de grandes autorités, il se trouverait qu'on aurait, en sens inverse et d'une manière plus grave, renouvelé la faute du système précédent ; je veux dire que, de la même manière que celui-ci avait mis une classe entière en état d'hostilité contre l'ordre qu'il avait établi, on aurait mis de même en état forcé d'hostilité contre l'ordre qu'on veut établir, une classe beaucoup plus nombreuse, et (en raison de ses affinités avec toutes les autres parties de l'État) beaucoup plus forte et beaucoup plus puissante.

Il ne suffit pas de dire en ce cas, on veillera, on contiendra : un État ne demeure pas toujours dans un état tranquille et favorable à la vigilance et à la répression. Il a nécessairement, quel qu'il soit, ses momens de trouble et ses crises ; il les a plus sûrement encore, quand il est nouveau. Pour effacer tous les effets de la révolution, on allègue ses folies. Ces folies ne sont pas celles de quelques individus ; ce ne sont pas même les folies du temps présent; ce sont les folies du siècle. Une dépravation longue de toutes les opinions, à la suite d'une dépravation longue de toutes nos institutions, voilà ce qui a fait la révolution. Quelques hommes y ont mêlé sans doute leurs propres folies ; mais lorsque nous-mêmes, armés pour les combattre, nous avons échoué dans nos efforts , lorsque la France , livrée loin de nous à la fureur des factions ou au fer des étrangers, n'a plus eu de ressource en nous, lorsqu'il a été hors de notre pouvoir de lui porter appui et secours , ne sommes-nous pas très-heureux, qu'abandonnée à elle-même, elle ait trouvé des ressources en elle-même ? Si la folie de quelques hommes a contribué à la perdre , ne devons-nous pas nous applaudir que la sagesse et le courage de quelques autres aient réussi à la sauver ? La France, ne dût-elle à ces hommes que de s'être préservée de l'anarchie, ne leur dût-elle que de s'être conservée entière , elle ne saurait trop payer un tel bienfait ; et nous-mêmes qui devons à ces hommes, de nous avoir conservé nos femmes, nos enfans , quelques débris de nos maisons et de nos champs , ce bienfait ne peut être pour nous sans prix et sans reconnaissance.

~~~~~~~~~~~~~~~~~~~~~~~~~~~~~~~~~~~~~~

CHAPITRE V.

___

De l'esprit public considéré dans l'armée.

Je ne sais si quelqu'un a pris la peine d'observer convenablement les dispositions de l'armée française. Sous Bonaparte, cette armée n'est pas seulement fatiguée, tourmentée ; elle est en apparence négligée de mille manières. Point de magasins, dit-on, point de vivres, point d'ambulance régulière, point d'hôpitaux. Cette armée ne laisse point de lui appartenir et de lui être dévouée.

Ce n'est pas assez : après l'avoir abandonnée une fois dans les plaines d'Égypte, il revient à l'abandonner encore dans les déserts de la Russie ; ce qui échappe de cette armée lui appartient toujours.

A Leipsick, elle succombe ; ses restes mutilés s'attachent tout de même à sa destinée. Enfin la population du monde entier se jette sur ces débris, qui sont de nouveau mis en pièces; ces pièces lui sont encore dévouées. On se croit au temps des prodiges : ces prodiges sont-ils l'effet des circonstances et de quelques procédés particuliers, ou est-ce simplement l'ascendant singulier d'une ancienne grande fortune et d'une ancienne gloire? Je ne sais si on parviendra facilement à résoudre cette question. Ce qu'il y a de sûr, c'est que, dès le premier moment de la rénovation, l'armée française a été généralement un objet d'attention. On s'est étonné que peu ardente pour les nouvelles choses, cette armée ait marqué des regrets pour un autre Gouvernement et un autre temps.

Ah! on ne comprend pas ce que c'est qu'une armée. Ceux-ci se tourmentent pour connaître sa pensée; ceux-là n'y voient que des canons et des bayonnettes; pour les uns, les soldats sont des citoyens; pour les autres, ce sont des automates; ceux-ci ne rêvent qu'à leur obéissance passive, qu'ils prennent sans cesse pour une impulsion mécanique et matérielle; la moindre réflexion dans un soldat leur paraît un désordre; la moindre observation, une révolte; ceux-là voudraient porter dans l'armée des raisonnemens politiques et des idées libérales.

Tout cela, selon moi, est pris sous un faux

point de vue. Examinons franchement ce que
c'est qu'un soldat et qu'une armée.

Quand un citoyen se trouve placé à côté
d'un homme mis comme lui, il doit être naturellement disposé à reconnaître, dans cet
homme, l'égalité ou la supériorité des lumières.
Il n'en sera pas de même quand il se trouvera
auprès d'un soldat en uniforme. Celui qui doit
se battre pour nous, a pour premier devoir de
penser comme nous. Qu'il ne se plaigne pas
d'un partage où nous lui laissons la première
des supériorités, celle du courage. Car la France
est ainsi faite : les sentimens y sont partout
au-dessus des idées. Les forces de l'esprit ont
beau avoir de l'importance, il faut qu'elles s'a-
baissent auprès des forces du cœur.

L'armée française a, plus qu'aucune autre
armée au monde, marqué ces dispositions. Jamais elle n'a su ce que c'était, en principe,
qu'un système de Gouvernement. Jamais elle
n'a été vouée à une faction ou à un parti. Toute
en action, peu en pensée, peuple particulier
dans le peuple, elle en suit toujours les couleurs et les nuances. Aristocrate sous le maréchal de Broglie, constitutionnelle sous M. de
la Fayette, girondine sous Dumourier, jaco-

bine sous Robespierre, elle a toujours été ce qu'a été l'État; elle le sera toujours.

Faute de connaître ce caractère, j'entends tous les jours s'informer de l'opinion de l'armée. L'armée a des sentimens, elle a des impressions; elle n'a pas d'opinion. La nation, l'État, le Gouvernement : voilà ce qui est chargé de penser pour elle. La pensée publique se maintient – elle sur un point, la sienne se maintiendra de même; change – t – elle, elle changera aussitôt.

Au premier moment du retour de la Maison de Bourbon, lorsque je traversai, à Orléans, les rangs de cette armée, il me sembla voir des lions hérissés; je n'eus pas de peine à entendre très-distinctement, et à plusieurs reprises, prononcer le nom du souverain de l'île d'Elbe. Mauvaise armée, me disait-on. Excellente; ces lions sont devenus des agneaux. On leur demande leurs drapeaux; ils se laissent arracher leurs drapeaux. On leur demande leurs cocardes, ils les donnent. Ce n'est pas tout, on leur envoie de toutes parts des hommes nouveaux, et pour eux, en quelque sorte, d'une autre espèce; ils reçoivent ces hommes nouveaux. Ils leur portent obéissance et respect.

Si ce ne sont pas là de bons soldats et de bonnes gens, je ne m'y connais pas.

Cependant sur ce point même, il faut se garder de passer une certaine mesure. Absence de raisonnement, et vivacité d'impression, ce double caractère que je viens d'indiquer comme propre à l'armée française, manifeste l'espèce de service qu'elle peut faire et l'espèce de ménagement qu'elle nécessite. Lorsque Brennus mène ses Gaulois dans la Grèce, il ne s'occupe pas à leur faire de longues harangues ; il leur montre le rocher de Delphes. Voilà, leur dit-il, où sont les richesses du monde. Il ne faut pas oublier que, pendant plus de vingt ans, l'Europe a été montrée de même aux soldats français. J'espère, comme tout le monde, que cette voie d'ambition est fermée pour toujours. Mais si, en même temps, dans l'intérieur de l'armée, dans sa composition, dans son régime, dans ses modes habituels de récompense et d'avancement, on croyait devoir fermer absolument toutes les voies, si on voulait revenir sans précaution, trop vite ou trop tôt à d'anciens modes décrédités, ou à un régime détesté, on établirait dans l'armée un germe de tristesse, d'ennui et de découragement, qui pourrait s'y développer d'une manière terrible, surtout s'il était échauffé par un levain semblable dans les autres parties de l'État.

Dans tous les cas, il faut bien comprendre l'espèce de service intérieur qu'on peut espérer de cette armée. Je suis convaincu qu'avec les lumières et la sagesse de notre Monarque, nous ne sommes plus destinés à avoir des troubles intérieurs. Mais si (ce qu'à Dieu ne plaise,) il survenait encore parmi nous des divisions, il faut déterminer d'avance de quel service l'armée pourra être dans ces divisions.

Au premier abord, si on sait manier comme il faut cette troupe de jeunes officiers amoureux de dangers, d'avancement et d'aventures, je ne doute pas que tout cela n'aille à l'aveugle et à corps perdu, là où on les conduira. Toutefois prenez garde de n'avoir à combattre ainsi que des mécontentemens partiels ou momentanés : car si tout n'est pas comprimé au moment, s'il faut entrer en campagne dans sa propre patrie, s'il faut contester, hésiter, temporiser, qui que vous soyez, sachez que cette armée ne demeurera pas dans vos mains. Elle cherchera aussitôt l'État, la nation, la patrie ; dès qu'elle croira l'avoir trouvée, elle vous abandonnera. Il arrivera ainsi, à votre grand étonnement, qu'une armée qui, au premier abord, s'était

jetée franchement contre le gros de la nation,
huit jours après se rangera avec elle et pour
elle. Cette défection qui aura lieu dans tous
les cas, se prononcera avec plus de rapidité,
si, par la manière dont on aura traité un certain ordre de prétentions, de vanités et d'espérances, il s'est établi des germes de mé-
contentement correspondans, par leur affinité,
avec ceux qui se trouvent déjà dans l'État.

CHAPITRE VI.

De l'esprit public considéré dans ses rapports
avec les mœurs.

Je n'ai considéré jusqu'à présent l'esprit public
que sous le rapport politique, et dans diverses
classes de la société. Je vais actuellement l'examiner sous les rapports des mœurs et dans les
différentes parties de l'ordre social.

A Rome, à Athènes, à Lacédémone, on ne
conteste pas qu'il n'y ait eu un esprit public
politique. Dans l'Inde, à la Chine, en Egypte,
dans tout l'Orient, où on ne trouve point d'esprit public politique, il s'y trouve pourtant des
mœurs. Selon qu'un peuple sera plus ou moins
livré au commerce, aux lettres, aux sciences et
aux arts, il aura un esprit public tout particulier, qui ressortira sans cesse de ses goûts et
de ses habitudes. Chaque nation, qui plus est,
chaque contrée, pourra ainsi se prévaloir de
ses avantages, et en faire un objet d'ostenta-

tion et d'orgueil. L'Italie aura sa musique; l'Angleterre, ses chevaux; l'Allemagne, sa métaphysique. Les événemens, à leur tour, porteront leurs nuances au milieu de ces nuances.
Chez les Grecs, l'expédition de Troie; chez
nous, celles des croisades; dans d'autres temps,
les guerres féodales, celles de religion, celle de
la ligue, de la fronde, laisseront plus ou moins
de souvenirs qui donneront par là même un
nouveau caractère à l'esprit public.

La révolution ne peut être oubliée dans cette
énumération. Les dévastations qu'elle a faites,
les bouleversemens qu'elle a laissés, la nécessité
de les réparer, le mouvement de crainte et d'espérance que cette nécessité même peut déterminer, présentent à l'esprit public, autant de
nouveaux élémens et de nouveaux alimens. Au
milieu de ces diversités, un mode d'impression,
général, constant et uniforme, voilà ce qui distingue un peuple d'une manière particulière, et
qui compose en quelque sorte sa physionomie.

La France, à cet égard, peut servir d'exemple. Outre ses autres avantages, on peut dire
qu'en France, on est généralement passionné pour
les spectacles, on l'est de même pour la lecture,
ainsi que pour les rassemblemens de salon; il
règne, entre les classes élevées, un rapproche-

ment habituel, très-actif, qui compose ce qu'on appelle le *monde* et la *société*.

Ce point de nos habitudes une fois connu, s'il était vrai que notre théâtre fût le premier théâtre du monde ; que notre littérature fût la première littérature ; que notre société fût, entre toutes les sociétés de l'Europe, celle qui se distingue par le meilleur ton et par le meilleur goût, s'il était vrai que, soit par l'élégance, soit par la dignité, la manière française fût une sorte de modèle, il s'en suivrait naturellement que les mœurs françaises sont les plus belles mœurs de l'Europe ; car toutes ces choses sont l'expression et le résultat des mœurs.

Le bon ton en fait naturellement partie. Il faut convenir que, dans aucun siècle, le mélange de décence, d'élégance, et de gravité, qui compose dans les mœurs d'un peuple le bon ton, n'a été porté à un plus haut point que sous Louis XIV. Comme le despotisme de ce prince qui, sous d'autres rapports, avait anéanti ce qu'il y avait encore parmi nous d'esprit public, avait laissé en liberté nos beaux souvenirs et nos beaux sentimens, le moment de repos intérieur que cette compression causa, devint le moment le plus favorable pour mettre en lumière cette partie de nos mœurs.

Cependant ce n'est pas peu de chose, même pour les mœurs, que l'anéantissement de l'esprit public. Nous pouvons encore servir d'exemple. Tout intérêt civil ayant été effacé chez nous, en même temps que tout débat politique, nous eûmes pendant long-temps les débats religieux. A la fin, les débats religieux eux-mêmes ayant été interdits, il ne resta plus à l'esprit public d'autre domaine que des futilités. Les mœurs nationales, le caractère national, l'esprit national, prirent la teinte de ces futilités. La nécessité d'ennoblir ces futilités, les efforts pour leur donner de la grandeur et de l'importance, corrompirent nos mœurs. De cette corruption se produisit une multitude de petits esprits et de petits talens, et en même temps sous le nom de philosophes, une multitude de sapeurs, pour abattre nos anciens édifices, et nous couvrir de ruines.

CHAPITRE VII.

Effet de cette situation sur les arts, les sciences et les lettres.

On se tromperait si on croyait que c'est peu de chose, pour les arts, les sciences et les lettres, que l'absence d'un esprit actif national. Faute de cet esprit, il est facile de se convaincre que tout se dégrade, tout s'avilit, tout se pervertit.

J'ai parlé de notre littérature : elle est sûrement brillante. A quelques égards, elle peut s'élever au-dessus de toutes les autres littératures; et cependant qui pourrait méconnaître une partie faible que les étrangers sentent très-bien, quoiqu'à mon avis, ils ne l'aient pas toujours convenablement signalée : c'est que cette littérature, qui devrait être toute française, toute nationale, présente je ne sais quelle mélange emprunté de mœurs grecques et de mœurs romaines.

J'ai montré précédemment comment cet abandon de la patrie nous avait amenés à l'ignorance de nos propres usages ; cette ignorance, à l'impossibilité d'avoir une histoire. Il est facile de concevoir comment une imitation commandée et servile a dû nous priver de cette verve fraîche et brillante de l'originalité. Obligés de franciser la Phèdre grecque, l'Iphigénie grecque, le Cinna et les Horaces de Rome, l'Athalie et l'Esther des Juifs, nous avons perdu ainsi l'avantage de l'originalité de nos propres mœurs, en même temps que nous avons terni celles des autres. Aujourd'hui nous présentons vainement aux nations étrangères, comme des chefs-d'œuvres, des travestissemens auxquels elles trouvent beaucoup d'art, sans y trouver, comme nous le voudrions, beaucoup d'intérêt.

L'architecture présente non seulement chez nous, mais dans toute l'Europe, les mêmes traits d'imitation servile et d'absence d'originalité. Par cela seul, elle est jugée. Dans les contrées méridionales, où le soleil brûle, où il est un ennemi, on cherche à s'en préserver, on invente des pérystiles et des colonnes : au nord, au contraire, où le soleil est un ami, où il faut, tant qu'on peut, l'appeler chez soi, et l'y faire entrer, faudra-t-il employer le même mode d'architecture? C'est ce qu'a réalisé une imitation stupide. On a mis des colonnes partout; on en a mis au spectacle même, non pas en dehors seulement, mais en dedans. On a trouvé admirable de placer au-devant des loges des colonnes qui empêchent les spectateurs de voir ce qui se passe sur le théâtre.

Le génie n'a pas été exempt de ce vice.

C'est sûrement une chose respectable et sainte que le signe de la croix. Les bons citoyens et les hommes religieux ne craindront point de voir sur les grands chemins, ou au sommet des édifices publics, cet emblème de la religion de la patrie. Mais si on est dans un temps convenable, il n'arrivera à personne de sensé, d'imaginer que de grandes basiliques consacrées particulièrement à la magnificence, doivent être érigées sur cette forme. Point du tout : je ne sais quelle idée monastique, jointe à une imitation servile de Constantinople, fait croire au plus grand des architectes du monde, que cette forme lui est imposée. Cette idée une fois arrêtée, il n'y a plus d'indécision, qu'entre la croix grecque ou la croix latine. Sur cette croix, on place, comme en l'air, un nouveau panthéon; voilà St. Pierre de Rome.

On peut dire tout ce qu'on voudra de ce

prétendu chef – d'œuvre des temps modernes.
Élevé par un peuple pauvre, étranger aux usages et aux sciences des autres nations, mais
s'abandonnant à son goût et à son esprit particulier, le temple de Jérusalem me laisse, par ce
que je sais de ses dimensions et de sa construction, une autre idée de la véritable grandeur
et de la véritable magnificence.

La science elle–même recevra ces atteintes.
Comme au milieu de toutes ses recherches, on
n'arriverait quelquefois au bout de sa vie et
avec beaucoup d'études, qu'à ignorer ce que
les autres croient savoir, on ne veut pas perdre ainsi et ses études et sa vie. La science qu'on
ne peut acquérir, on la fabrique. Une science
de convention se met à la place de la véritable.
On la compose de classifications et de dénominations, auxquelles d'autres substitueront ensuite de nouvelles dénominations et de nouvelles classifications. Comme ce n'est pas la
science qu'on recherche, mais seulement ce
qu'elle vaut, voilà la route faite. Peu importe
que cette route soit fausse ou vraie, on s'y porte
en foule non pas avec l'intention de se surpas--
ser, mais sulement de se dépasser. Tout périt
ainsi dans un État, tout s'altère, tout se déna-
ture.

CHAPITRE VIII.

De l'effet de cette situation sur les rapports habituels de diverses classes.

Lorsque les municipalités en France ont été détruites, ou du moins tellement abaissées par les bailliages, qu'on n'a plus laissé aux échevins, dans leur robe de pourpre, qu'un reste de fonctions subalternes et méprisées, le sénat des villes étant une fois abaissé, la dignité de bourgeois a été abaissée de même. Ce n'est plus seulement dans les villes qu'on a trouvé des bourgeois; un notaire, un simple propriétaire de campagne a usurpé cette qualité. Dans la suite lorsque par la supression des jurandes, la qualité de maître a été supprimée, cet abus s'est généralisé. Tous les individus des classes inférieures se sont crus maîtres et se sont appelés bourgeois. Toute cette masse une fois nivelée, s'est mise alors ensemble à regarder la noblesse, et comme celle-ci se nivelant elle-même, était

parvenue à abaisser la pairie, il s'est formé un mouvement bien complet, bien général, de nivellement, que la révolution a ensuite achevé d'égaliser et de terminer.

Il faut comprendre le premier effet de ce mouvement. Tout le monde s'est senti naturellement disposé à porter le mépris aux rangs supérieurs, en compensation de celui qu'il recevait des rangs inférieurs. Mais une opinion générale a beau vouloir consacrer un nivellement repoussé par la nature des choses, elle n'est pas assez forte : elle a appelé la loi à son secours. Nous avons vu la loi et l'opinion réunissant tous leurs efforts pour procurer à quelques vanités la délectation d'un nivellement général.

Vaines et folles tentatives!

On parle souvent de l'Angleterre. Dans ce pays où il y a, dans la jouissance des droits, une égalité précise et protégée par les lois, il s'en faut bien que l'opinion cherche à défaire les rangs qui ont été formés par la nature. Elle les conserve, au contraire, de toutes ses forces. Nulle part, les classes inférieures, ne montrent plus de déférence pour les classes élevées. Nulle part, le rituel des conditions n'est plus exact, ni mieux observé. Cette nation a bien eu aussi sa révolution; mais dans cette révolution, elle n'a pas été dissoute.

Il n'en est pas de même en France. J'y entends parler souvent de la qualité de propriétaire. Cette qualité n'a d'importance sur les choses, que par son importance sur les hommes. Vous dissolvez la bourgeoisie et les jurandes; vous êtes amené par-là même à dissoudre envers les compagnons et les apprentifs la qualité de maître. Vous êtes amené bientôt à la dissoudre dans la maison, envers les serviteurs et les ouvriers. Vous serez amené ensuite à affaiblir celle de mari, et enfin celle de père. Cette situation étant généralisée, qu'arrivera-t-il? Que tout homme se voyant privé, par l'opinion et par la loi, du rang qui lui a été accordé par la nature, n'aura plus d'autre occupation et d'autre instinct, que de déranger, au-dessus de lui, la considération et l'importance que vous avez effacée au-dessous.

Dans le temps des bonnes mœurs, il ne coûte point d'accorder, au-dessus de soi, les égards qu'on reçoit soi-même au-dessous. Un mouvement doux de respect et de dignité, circule ainsi dans tous les rangs. Dans le temps des mauvaises mœurs, c'est l'opposé. Lorsqu'il n'y a plus, dans les rangs, de supériorité reconnue par l'opinion et par la loi, comme il y a en même temps des supériorités réelles, on ne peut se défendre que par un sentiment continuellement commandé de mépris, de cette odieuse supériorité. Vous ne remarquez plus entre toutes les classes, qu'un ton dur, aigre, que la politesse des manières ne parvient pas toujours à dissimuler. L'égalité ne peut s'établir ainsi dans un État, sans établir en même temps l'arrogance, c'est-à-dire, sans aigrir les mœurs et sans les altérer.

C'est ainsi que tout se tient, tout est lié. Le respect partant d'une classe pour arriver à une autre classe, ne peut s'arrêter là. Il faut qu'il circule au-dessus et au-dessous. Il faut que le même mouvement soit, dans tous ses rapports, égal et réciproque.

CHAPITRE IX.

Des effets de cette situation sur la maison et la famille.

J'AI dit : Tout est refusé au-dessus , en proportion de ce qui est refusé au—dessous. Ce principe aura son application dans l'intérieur même de la maison et de la famille. S'il est établi que, dans quelques cas vos enfans puissent se dispenser de respect envers vous , comment serez-vous disposé à en porter à votre vieux père ! Ou bien , si vous vous en dispensez envers votre vieux père , comment espérez—vous en recevoir de vos enfans ?

L'anarchie ne s'arrêtera pas là. Quelle dignité aura , auprès de sa femme , un mari condamné à n'en avoir aucune comme père et comme maître ? Dans les classes ouvrières, ou dans les professions lucratives , où la pensée est continuellement entraînée par le besoin ou par les affaires , la vie va comme elle peut , au milieu de cette agitation de cupidités ou de misères. Une femme est alors tout entière auprès de son mari, occupée à gagner de l'argent ou du pain.

Dans les classes qui sont supérieures aux soins de la subsistance, ainsi qu'aux mouvemens du lucre, dans ces classes où la pensée a du repos, et où le cœur a du temps, où l'on peut dès lors rêver au bonheur et rechercher les plaisirs nobles, je demanderai, à quel bonheur il sera permis de rêver, quels plaisirs nobles il sera permis de rechercher.

En effet si, par un mouvement particulier de l'opinion, le bonheur est tout en sensation, les plaisirs, en petits amusemens ; si dans les rêves de bonheur ou de plaisir, d'un côté, tout est devenu individuel, d'un autre côté, tout est devenu viager ; si, par un système établi d'en haut, il y a dans les hautes classes un éloignement pour les affaires, et dans toute la société, un dégoût pour ce qui a de l'importance ; si, par l'effet du même système, il n'y a aucun intérêt qui puisse s'attacher à la corporation, à la cité, à la patrie ; si dans la maison, et hors de la maison, il n'y a plus de considération qui s'attache à son chef ; quel bonheur espérez-vous ?

Certes, mon intention n'est point de ménager

ici les classes supérieures. Dans ces classes, où on affecte avec arrogance le dédain du lucre, à l'effet de recueillir auprès des hommes, le lustre qui appartient à la générosité, si on est dévoré, comme dans les autres, par l'amour de l'argent; si, au défaut de bonheur, cet argent a envahi comme moyen de plaisir tout l'ordre social, s'il a saisi principalement le mariage, s'il en a chassé expressément l'amour comme un danger, ou comme un ennemi, on se figure d'avance le spectacle d'une telle société. Quel désordre! quelles misères! des femmes qui ont plusieurs enfans, et qui n'ont point encore aimé (ce sont les femmes vertueuses), offrent la partie honorable de ce tableau. Nous allons en voir une autre.

Quoique l'amour n'ait plus aujourd'hui d'importance que dans la poésie, et d'existence, que dans les romans, tout décrié qu'il est dans les sociétés, il n'y a point abandonné son empire. Dans ces temps antiques qu'on a l'habitude de diffamer comme sauvages ou comme grossiers, l'amour était regardé comme un dieu. Dans nos temps d'aujourd'hui, où on est si poli, si instruit, si bien mis, l'amour est une fable, on le relègue dans la mythologie. Ce n'est plus ni avec ses sentimens, ni avec ses vertus, ni même avec sa beauté, c'est avec de l'argent, qu'une femme s'élève à la condition d'épouse et de mère.

Cependant ni la Providence, ni la nature, ne sont entrées dans ces arrangemens. Ce n'est pas en vain que l'amour a été créé sur la terre. Envoyé aux animaux, il a du être animal comme eux; adressé à l'homme, il a eu un autre carac-tère. Il a été imposé à sa vie morale, comme à sa vie physique; il a été une loi de toute son existence. Cet amour que vous avez proscrit, cet amour que vous n'avez pas voulu rece-voir comme un hôte, vous le recevrez bien-tôt d'une autre manière. Quelques mois sont à peine écoulés, il faut voir la lassitude de ces deux jeunes époux qu'on a placés à côté l'un de l'autre. Je ne sais quel démon vengeur, rôdant autour d'eux, les poursuit sans cesse, leur présentant ses rêves, ses délires, son ivresse; vous n'avez pas voulu que l'amour entrât dans votre maison avec l'hymen; il faut qu'il y entre avec l'adultère.

Placée entre la doctrine du devoir et celle de la galanterie, placée entre deux autorités dont l'une a été promise au mari par la nature, dont l'autre est accordée à la femme par le bon ton, épouse, et peut-être déjà mère avec un cœur vierge, entourée dans le monde d'une multitude de respects nouveaux, de plaisirs nouveaux, de sentimens nouveaux ; au milieu de toutes ces séductions, je me demande comment une femme pourra échapper. N'a-t-elle ni beauté, ni esprit, ni délicatesse, à la bonne heure : voilà la part de la fidélité et de la vertu ; mais celle qui, avec plus de grâce, sera plus recherchée ; qui, avec plus d'âme, sera plus aimée ; qui, avec plus de sensibilité, fera espérer plus de faiblesse ; qui, avec plus de reconnaissance, sera sans cesse plus près d'une chûte ! Grand Dieu ! c'est en raison des perfections, que le danger s'accroît, que le crime devient facile.

Avec vos lois, vos mœurs, votre science, votre civilisation d'aujourd'hui, voilà ce que vous avez fait du mariage.

CHAPITRE X.

De l'esprit public relativement au clergé et à la religion.

Il me paraît important de bien distinguer ici deux choses qu'on tâche sans cesse de confondre : le clergé et la religion. On a dit quelquefois, avec beaucoup de raison, que les commerçans n'étaient pas la même chose que le commerce, que la loi n'était pas la même chose que les magistrats, que les intérêts des ministres étaient différens des intérêts du roi. La même distinction doit être faite entre la religion et le clergé.

Voici deux premières vérités qu'il faut également reconnaître : la première, que le peuple Français est très-religieux, la seconde, qu'il déteste les prêtres.

Je dis d'abord : le peuple français est religieux. Si on veut prendre la peine de faire, à cet égard, des recherches précises, on apprendra qu'il n'y a pas une famille en france, qui ne fasse non—seulement profession publique du christianisme, mais qui ne fasse très-soigneusement baptiser ses enfans; il n'est pas une famille où on ne leur apprenne le catéchisme, où on ne les dispose à la première communion, où on ne veuille être marié ou enterré avec la solennité et les cérémonies de l'Église; enfin, il n'y a pas aujourd'hui une famille en France, où l'on se permît, contre le christianisme, non-seulement des injures, comme dans le siècle passé, mais encore de simples irrévérences. Il est vrai qu'on ne se confesse pas; on ne fait pas le carême; on ne fait pas abstinence le vendredi ou le samedi; on ne sait plus ce que c'est que les rogations, les vigiles et les quatre-temps: cela est vrai; mais cependant tout le monde veut être en communion avec ses concitoyens, on ne veut ni du protestantisme ni de l'impiété; on veut, dans toutes ses solennités et dans toutes ses pompes, la belle et ancienne religion de la patrie.

D'un autre côté, je dis qu'on déteste les prêtres; c'est à un point inconcevable. Si on ne les aperçoit pas, si on n'entend pas parler d'eux, s'ils attendent qu'on veuille quelque chose d'eux, et qu'on ait besoin d'eux, ils pourront être supportés, tolérés, même recherchés. Mais s'ils se montrent, s'ils annoncent des prétentions, s'ils déploient quelque autorité, la haine couvée depuis long-temps éclatera inévitablement. Si nous sommes destinés à avoir encore des crises, que Dieu les préserve d'y paraître en quelque chose; car, de quelque manière que se remue alors la nation, dans quelque sens que s'exercent ses violences, on peut être sûr qu'il y en aura une part pour les prêtres. Dans une autre partie, j'indiquerai le remède à cette calamité. Ici il faut que je commence à parler de sa cause.

La haine contre les prêtres, observée dans sa nature, vient, non de leur prétendu fanatisme, comme on l'entend dans une certaine classe, ni de leur prétendue hypocrisie, comme d'autres cherchent à le faire croire; elle vient encore moins de leur mauvaise conduite privée; car leurs mœurs en général sont très-honorables. Elle prend son origine, d'un côté, de leur tendance à envahir toute la vie, d'un autre côté, du spectacle de leurs efforts pour joindre aux moyens spirituels, tous les moyens humains, à l'effet de parvenir à cet envahissement. Sur ces deux points, il est nécessaire que j'entre dans quelques détails.

CHAPITRE XI.

——

De la haine contre les prêtres, tirée de leur
tendance à l'envahissement.

LES auteurs du projet du Code civil nous ont
très-bien dit, dans leur discours préliminaire,
qu'il ne fallait pas raisonner d'un peuple, comme
de quelque chose qui tînt seulement au moment
présent, et qui n'eût ni passé ni avenir. La tendance des prêtres à l'envahissement universel
de la vie, est une chose qui, au moment présent, n'est connue qu'en doctrine, et qui n'est
mise à exécution que dans quelques points. Cette
doctrine, tenue aujourd'hui sous le voile, nous
savons que, dans le temps passé, elle a été positivement proclamée; nous savons que repoussée
à diverses reprises par les souverains et par les
peuples, elle a été perpétuellement ramenée en
scène, quelquefois dissimulée ou mitigée ; jamais
abandonnée.

Pour que l'envahissement de la vie soit complet, on doit supposer qu'il portera sur les

biens, sur les honneurs, sur les temps, sur les actes, sur tout l'ensemble de la raison et de la pensée. Ce n'est sûrement pas là l'espèce d'envahissement que le divin fondateur du christianisme avait autorisé, lorsqu'il donna à ses disciples la mission de renverser le paganisme et de marcher à la conquête du monde; c'est celui qui a été entrepris. Le prêtre ne s'est pas contenté de convertir les nations au vrai Dieu, il est parvenu à convertir à lui tout ce qui compose l'existence humaine.

A commencer par les biens, dès la première race, on trouve toutes les possessions envahies. Un de nos rois se plaignait qu'au moyen des concessions continues de ses fiscs, il se trouvait dans la pauvreté. « Notre fisc n'a plus rien, disait-il; les églises possèdent toutes nos richesses. « Ce n'est plus nous, ce sont les évêques qui « règnent. Ils sont dans la grandeur, nous som- « mes dans l'abaissement; ils sont dans l'abon- « dance, nous, dans la misère. » Le scandale en ce genre fut porté au point que ce prince fut obligé de casser une partie de ces concessions, même les testamens faits par son père; et cependant, à la fin de cette même première race, l'opulence du clergé s'était tellement accrue, que Charles Martel, pour faire subsister son armée, fut amené à lui livrer les biens des églises.

Si on veut faire attention au degré de force qu'avaient alors les croyances religieuses, on sera convaincu qu'il a fallu un scandale éclatant pour amener et, en quelque sorte, justifier ces deux entreprises. Jusque sous Charles le Chauve, on trouve que de grands ressentimens s'étaient conservés à cet égard. Charlemagne s'étant occupé, soit par l'établissement de la dîme, soit par des donations particulières, à réparer le crime de son grand-père, le clergé n'eut pas de peine à reconquérir ses anciennes richesses. Il fit plus.

Un des plus grands empereurs romains, chargé de juger un différend survenu entre des évêques, s'en excusait parce qu'ils *étaient des Dieux*. Vous, prêtres, qui êtes appelés *Dieux*, leur disait un de nos rois. Ce fut quelque chose, que Charles le Chauve, après avoir été déposé comme son père, se contenta d'appeler les évêques *trônes de Dieu*. Il fut admis en doctrine, qu'ils avaient le droit de juger et de déposséder les rois.

Le commun des citoyens ne fut pas mieux traité. On ne peut concevoir aujourd'hui l'excès de prétention et d'arrogance qui se trouve

dans un ancien rituel. D'après les dispositions
de ce rituel, tout laïque qui rencontrait en chemin un prêtre, ou un diacre, devait lui présenter le cou pour s'appuyer. Si le laïque et le
prêtre étaient tous deux à cheval, le laïque devait s'arrêter et saluer respectueusement le prêtre; et enfin si le prêtre était à pied, et le laïque
à cheval, le laïque devait descendre et ne remonter que lorsque l'ecclésiastique serait à une
certaine distance; le tout sous peine d'être interdit pendant aussi long-temps qu'il plairait au
métropolitain.

Relativement à la juridiction, les envahissemens ne sont pas moins remarquables. Je n'entends par là ni cette juridiction toute sacerdotale
sur les choses de doctrine, ou sur les pratiques
du sacerdoce; ni la juridiction ordinaire seigneuriale qui pouvait appartenir au clergé, en
raison de ses domaines, comme aux autres possesseurs de domaine; j'entends parler de cette
juridiction intime sur les consciences, qui consistait à rechercher hautement et d'autorité,
tous les actes de la vie.

J'invite à voir dans Hincmar, la lettre de ce
prélat au comte Hugon, au sujet d'un serment,
dont celui-ci se croyait innocent, parce qu'il
n'avait pas été prêté par lui, mais seulement

par ses hommes, selon l'usage du temps. Cette lettre qui, d'ailleurs, me paraît admirable par la grandeur de mouvement, l'élévation de ton et de pensées qui y règnent, n'est pas moins curieuse, en ce qu'elle décèle les prétentions qui étaient établies.

Je ne parlerai pas de la continuité de ces prétentions pendant la longue suite des siècles qui ont suivi. Je ne rappellerai pas les billets de confession, et toutes les autres pratiques du même genre, qui ont été successivement imposées. Je ne puis cependant m'empêcher de rappeler que, jusque dans ces derniers temps, lors de la maladie de la duchesse de Berri, on vit un prêtre, non-seulement refuser à cette princesse les sacrémens, mais s'emparer encore de la police de son palais, à l'effet d'empêcher plus sûrement que les secours de la religion ne lui arrivassent.

Je passe à d'autres envahissemens.

Le dimanche a été consacré à Dieu d'une manière toute particulière. Cette part de la septième journée faite à Dieu et aux pensées religieuses, a été partout un objet de soumission et de respect. Le clergé ne s'en est pas tenu là. Ce sacrifice a été peu à peu étendu et exagéré, au point qu'il a fini quelquefois par envahir la

plus grande partie de la semaine. On a compté
des mois entiers tellement chargés, soit par les
fêtes rigoureusement obligées, soit par des fêtes
à la dévotion, moins obligées, mais obligées
pourtant d'une autre manière, qu'il n'a presque
plus resté de temps pour le travail. L'excès en
ce genre a été porté au point qu'il a fallu presque dépouiller l'Église de ses fêtes, comme, dans
d'autres temps, on l'avait dépouillée de sa juridiction et de ses biens.

Le rituel d'abstinence a été composé dans le
même esprit. Ce ne fut d'abord que le Carême,
c'est-à-dire, les cinquante jours avant Pâques.
Pouvait-on faire moins pour la mort de l'homme
Dieu ? Il fallut ensuite quelque chose pour sa
naissance ; on eut l'Avent, puis les Rogations,
puis les Quatre-Temps, puis les Vigiles, sans
compter deux jours d'abstinence par semaine.

Ces impôts sur la vie n'ont pas suffi. On a attaqué la pensée. La conscience a été circonve-
nue, cernée, investie des mêmes recherches
minutieuses. La doctrine des péchés, emprun-
tée de l'école platonicienne, a présenté une première division de péchés mortels, cause d'une
damnation éternelle, et une seconde division
de péchés véniels, cause d'une damnation purement temporaire. De cette manière, ceux qui

avaient déjà presque tout le sol par les biens; toute la puissance, par leur suprématie sur la puissance; tous les respects, par les soins à s'arroger tous les honneurs; toute la juridiction, par leur zèle à s'emparer de la police des actes; tout notre temps, par leur zèle à multiplier les fêtes; toute notre vie physique, par leur soin à la circonvenir de jeûnes et d'abstinence, ont eu en même temps toutes les pensées et toutes les consciences, en leur présentant sans cesse, en perspective, non comme les potentats ordinaires, de simples prisons, de simples échafauds, petits supplices d'un moment; mais le tourment le plus terrible dont l'imagination puisse se faire une idée, et par sa nature, et par sa durée : l'éternité du feu. On sait comment mille ans, cent ans, cent jours, de ce même supplice pour les fautes légères, ont composé, dans la suite, le domaine des indulgences, et la matière scandaleuse d'un trafic.

CHAPITRE XII.

_____

De la haine contre les prêtres, tirée de la cu-
mulation des moyens temporels et spirituels,
pour parvenir à leurs fins.

Pour parvenir à cet envahissement de toute
la vie, si les prêtres n'avaient employé que
leurs propres moyens, c'est-à-dire des moyens
purement spirituels, tous ces réglemens acceptés par les uns, repoussés par les autres, n'auraient laissé aucune impression de haine et de
malveillance. On se serait avisé, comme on aurait pu, à les éluder, ou à s'en défendre. L'esprit public en masse se serait réuni pour repousser d'abord ces réglemens, et ensuite leurs
épouvantails. Toute la France, ou du moins
presque toute la France, veut être chrétienne :
c'est sûr ; et cependant on fait gras en carême.
On entend bien dire au prône ou dans les ca-
téchismes, que le feu et la damnation éternelle
doivent arriver à la suite d'un bouillon gras ;

l'impression, à cet égard, est usée. La raison humaine toute entière repousse ces menaces. On ne s'en occupe plus ; on ne s'en embarrasse plus.

Il en est de même relativement aux spectacles. L'Église toute entière repousse cette sorte d'amusemens ; l'Europe toute entière les admet. Sur ces points, les prêtres semblent fléchir quelquefois ; ils ne cédent jamais. Leurs prétentions sont toujours avouées ; leur voie est toujours marquée. Ce qu'il y a de plus singulier, c'est que le relâchement s'étant généralisé, lors même qu'ils consentent à en jouir et à le partager, ils ne cédent pas pour cela leur objet. Ce qu'ils demandaient autrefois avec l'autorité de leur exemple, sous l'empire d'une vie souffrante et austère, ils continuent à le demander ; ils s'y prennent seulement d'une autre manière.

Des chanoines se retirant des offices de la nuit, le service des églises abandonné à des chantres gagés, des moines prenant les livrées du monde, le Saint Sacrifice de la messe, offert à la hâte dans une église déserte, et compté principalement comme une rétribution : au milieu de cet attiédissement général, on ne cherche plus à conserver la domination par la voie de la piété, mais seulement par la voie de l'habileté. On fait encore semblant d'invoquer la puissance du Ciel ; on a toute sa confiance dans la puissance des hommes. Est-ce dans la capitale ? On cherchera à remuer contre le peuple l'autorité du Gouvernement. Dans les villes ? ce sera l'autorité du maire, du préfet ou du procureur-général. Dans la famille, si on est parvenu à s'emparer de la soumission d'une femme, on s'en servira comme d'un levier, pour remuer celle du mari. On remue de même les enfans, non par l'autorité de la religion, mais par l'autorité des pères. C'est moins la croyance qu'on recherche, que l'obéissance ; moins les sentimens, que les actes.

Tout est traité dans le même esprit. Dans les temps anciens, on avait de bons moines bien saints, bien pieux, bien austères, qui ne se mêlaient de rien. A la place de ces moines, on en produit d'un nouveau genre, c'est-à-dire bien mondains, bien savans dans l'art de gouverner les hommes, et surtout très-exercés dans les intrigues et dans la manœuvre.

Tant que ce plan peut s'exécuter, la vie se charge d'une multitude de petits devoirs, de petits rites, de petites règles, supportables avec un sentiment religieux exalté, mais incommodes sans lui, et à la fin tout-à-fait odieux. Pendant la ferveur, le relâchement même des prêtres semble ne faire aucune impression. Sous le charme des idées religieuses, les désordres les plus grossiers semblent avoir perdu leur scandale. Il n'en est pas de même aux temps où, par l'effet de quelque grande révolution, les sentimens de piété seront partout affaiblis ou effacés.

J'entre un jour à St.-Pierre de Rome : j'entends à ma gauche, dans une chapelle, des chants qui me paraissent agréables; je distingue, dans ces chants, des voix qui sont remarquables; et je crois que ce sont de jeunes enfans dont les voix se mêlent ainsi à un grand chœur. Point du tout : ce sont des hommes qu'on a dégradés et sur lesquels on a mis ensuite la soutane et le surplis du prêtre. A Paris, on ne supporterait pas ce hideux spectacle.

J'ouvre nos histoires; j'y vois à Rome, à Paris, des pontifes d'une vie scandaleuse, et pourtant respectés. En Espagne, les moines semblent quelquefois avoir ensorcelé une maison entière. En France, nos pères se croyaient sauvés, s'ils pouvaient mourir dans la robe d'un cordelier. Avec d'autres mœurs et d'autres temps, ces choses paraissent inconcevables.

CHAPITRE XIII.

De diverses manifestations de la haine contre les prêtres.

Dans nos temps anciens, le courage franc et féroce de nos pères rejeta souvent toutes ces prescriptions qui les importunaient. *Je renie Dieu* fut la formule franche et barbare de cette nouvelle secte. Elle s'introduisit plus particulièrement dans les armées. Elle gagna toutes les parties hautes de l'état social. On peut juger de sa généralité et de son importance, par la violence des réglemens de St.-Louis. Cette violence fut sans effet. On trouve les juremens et les blasphêmes sous ses successeurs. Ils étaient devenus comme une habitude de langage soldatesque, sous Henri IV.

Cette première espèce de révolte fut dirigée contre Dieu. D'autres révoltes furent seulement dirigées contre les prêtres. On croit communément que le protestantisme est sorti d'un pen-

chant à adoucir la sévérité des règles chré-
tiennes : il est provenu du spectacle d'une Église
tombée, d'un côté dans le relâchement, pour ne
pas dire dans le désordre, et néanmoins continuant, dans cette situation, son débit de maximes
effrayantes, associé habilement au débit des indulgences. Un effort plus ou moins bien entendu
pour ramener l'Église à la piété et à l'autorité,
est certainement ce qui a commencé la réforme.

Le principe d'un tel mouvement est facile à
signaler. Pendant quelque temps, le contraste
des mœurs attiédies et des doctrines austères,
peut n'être pas bien senti; à la fin il éclate. Sous
le voile de sainteté qui le recouvrait, nul doute
qu'un prêtre n'eût eu autrefois la puissance de
la débauche. Il ne l'aurait pas aujourd'hui. Nulle
part, un curé de mauvaises mœurs ne serait to-
léré. Un homme tel que le cardinal de Retz ne
pourrait être aujourd'hui archevêque de Paris.
A Rome, un pape, tel que de certains papes qui
ont déshonoré le Saint-Siége, ne serait pas supporté. C'est qu'il n'est dans aucune puissance
humaine, de faire supporter long-temps cette
combinaison singulière de préceptes les plus
durs, partant d'une autorité amollie. Nulle part
on ne supportera long-temps et seulement pour
l'amour-propre de quelques hommes, le con-

traste de la décadence dans les principes, et de la persistance dans les prétentions.

On a compté, à cause de leur habileté, sur l'institution des Jésuites. Mais il était inévitable que ces hommes qu'on avait seulement dressés pour museler les peuples, ne voulussent arriver ensuite à museler les souverains. On a beaucoup parlé de la cause de leur chute : elle n'a pas été comprise. Le calvinisme, le jansénisme, l'esprit philosophique, l'impiété elle — même, tout cela n'a jamais eu pour objet véritable la haine de la religion, mais seulement la haine des prêtres.

Dans une autre partie, je parlerai de la manière de remédier à ce malheur. En ce moment, il m'a suffi de signaler avec ses véritables traits, cette haine ancienne qui a eu diverses nuances, et que la révolution a changée ensuite en fureur, en l'animant de toutes ses autres fureurs. Cette haine qui, dans un moment de crise générale, a produit les persécutions les plus violentes, les forfaits les plus atroces, il ne faut pas douter qu'elle ne se reproduisît, si, par quelques nouveaux événemens, les prêtres étaient de nouveau remis en scène et exposés à ses traits.

CHAPITRE XIV.

De l'esprit du clergé français dans ces
circonstances.

Au milieu de ce mouvement de haine qui est
partout déchaîné, ou prêt à l'être, que font les
prêtres? Cherchent—ils à se mettre dans une
position convenable? songent–ils à s'éloigner de
cette vie sociale qui, absolument, ne veut point
d'eux? au contraire, ils s'efforcent plus que jamais de s'y placer et de s'y rendre importans.
Regardant la morale comme leur domaine, et
la société comme enchaînée à la morale, ils
espèrent rattraper par l'une, le gouvernement
de l'autre. Ils consentent à se faire bien petits
devant le prince, pourvu qu'ensuite ils soient
bien grands devant le peuple. Sans reproche du
côté de la conduite, distingués même en général par une vie honorable et une sorte de
dignité dans les manières, ils semblent avoir
oublié que c'est ainsi que se constitue l'honnête
homme, et qu'il faut quelque chose de plus pour

le prêtre. Ce n'est point aux puissances du Ciel, que le clergé demande aujourd'hui de l'autorité ; c'est aux puissances de la terre. Retranché derrière les autels, peu lui importe d'appeler sur nous un pouvoir absolu dont il saura bien se garantir. Le premier pour les choses de Dieu, il consent, pour les choses du monde, à venir immédiatement après le prince ; mais il veut absolument venir après. Pour tant de prétentions, quel est le temps présent ? Il n'y songe pas. Quel est le temps passé ? Il ne s'en souvient pas. Il m'est impossible de ne pas m'arrêter un moment sur le phénomène de cette inattention et de cet oubli.

Nous devons mourir ; et pourtant nous vivons tous, comme si la mort ne nous concernait pas. Nous sommes pour le passé, comme pour l'avenir. Nous avons eu une grande révolution ; mais c'est pour nos esprits quelque chose d'historique qui semble appartenir à des pays ou à des siècles lointains. Je voudrais qu'on écrivît à la porte de toutes les maisons, pour le soutien de la morale publique, ces mots : *Il faut mourir*. Je voudrais de même que pour l'appui de la raison, on voulût bien écrire à la porte des châteaux, des palais, des églises : *Il y a eu une révolution.*

A examiner tout ce qui se passe., il me semble
que personne ne s'en doute. Nous sommes accablés d'une dette immense ; nous pouvons à
peine faire quelque chose pour les victimes de
la révolution ; nous ne pouvons pas même rendre aux communes locales, les fonds que le
dernier Gouvernement leur a enlevés : le clergé
semble n'apercevoir rien de cette situation. Tel
évêque qui a un traitement de 20,000 francs, ne
le croit pas suffisant. Tel autre le croit suffisant,
mais il veut l'avoir en fonds territorial. L'évêque, le chanoine, le curé, le vicaire, regardent
comme humiliant pour eux l'assujettissement à
être payés par le trésor public. Des salaires,
disent-ils, comme des valets ! Nos magistrats
cependant reçoivent ces salaires. Les pensions
des combats, les récompenses des défenseurs de
la patrie, les rentes des créanciers de l'État, sont
payées sur le trésor public. Nos prêtres regardent
comme indigne d'eux d'aller recevoir à ce trésor
une rétribution que M. le préfet y va recevoir.
Que dis-je ! le roi lui-même, et tous les princes.

La manière dont ils défendent ces prétentions, ne manque point de naïveté. Si on leur
demande quels biens ils réclament, ils répondent:
les nôtres. Ils regardent comme une chose toute
simple, de mettre leurs prétentions en parité

avec les réclamations des anciens propriétaires pères de famille. Ils crient au scandale, de ce que rendant à ceux-ci des biens non vendus, on continue à garder les leurs.

Ici, ce n'est pas son ancienne maison que chaque curé réclame ; du côté de l'évêque, ce n'est pas son ancien palais ou ses anciens domaines ; un curé de Languedoc demande à vivre avec le produit d'un champ ecclésiastique situé en Normandie ; un évêque de Provence consent à recevoir son traitement sur une ancienne forêt des Ardennes. Ils voudraient que tous ces débris recueillis en commun, fussent administrés et distribués par une administration commune.

Enfin, c'est l'indépendance aussi qu'ils réclament. Indépendans pour le culte, pour leur doctrine, pour leurs lois particulières, les prêtres veulent l'être encore pour leurs jouissances. Se regardant comme un peuple à part, ils ne veulent pas que la loi commune, que la chose commune, que les dangers communs, en un mot, que quelque chose des crises ou de la fortune publique, les atteigne. Ils veulent entrer dans l'État seulement pour le gouverner, et non pas pour y être soumis.

Tout ce système qui marche, d'un côté, avec

le projet avoué de nous rendre les Jésuites, ou du moins celui de rendre l'éducation à des corporations monastiques, ce système qu'on fait marcher, du même pas, avec les beaux exemples de quelques nations voisines, que des gazettes favorisées nous mettent continuellement sous les yeux; ce système qui semble combiné, et d'intelligence avec un autre système pour nous enchaîner, nous abrutir, nous avilir; ce système, ou plutôt tous ces systèmes réunis, au moyen desquels on espère nous prendre au filet, nous envelopper dans un tissu bien serré d'autorités religieuses, tramé avec un autre tissu bien serré d'autorités mondaines, ce système qui s'offrant ainsi en perspective, est pour les uns un objet d'indifférence ou de risée à cause de son absurdité, est en même temps, pour d'autres qui lui trouvent de l'importance, un objet d'irritation et d'effroi.

Je ne puis le dissimuler. Tout est merveilleusement monté pour seconder ce projet. On a pour soi d'un côté, dans des personnages augustes, la vertu et la piété. On a, dans le corps de la nation, un fonds considérable de sentimens religieux, et qui, dans beaucoup d'esprits dirigés par les prêtres, se confond facilement avec les intérêts de ces prêtres. Et

quel mal si grand, dit-on, y a-t-il à avoir des
Jésuites ? Leur enseignement était si bon ! Si
on craint cette espèce de moines, ne peut-on
avoir, du moins, des Bénédictins et des Ora-
toriens ? Quel mal y a-t-il à ce que l'Église
française soit dotée en fonds territoriaux ? N'est-
il pas bien, que nos prêtres subalternes, qu'on
néglige souvent de payer et qui en cela même
approchent du mépris, parce qu'ils approchent
de la misère, soient relevés dans l'opinion par
un peu d'aisance et d'indépendance ? Voilà ce
que poursuit aujourd'hui un parti peu nombreux
à la vérité, mais très-ardent, très-uni, très-
persistant, très-combiné dans sa volonté et dans
ses desseins. Mêlant avec habileté des sentimens
justes, honorables, pieux, à des considérations
fausses, peut-être à des vues perfides, il espère
arriver à ses desseins. Il n'y arrivera pas. Et
cependant cet ensemble même de circonstances
me paraît un grand malheur. Car c'est un grand
malheur, de tendre avec tant de force, tant
d'habileté, tant de passion, vers un point où
se dissoudra et s'abîmera ce parti, s'il ne l'obtient pas, et qui révoltera la France toute entière, s'il l'obtient.

On ne connaît pas la France, si on doute de
ce que je vais déclarer : c'est que la tyrannie

qu'on a reprochée au Gouvernement précédent, paraîtrait de la liberté, auprès de cette tyrannie. Si on doit jamais repousser une prétention d'indépendance, c'est certainement à l'égard d'une corporation essentiellement envahissante au-dedans, et qui de plus a sa vraie capitale et son vrai souverain en dehors.

En tout il me paraît singulier qu'on prétende faire accorder aujourd'hui des avantages à celle de nos corporations envers qui on est le moins disposé à en accorder. Après le dernier événement de notre révolution, et les catastrophes qui l'ont accompagnée, il est singulier qu'on veuille reporter la France précisément au même point où une imprudence semblable réussit à reporter l'Angleterre, après une révolution et des catastrophes toutes semblables. Alors on croyait de même avoir besoin des Jésuites, des moines, du pouvoir absolu.

Eh quoi! ne faut-il pas que dans cette rénovation, la religion et le clergé soient repris et consolidés? Oui sans doute. Seulement, nous verrons que c'est dans un autre esprit, et dans une autre voie.

LIVRE QUATRIÈME.

*De l'état de la France relativement au Gou-
vernement et à l'administration.*

J'AI dû commencer par décrire l'état intérieur
de la France. Actuellement, la manière dont le
Gouvernement marche dans cet ensemble, dont
il touche toutes les choses nouvelles, ce qu'il
fait pour remplir la vocation pompeusement
annoncée de *maintenir* et de *réparer*, présente
un ordre nouveau d'actions, qui, en détermi-
nant un ordre correspondant de réactions, com-
plique notre situation.

Après avoir jeté un coup d'œil sur les difficultés que nos princes ont dû nécessairement
trouver, j'examinerai de quelle manière ils ont
composé l'administration et le ministère, ce
qu'un tel ministère peut faire pour la recomposition de l'armée, des finances et de l'esprit
public ; j'examinerai comment a été compris le
passage de l'état précédent à l'état actuel, ainsi
que nos nouvelles relations avec les diverses
parties de l'Europe.

CHAPITRE PREMIER.

Des difficultés attachées au retour de la Maison de Bourbon.

L'HISTOIRE du monde n'offre rien de comparable, selon moi, pour ses difficultés, ses embarras, ses périls, au grand événement du retour de la Maison de Bourbon.

Un Roi rentrant avec tous ses souvenirs sans en manifester aucun ; avec toutes ses douleurs sans montrer aucun ressentiment ; avec tous les pouvoirs, sans une pensée de vengeance ; une Fille échappée au massacre de ses parens, revenant avec tout l'éclat de la royauté et du malheur, auprès de leur tombeau, mais seulement pour leur porter ses prières et ses larmes ; une Famille auguste, toute frappée des coups d'une grande révolution, pénétrée d'horreur pour ses catastrophes et ses principes, revenant pour vivre au milieu des débris de cette même révolution, pour consacrer la plus grande partie de ses œuvres, de ses institutions, de ses résultats :

tel est le spectacle qui se présente aujourd'hui à
l'univers ; spectacle si étonnant, d'un côté,
par ce qu'il suppose de vertus et de sacrifices,
que notre faiblesse ne peut y croire, qu'il provoque en cela même les inquiétudes et les méfiances ; spectacle si étonnant, d'un autre côté,
par ce qu'il suppose de difficultés, que les écueils
sont à chaque pas, que la moindre faute d'un
jour peut rendre inutile toute l'habileté d'une
année, et donner désormais un air équivoque à
toutes les positions et à tous les actes. Une
double ligne de sentimens naturels, honorables,
commandés par tout ce qu'il y a de beau dans le
caractère, et d'une conduite qui doit être opposée souvent à ces sentimens et commandée
seulement par la politique : telles sont aujour-
d'hui les grandes difficultés des princes de la
Maison de Bourbon et de leur Gouvernement.

Obligé de retravailler la France après la révolution, si Bonaparte avait pu achever son ouvrage ; si la rupture subite du traité d'Amiens
n'eût pas établi, entre la France et l'Angleterre,
une sorte de duel à mort, qui a fait tendre tous
les ressorts de la France, et qui a failli briser
ceux de l'Europe ; si les intérêts de cette guerre,
absorbant toutes ses pensées, ne l'avaient pas
forcé de laisser imparfait, et comme en l'air,

l'œuvre de recomposition qu'il avait commencée ; tout en doutant de la perfection de cette
œuvre à quelques égards, au moins sur le point
si important de la fusion de la France ancienne
et de la France nouvelle, je puis croire que
nous serions plus avancés aujourd'hui, et que
nous aurions quelque chose d'une hiérarchie
sociale. Mais le moyen de réparer les bouleve-
semens de la révolution, au milieu des bouleversemens de la guerre ! Obligé de forcer tous
les mouvemens, de provoquer tous les efforts,
de mettre le feu à toutes les passions, à toutes
les ambitions, à toutes les espérances, le moyen
d'obtenir dans cet état violent des résultats qui
ne peuvent appartenir qu'à une méditation
calme, être acceptés que par des affections
douces, et germer et se féconder que dans la
paix et le repos !

Au milieu des débris de cette révolution, mal
ordonnés entre eux par des lois civiles et politiques insuffisantes, mis de nouveau en mouvement par le tumulte des combats et les besoins
de la guerre, c'est dans ce cahos, et par la brè-
che du cadre brisé de l'ancien Gouvernement,
que se présentent les restes augustes, et jusqu'alors fugitifs, de l'ancienne race de nos rois.
Dès que je les aperçois, plein de joie et d'inquié-

tude, je me demande : Que feront-ils? S'ils entrent trop avant dans la révolution, ils s'abaissent; s'ils restent en dehors, ils se perdent.
Toujours Français, mais Français d'autrefois,
le sol sur lequel ils viennent se placer est plus
étranger pour eux, que ne l'est le sol de la Ca-
labre au malheureux qui a échappé à sa destruction, et qui la voit ensuite pour la première
fois. St.-Louis nous revenant en 1789, après
six siècles d'absence, eût trouvé dans la France
de Louis XVI, moins de changemens que
Louis XVIII n'en a trouvé parmi nous.

Cette position, que tout le monde ne comprend pas, est beaucoup plus difficile que celle
dans laquelle se trouva Bonaparte au 18 bru-
maire. Révolutionnaire lui-même, c'est avec les
révolutionnaires qu'il se mit à attaquer la révolution. Républicain, c'est avec des républicains
qu'il fonda la monarchie. C'est avec des partisans de l'égalité qu'il fonda la noblesse. Dans
cette position, ayant pour lui la révolution entière, il put faire tout ce qu'il voulut. Il fit souvent des concessions à la noblesse ancienne :
ces concessions causèrent des mécontentemens,
jamais de l'inquiétude. Avec la révolution, il
eût fait, s'il l'eût voulu, la contre-révolution
même.

Il s'en faut de beaucoup que Louis XVIII soit dans une telle position. S'il est venu en France pour se changer dans la France, se mettre dans son mouvement et dans ses formes, il éprouvera peu de difficultés ; si, au contraire, il est venu pour changer la France en lui ; s'il est venu pour la mettre toute entière dans le mouvement et dans les intérêts d'un petit nombre d'amis et de serviteurs dévoués, c'est là où commencent les écueils et les tempêtes.

J'ai cité Bonaparte ; j'ai d'autres exemples à rappeler.

Arrivant d'un pays étranger, étrangère elle-même, qui ne croirait que la Maison de Brunswich ne dût se trouver embarrassée en Angleterre ? Au contraire, elle n'est pas plutôt débarquée, que la voilà portée au trône, saisie par les intérêts de liberté, ainsi que par les intérêts protestans. O prodige ! les Stuart, anglais, sont devenus étrangers à l'Angleterre. Au contraire, le prince d'Orange, étranger, se trouve tout à coup au milieu des Anglais, comme dans son pays et dans sa famille.

Éloigné par la ligue à raison de ses sentimens religieux, Henri IV trouve enfin par sa valeur et l'appui d'une partie de la France, le moyen de reconquérir la couronne. Protestant, montera-t-il avec sa religion sur le trône ? Ce parti est trop violent. Il s'aperçoit que pour gouverner les Français, il faut penser comme les Français. Il embrasse le culte de la France, et aussitôt son trône est affermi.

En rentrant en France, après une grande révolution, et vingt-cinq ans d'absence équivalant à des siècles, nos princes n'ont eu ni les avantages de Bonaparte, ni ceux de la Maison de Brunswich. On pourrait dire qu'ils ont été éloignés par la révolution, comme Henri IV le fut par la ligue. C'est là tout le point de rapprochement. Car d'ailleurs on ne peut dire que la France, quoique divisée sur d'autres points, l'ait été sur la révolution ; elle a été unanime. Et alors leur position peut être comprise dans ces termes.

Si après s'être remis sur le trône comme Henri IV, nos princes ne sont pas entourés des mêmes avantages ; même avec ces avantages ; s'ils ne se trouvent ni en position, ni en disposition, pour imiter ses sacrifices ; tout en tenant compte de la bonté particulière et de la loyauté qui les caractérisent, en tenant compte de tout ce qu'ils ont acquis d'expérience, d'instruction et de lumières, en tenant compte aussi de l'expérience et des dispositions douces de tout le peuple français, sous d'autres rapports au moins, je ne puis m'empêcher d'affirmer que leur situation est très-difficile. Je crains d'y trouver des rapprochemens avec celle des deux princes de la Maison de Stuart, après la mort de Charles II et l'usurpation de Cromwell.

En effet, avec un meilleur esprit, de meilleures circonstances, c'est par la nature des choses, le même ordre d'événemens.

Au milieu d'un peuple qui n'aimait ni les Jésuites, ni les prêtres et qui était obstiné dans les principes d'un régime de liberté et d'une constitution représentative, on sait que ces deux princes, eurent le malheur de conserver leurs principes de pouvoir absolu, ainsi que leur zèle pour la religion catholique. Au milieu de la France toute changée par la révolution, si nos princes ont le malheur de ne tenir compte ni de cette révolution, ni de ses changemens; comme ils sont revenus dans les mêmes circonstances que les Stuart, ils se trouveront manifestement dans les mêmes dangers.

A quelques égards, c'est ce qu'ils paraissent avoir compris. Le maintien des avantages révolutionnaires a été solennellement promis; l'établissement d'une constitution libérale, solennellement accordé et consacré. Ces paroles sont sûrement sincères. Malheureusement les apparences ne sont guère moins importantes, en ce cas, que la réalité; car les apparences donnant leur couleur à tous les actes, si elles sont fâcheuses, rien ne profite au pouvoir dans les concessions qu'il fait, tandis que tout tourne contre lui, par celles qu'il refuse.

CHAPITRE II.

De quelques mesures propres à adoucir ces difficultés.

La première, la plus grande difficulté de la Maison de Bourbon, en rentrant en France, consistait, comme je l'ai dit, dans le double danger, de s'abaisser en entrant dans la révolution, de se perdre en restant en dehors. Il n'y avait qu'une manière de se sauver de cette difficulté; d'abord de séparer la révolution de ce qu'elle a eu de misérable; cela fait, de se jeter tout entier dans ce qu'elle a eu d'honorable, de glorieux, d'éclatant, d'y entrer tout à fait, d'en prendre, dès le premier moment, les nuances, les couleurs.

A cet égard, des paroles ne sont jamais suffisantes. Henri IV est encore sur ce point d'un grand exemple. Protestant, il n'eût jamais rien pu faire de favorable aux protestans, sans aigrir les catholiques prépondérans et leur donner

de la méfiance et des soupçons. Henri IV catholique put faire l'édit de Nantes. Si Henri IV protestant l'eût tenté, il eût ramené la ligue.

J'ai cité à ce sujet beaucoup d'exemples. Je
n'ai pas mentionné le plus marquant. Nous avons
vu pendant long — temps un roi de Saxe bon
catholique, gouverner tout un pays luthérien.
Dans les principes catholiques, un luthérien est
tout aussi damné qu'un homme de la révolution
peut l'être dans le parti opposé. Tout en conservant hautement et franchement ses principes
catholiques, le roi de Saxe est parvenu à gouverner ses sujets luthériens, de manière à obtenir leur confiance, leur respect, et, comme on
l'a vu récemment, leur fidélité.

Avec un peu d'habileté, mais sur-tout avec
beaucoup de franchise, un roi de l'ancien régime pourrait donc absolument, s'il le voulait,
gouverner de même la France révolutionnaire.
Je crains qu'on ait une autre pensée. On voudrait convertir la France et la changer. Ce parti
me paraît fort dangereux. Il me paraît de plus,
qu'en l'adoptant, on ne fait pas ce qu'il faut pour
y parvenir. Tout me paraît arrangé en ce genre
pour exciter, non la confiance, mais la crainte.

Je ne puis dire si les membres du Gouvernement provisoire qui ont délibéré longuement et

sérieusement sur la convenance de quitter le drapeau tricolore, et de prendre la cocarde blanche, ont senti toute l'importance de cette mesure, s'ils en ont prévu sur-tout les résultats ultérieurs. Dans tous les cas au moins, il était à désirer que le Roi, avec les lumières et la bonté qui le caractérisent, appréciât dans ses conséquences à venir, cet acte, non de réflexion, mais tout de respect pour lui et de courtoisie.

Lorsqu'à la suite des scènes du 14 juillet, on nous apporta à Versailles le drapeau tricolore, nous pûmes frémir à la vue de ce travestissement de l'ancien drapeau des lis; mais avec le temps, lorsque ce drapeau est devenu l'emblême d'un grand changement dans l'État; lorsque se mesurant avec l'ancien drapeau blanc, ainsi qu'avec tous les drapeaux de l'Europe, il est sorti triomphant de ces luttes; lorsque, porté dans les combats, il s'est empreint de toutes les couleurs de la gloire, lorsqu'il a flotté avec honneur sur toutes les mers, dans toutes les contrées de l'Europe; qu'il a été salué par le monde entier, et respecté par tous les potentats; il faut dire plus, lorsqu'il est arrivé à signifier la révolution même, les bouleversemens qu'elle a causés, et les avantages qui en sont sortis en faveur de la partie la plus nombreuse et la plus considérable de la na

tion; un Gouvernement nouveau qui s'est annoncé pour entrer sur ce sol tout révolutionnaire, à l'effet seulement de maintenir et de réparer, a dû traiter avec plus d'importance une mesure qu'un certain parti sera naturellement porté
à regarder comme un triomphe. Il a dû prévoir
que par suite de cet acte, une partie de la nation effrayée, croirait qu'elle a perdu le gage de
ses avantages révolutionnaires, tandis que l'autre s'imaginerait en avoir un de sa restauration
entière; il a dû prévoir qu'une partie de la
France verrait dans le nouveau drapeau un dé-
menti donné à la Charte constitutionnelle, et
peut-être aussi une Charte opposée de contre-
révolution; il a dû prévoir enfin que par là toute
réparation deviendrait désormais difficile, en ce
qu'elle inspirerait des craintes, le moindre retour à quelque chose de l'ancien régime, impra-
ticable, en ce qu'il paraîtrait le commencement
d'un retour entier.

Frappé de ces considérations, j'avoue avec
tout mon goût et tout mon respect pour le drapeau blanc, que si j'avais été interrogé sur la
convenance de son rétablissement, je n'aurais
dissimulé aucun de ces dangers. Une fois adopté,
j'aurais regardé comme une fortune pour le service de Sa Majesté, si, en approchant des per-

sonnes qui ont plus particulièrement sa confiance, j'avais pu leur persuader l'avantage du parti que je vais énoncer.

C'eût été, après avoir accepté, à Londres, la cocarde blanche qui avait été envoyée d'enthousiasme, de ne l'accepter que pour la rendre immédiatement après l'entrée à Paris ; le Roi serait venu alors à l'Hôtel-de-Ville, et là, en présence des généraux et des maréchaux, il aurait déposé et son cordon bleu et sa croix de Saint-Louis, pour prendre tout simplement la cocarde tricolore et le grand cordon de la Légion d'honneur. Si, ensuite nos plus jeunes princes se contentant du rang de colonel, étaient venus se mettre avec ce simple grade dans les rangs de l'armée, rechercher de cette manière les leçons et les conseils de nos vieux généraux, s'instruire des détails de leur gloire et de leurs faits d'armes, quelque tristesse eût pu saisir sans doute çà et là un reste d'espérances ; mais je puis croire que la nation entière eût eu pour ce procédé une grande reconnaissance.

Lorsque Henri IV, aux portes de Paris, vient faire au peuple français l'abandon de la religion dans laquelle il est né, est-ce parce qu'il a été terrassé tout-à-coup, comme Saint-Paul, par la foudre de la grâce ? Il est probable que c'est sur-tout par un sentiment de raison et de bonté. La politique a pu dire ensuite ; le royaume de France vaut bien une messe. Louis XVIII prenant les couleurs de la révolution, et lui sacrifiant les siennes, eût fait dire de même : le royaume de France vaut bien un ruban.

La vérité, c'est qu'avec la cocarde blanche, Louis XVIII ne peut presque rien faire aujourd'hui, sans danger, pour ses compagnons d'infortune et pour ses amis. Avec la cocarde tricolore, il eût fait tout ce qu'il aurait voulu. Voyez tout ce qu'a entraîné cette démarche.

Dès ce moment, on a été obligé de tout faire à double : on a mis aux prises la cocarde blanche et la Charte, la croix de Saint-Louis et la croix d'honneur, la révolution et l'ancien régime, le Roi et la patrie. En prenant la cocarde tricolore, le Roi n'avait pas à craindre qu'un parti arborât contre lui la cocarde opposée. Aujourd'hui, Dieu nous préserve de nouveaux mouvemens, car il semble qu'on ait voulu laisser tout exprès un étendard à la révolte.

CHAPITRE III.

Des nouveaux inconvéniens qui sont venus aggraver cette position.

PEUT-ÊTRE croira-t-on que le conseil que je viens d'exposer est tout entier dans un sens favori pour moi de constitution et de liberté. Je ne puis avec vérité m'arroger ce mérite. Je déclare que dans un sens contraire, je l'aurais proposé de même. Si on veut un système de liberté en France, mon avis est qu'il faut l'établir par la révolution. Mais si on veut un système de despotisme, mon avis est encore qu'il faut l'établir par la révolution. Bien plus, veut-on les trois ordres et l'ancien régime; mon avis est encore qu'il faut les demander à la révolution. J'entends ici par la révolution, non ses principes, mais les institutions qu'elle a faites, les monumens qu'elle a élevés, les traces qu'elle a laissées. Tel est le sol actuel de la France. Quoi que ce soit qu'on veuille faire, c'est sur ce sol qu'il est indispensable de mettre son levier.

Je ne dirai pas qu'on a tout-à-fait abandonné ces vues ; je dirai au moins qu'on s'en est écarté : on continue malheureusement à s'en écarter. Je dois signaler comme un des grands malheurs du temps présent, de voir associer, en toutes les choses d'un Gouvernement destiné à protéger les résultats de la révolution, des hommes opposés, ou du moins étrangers à la révolution.

Nous avons une fois émigré en grand nombre, pour défendre la cause de Louis XVI. On a jugé diversement, en Europe, la sagesse de ce parti. Le monde entier l'a trouvé, au moins, hardi, brillant, chevaleresque. A l'avénement de nos princes, s'il avait été possible, non seulement qu'aucun de leurs serviteurs ne revinssent avec eux, mais encore que tous les hommes d'une certaine classe se missent à émigrer de nouveau, oh ! quel service plus réel et plus grand n'eussent-ils pas rendu à Louis XVIII ! que dis-je ? quel service ne se seraient-ils pas rendu à eux-mêmes ! On ne peut s'imaginer combien leur présence empêche, pour eux, une multitude de projets favorables, que leur éloignement eût facilités. On ne peut s'imaginer à quel point toute la France désirerait faire pour eux, ce qu'absolument elle ne veut pas faire par eux.

Cette particularité de notre situation ne paraît pas avoir été comprise. Certainement, si par quelque bizarrerie de la destinée, j'étais fait empereur de la Chine, il me semble que je m'occuperais à gouverner ce pays, nou selon les Français, mais selon les Chinois. Après cela, si quelques petits – maîtres de Paris que j'aurais amenés avec moi, étaient continuellement occupés à décrier les institutions de ce pays, et à se permettre des plaisanteries sur les Bonzes et sur les Mandarins, il est possible, pendant quelque temps, que je fusse disposé à m'amuser de ces plaisanteries ; à la fin, cependant, si je voulais me conserver, il me serait indispensable de faire mettre tous ces messieurs dans un bon navire, et de les envoyer en Europe.

Cette fable a beaucoup de ressemblance avec notre position. Aussitôt après l'avénement de nos princes, comme il nous est arrivé de partout une multitude d'hommes très-respectables, sans doute, mais aussi étrangers à la France, qu'ils pourraient l'être à la Chine, notre régime abordé par toutes leurs espérances et par toutes leurs prétentions, a commencé à se compliquer et à s'embarrasser de leur présence. Ce n'est pas assez de leur présence ; on les a mis dans nos affaires. Des hommes qui n'ont pas vu la

France depuis vingt — cinq ans, qui n'ont eu aucune participation à ses événemens et à nos intérêts, sont institués aujourd'hui au — dessus de nous, pour juger de nos événemens et de nos intérêts.

Établis sur ce plan, le ministère et l'adminis- tration présentent ainsi la composition la plus disparate. Des hommes nouveaux arrivés de dehors, étrangers à nos habitudes, et par là même à notre confiance, se trouvent à côté de quelques hommes du dedans, qui n'ayant jamais voulu se mêler aux choses nouvelles, les savent encore moins. Les premiers, au moins, y portaient de loin un regard curieux ; au lieu que les hommes du dedans, dont je veux parler, s'en détournant de toute la force d'une volonté systématique, sont parvenus, comme ils le désiraient, à une ignorance profonde.

A côté de ces deux premiers faisceaux, s'en joint un troisième qu'on a trouvé et qu'on a laissé : ministres d'une autre couleur et d'un autre temps, qui, malgré leurs efforts, se pla- çant plus ou moins gauchement dans la posi- tion nouvelle, y paraissent moins favorisés que supportés.

Par leurs goûts, par leurs discours, par leur

doctrine connue, les étrangers français qui nous sont arrivés, ne sont point réputés partisans d'un régime constitutionnel ; par leur position, les autres ne le paraissent pas davantage. Voués au régime précédent, serviteurs de tous les despotismes qui se sont succédés, le public les croit disposés à servir moins le Souverain de la constitution que celui de l'ancien régime.

Quoi que fasse, ou quoi que dise un prince, le public ne le croit jamais sincère, lorsqu'il parle de liberté. Ses maximes, à cet égard, ne passent jamais que pour des maximes de politique, ou de circonstance. Des ministres ne paraissent pas plus sincères. On ne doute pas qu'ils ne soient absous d'avance par leur maître, de tout ce qu'ils oseront tenter ou proposer en faveur du pouvoir. En se prêtant avec habileté aux doctrines libérales du moment, on s'attend à ce qu'ils saisiront avec empressement toutes les circonstances favorables à une doctrine contraire. Dans ce cas, les ministres d'un certain ordre tâcheront-ils de balancer les ministres d'un autre ordre ? point du tout : il y aura entre eux non opposition, mais émulation. Si les étrangers qu'on a mis à notre tête sont d'un mauvais esprit, les autres comprenant que là est la faveur du maître, voudront les surpasser ; exagérer leur exagération même, leur paraîtra le seul moyen de réparer leur vie passée, et de faire croire à leur fidélité présente.

———

CHAPITRE IV.

*Du défaut de connexion dans le ministère
actuel, et des inconvéniens de cette situation.*

Au temps présent, il serait difficile de déterminer ce qui peut passer par la tête d'un ministre, lorsqu'investi d'une grande puissance,
il est toujours isolé et sans surveillance. En effet
tout a été tellement bouleversé en France et
en Europe; les empires et les trônes, les duchés,
les plus grandes dominations, les plus grandes
dignités, ont tellement été au premier occupant;
on a tant vu au nord, au midi, à l'est, à
l'ouest, de simples soldats, sortis de la classe
commune, parvenir aux plus grandes dignités
militaires, et ensuite de ces dignités, sautant
d'un saut par-dessus les trônes; ce spectacle a
tellement enivré les espérances et tourné toutes
les têtes, qu'on a autant à craindre aujourd'hui
l'ambition élevée et orgueilleuse, qu'on a eu
à craindre, dans d'autres temps, l'ambition
basse et servile.

Des souverains ont quelquefois éloigné systématiquement de leur confiance, des hommes qui avaient une grande importance. Louis XIV se contenta d'abord de redouter la naissance; il alla ensuite jusqu'à redouter le talent. Aujourd'hui, avec les souvenirs et les perspectives qui ne sont pas effacés, ces craintes pourraient n'être pas sans fondement. Si un homme d'un talent supérieur, mais tout entier aux armes, sans souci pour les idées de liberté et de patrie, se trouvait porté tout-à-coup entre une constitution nouvelle et un roi nouveau, le public qui lui verrait remuer ces deux choses dans ses mains fortes, ne se demanderait pas comment toutes deux seront conservées, mais seulement laquelle des deux sera renversée.

Composé d'individus sans accord entre eux, sans connexion, sans intimité précédente, un tel ministère ne peut avoir de force pour le bien; il peut s'y développer beaucoup d'intrigues pour le mal. Chaque ministre, agissant en secret des autres ministres, avec des vues indépendantes des leurs, et en quelque sorte pour son compte, peut nourrir des vues fâcheuses. Dans un ministère composant une masse compacte, et en quelque sorte solidaire, cela ne serait pas. Dans ce cas, les actes d'administration particulière seraient bien toujours individuels; mais les actes de gouvernement général, qui sont propres à chaque département, seraient au moins des actes du ministère; ils auraient été concertés et convenus d'avance entre tous les ministres.

Un premier vice de l'administration présente, c'est que les membres qui la composent n'ont point la confiance publique : un second vice, c'est qu'il n'y a aucune confiance entre eux. Il nous fallait, dès le début, un ministère choisi, non dans le sens des affections et des opinions privées d'un Monarque qui a vécu long-temps loin de nous, mais un ministère formé dans les affaires du temps, et selon l'opinion du temps. Un ministère tout sorti de la révolution, et dans le sens de la révolution, était à peine une garantie suffisante contre un roi et ses en-tours contre-révolutionnaires. Il nous fallait un ministère fort, s'il était possible, individuelle-ment, mais surtout fort par son ensemble; un ministère composé de parties homogènes, dont le caractère général, l'intention générale, la direction générale fût bien établie; un ministère dont les membres ne pussent avoir la pensée de se racheter de leur servilité passée par leur ser-vilité présente, chez qui le dévouement fût un sentiment de cœur, et non pas un besoin de la situation; un ministère qui ne pût pas être sans cesse l'objet d'attaques individuelles, ou du moins qui eût pour résister à ces attaques, non seulement sa propre force, mais celle de tout l'ensemble; un ministère enfin qui, par sa considération et par sa consistance, pût se défendre non seulement auprès du public, mais auprès du prince lui-même, contre l'action continue des insinuations particulières.

Ici se dévoile un autre vice de cette administration.

Ce n'est pas assez pour un ministre actuel, d'avoir à se défendre des reproches du public et de la difficulté des affaires; il a encore à se défendre des intrigues de ses collègues et de celles de la Cour. Dans un pays où la Cour est une chose si ancienne, si bien réglée, si savante dans tous les moyens de circonvenir et d'obséder le prince, et où, en même temps, l'État est si nouveau, si délabré, si incertain, si en morceaux, je pourrais presque dire en chaos, il est facile de prévoir ce qui arrivera : c'est que la Cour parviendra nécessairement à envahir l'État, ou du moins elle prendra tant de volume, tant d'importance, qu'on finira par regarder en pitié de pauvres ministres isolés, embarrassés tantôt dans les intrigues, tantôt dans les fonctions, craignant chacun d'être attaqués isolément au-dessous d'eux par ceux qui obéissent, et à côté d'eux par ceux qui ont la faveur. De tels ministres seront nécessairement versatiles et incertains. Les serviteurs intimes et stables du prince finiront par dominer des fonctionnaires aussi frêles. D'un autre côté, si, par l'effet d'une certaine opinion, le parti de la Cour paraissait seul le parti d'honneur, que le parti de l'État fût flétri par tout ce qu'on serait parvenu à imprimer de flétrissure à des fonctions constitutionnelles, un tel ministère ne pourrait jamais tenir en place. En tout, une constitution ne peut pas tenir dans un pays où les courtisans n'ont point à courtiser les ministres; mais où les ministres ont sans cesse à courtiser les courtisans.

CHAPITRE V.

*Des effets de cet état de choses sur la marche
du Gouvernement.*

QUAND des ministres formés comme on vient
de le voir ont été mis en position, qu'ils ont
sondé leur nouveau terrain, et qu'ils en connaissent la nature, ils se disposent d'avance pour
agir selon cette situation. Ils cherchent dès-lors
à servir, non pas les intérêts du prince, mais
seulement ses goûts. Les intérêts sont une chose
de recherche sérieuse et profonde; les goûts
sont plus facilement aperçus. L'autorité, pré-
sentée comme une affaire, serait susceptible
d'ennui; on la présente comme un amusement.
Dans cette conduite, on ne s'embarrasse jamais
du peuple. Il est là, non comme une matière
morale sur laquelle il faut agir avec précaution, mais comme une matière brute, dont
on peut faire tout ce qu'on veut.

Dès le premier moment, il n'aura pas été difficile de s'apercevoir que le monarque qui nous

arrivait des terres étrangères avait des sentimens
religieux ; il n'aura pas été difficile de remarquer
que les autres princes, et surtout une princesse,
objet particulier de la vénération des Français,
étaient disposés à toutes les cérémonies pieuses.
Ce trait une fois remarqué, voila le ministre
qui arrive avec un projet pour les processions.
Mais, demandera alors le monarque, ce réglement si nouveau, si subit, ne fera-t-il pas quelque fâcheux effet ? « Au contraire, sire, le peu-
« ple de Paris aime extrêmement les prêtres ;
« et d'ailleurs, il faut absolument le ramener à
« la religion. La faiblesse fait la perte des Gou-
« vernemens. »

Ce n'est pas assez au travail sur les processions, on ajoutera un travail sur les fêtes et di-
manches ; et voilà toute la France à se regarder,
et à s'étonner que le premier résultat du retour
de son roi soit un changement subit qui lui est
imposé dans ses habitudes ; changement auquel
on peut tendre à quelques égards, mais qui est
toujours la partie du Gouvernement la plus difficile, la plus délicate, et celle à laquelle devait
sûrement le moins songer, dans ses débuts, un
nouveau Gouvernement.

Cette mine de piété une fois découverte,
d'autres se présenteront bientôt pour l'exploi-

ter; et d'abord on commencera à poser en principe, que ce n'est point la religion dans un
État qui fait les prêtres, mais les prêtres qui
font la religion. Dans ce plan de manufacture
religieuse, où les églises sont les ateliers, il ne
s'agira plus que de dresser, sous le nom de prêtres, un bon nombre d'ouvriers. Ce n'est pas
assez de mettre la génération présente sous le
gouvernement de ces prêtres, on pensera à un
bon nombre de moines, à qui on confiera l'éducation de nos enfans, à l'effet de s'assurer de
la génération à venir. Sous toutes ces discipli-
nes de prêtres et de moines, bien combinées avec
un bon système de pouvoir, on se promettra
d'avoir à la fin un bon peuple bien dressé, bien
soumis, dont on fera tout ce qu'on voudra.

Je ne fais, en réalité, que mettre en abrégé
une multitude de mémoires, que je sais avoir
été présentés. Comme la partie financière de
ces mémoires, (point de toute nécessité) était la
restitution des biens du clergé non vendus, ces
biens étant déjà annoncés comme hypothèque
à notre immense dette publique, tout l'arriéré
qui était menacé de rester ainsi arriéré, s'est
soulevé contre ces projets. Le ministre arrêté
quelque temps dans ses opérations, en butte à
une multitude de contrariétés et de dégoûts,

mais appuyé par le mouvement général, a pu
avoir et le courage et la force de les repousser.
Je ne sais quand ces projets se reproduiront.
Pour le moment, au moins, ils ont été écartés.

Au département de la guerre, les mêmes
causes détermineront la même conduite. Là
comme ailleurs, comme tout ce qu'on veut est,
non pas de servir le prince, mais seulement
de lui plaire, on s'étudie, non à remédier aux
maux, mais seulement à les déguiser. Calcul
bien faux assurément; car avec un prince aussi
sage que Louis XVIII, la véritable manière de
lui plaire, serait certainement des services réels.
C'est par l'ensemble de ces services, par des
résultats positifs, qu'on doit prétendre à sa confiance et à ses suffrages.

Au lieu de suivre ces vues, que fait-on ? On
écoute à la porte de quelques hommes de Cour.
On y entend dire qu'il y a eu, en France, une
révolte, et non pas une révolution; on y entend dire que cette révolte ne doit laisser aucune trace; que le règne de Louis XIV con-
tinué sous Louis XV et sous Louis XVI, n'a
pas été un moment interrompu; qu'il se poursuit encore sous Louis XVIII. On part aussitôt
de cette idée, comme d'un point dirigeant.
Désormais de quelque part que ce soit, tout ce

qui arrivera pour le déranger, sera présenté comme monstrueux.

Je ne disconviens pas qu'à la retraite de Bonaparte, le remaniement de l'armée et sa recomposition n'aient dû être une chose très-difficile ; je ne disconviens pas que cette manœuvre n'ait demandé une grande habileté ; mais l'habileté en pareil cas n'est autre chose que du sens.

J'ai entendu dire : « Comment ! les princes de « la Maison de Bourbon sont rentrés en France « et aussitôt l'armée française n'a pas été trans- « portée ! on a pu trouver, dans ses rangs, quel- « ques regrets pour un autre Gouvernement et « pour un autre temps ! »

On n'a pas eu l'esprit d'imaginer que cette armée, ainsi que toute la génération présente, ne connaît les princes de la Maison de Bourbon, que par ce qui leur en a été dit et en quelque sorte, d'une manière historique. On n'a pas daigné faire attention que pendant vingt ans, elle a été accoutumée aux ordres d'un homme dont les hauts faits ont remué toute l'Europe et en quelque sorte rempli le monde. A l'arrivée des princes de la Maison de Bourbon, si cette armée s'etait mise, tout d'une commune voix, à renier son ancien général, si on l'avait vue, toute joyeuse de son renversement, se montrer encore très — empressée et très—honorée d'avoir à côté d'elle des Autrichiens, des Anglais, des Russes, des Prussiens, dictant des lois à la France, et se chargeant de la police de Paris ; c'est une telle armée qui eût été mauvaise ; c'est une telle armée qu'il eût fallu se hâter de dissoudre et de licencier.

Encore une fois, je ne dissimule pas que ce premier moment n'ait été une chose délicate, et qui a demandé des précautions. Mais avec les armées, comme en général avec les hommes, quand on a l'autorité, il suffit d'avoir une volonté juste, et ensuite de la prononcer franchement. A l'égard des mécontens obstinés, leur laisser d'abord une large issue, proclamer ensuite que le premier cri rappelant le nom de l'ancien souverain, serait traité comme séditieux : l'annoncer hardiment, l'exécuter sévèrement, c'était tout ce qu'il fallait.

Dans ce mode de conduite, il y avait sans doute des privations à imposer, des rigueurs à exercer. Mais en ce genre, on se contente ordinairement de ce qui est nécessaire. Quand on a déjà beaucoup d'embarras, on ne cherche pas à les multiplier ; c'est ce qu'on a fait.

D'un côté, on a paru craindre l'armée en l'écartant, on a paru redouter les mécontentemens en les dissimulant. D'un autre côté, ces mêmes mécontentemens, on ne s'est point embarrassé de les éviter et de les multiplier. On a appelé auprès de la personne du monarque des hommes nouveaux, appartenant principalement à une classe nouvelle, sur laquelle on a entassé, avec une sorte de profusion, les grades, le lustre, les faveurs. On a fait arriver dans les rangs de l'armée de ligne, des généraux qui n'y avaient jamais paru, dont les noms mêmes n'y étaient pas connus.

Ceci appartient à un premier ministère : en voici un second. Le nouveau chef paraît plus habile et mieux comprendre l'organisation de détail. Sur le fond de la chose, je doute qu'il soit mieux instruit. Accoutumé au sol de Bonaparte, il s'y croit encore. Ceux dont la politique est qu'on s'efforce de continuer Louis XIV, semblent s'arranger très-bien d'un homme qui se propose de continuer un Gouvernement absolu.

Cette double ligne forme, selon moi, une double méprise. Au moins sous Bonaparte, les services passés avaient une autorité ; aujourd'hui, ils n'en ont plus. Le nouveau ministre se garde bien de s'appuyer de quelque chose de sa vie passée. Il cherche seulement à l'effacer. Il ne voit pas que par là même, il efface celle de sa propre armée. Tout occupé à enfonir les souvenirs de Toulouse , il se précipite dans ceux de Quiberon. Au milieu des anciens soldats qui ont combattu contre la Vendée , il arrête de faire élever un monument à la Vendée. Cet homme qu'on a vu dans d'autres temps , si habile , ne sait pas que le même monument qui est elevé à la gloire de ceux-ci , se trouve élevé à la honte de ceux-là ; il ignore qu'à la suite des longues dissensions civiles qu'on veut faire oublier , des monumens des ce genre doivent précisément les rappeler.

Auprès du monarque , les choses ne vont pas bien ; au loin , elles ne vont pas mieux. Les ministres n'étant pas forts , les préfets ne le sont pas non plus : car comme ils n'ont d'autre appui que les ministres , ils vacillent eux-mêmes en même temps qu'ils les sentent vaciller. Tout marche dès lors avec irrésolution, et d'un pas timide. Ici les serviteurs qui appartiennent à la Cour , se font craindre des serviteurs qui appartiennent à l'État ; en province , ceux qui ont des rapports avec les hommes de la Cour , se font craindre de la même manière des préfets et des sous-préfets. Les commandans , les maires , toutes les autorités de second ordre sont bientôt dans la même situation.

Dans cette anarchie, il se forme lentement, et bientôt il s'élève deux partis : l'un se prononce pour le Roi et ne mentionne jamais la Charte constitutionnelle ; il cherche, au contraire, à persuader que le Roi ne l'a point adoptée sincèrement ; un autre parti se prononce fortement pour elle, comme étant sa sauvegarde ; mais à l'égard du Roi et de ses dispositions, il reçoit et proclame les méfiances que veut bien lui donner le parti opposé.

Comme les préfets anti-constitutionnels se croient sûrs de la faveur ; que par là même, ils sont plus entreprenans et plus hardis, les acquéreurs de domaines nationaux, les anciens Jacobins, les hommes énergiques qui ont marqué dans les temps révolutionnaires, ceux que les événemens de la révolution ont élevés, ceux qui, d'une manière ou d'une autre, sont en butte à des accusations, à des recherches, ou peut-être seulement à des souvenirs, tout cela ne trouvant plus auprès des autorités, cette espèce d'appui qui donne la sécurité, se combinent de toutes parts, se liguent, se concertent, ou pour parler en termes précis, cherchent à renforcer, par la faction, une protection qu'ils croient au moment de leur échapper du côté de l'autorité.

De tous les points de la superficie, les ondulations de ce mouvement se font sentir. Alors que fait-on ? Le même esprit de courtoisie dont j'ai parlé, suggère qu'il faut se garder de frapper ceux-ci : (ils sont si agréables) mais comme en même temps, il ne faut pas frapper ceux-là : (ils sont si forts), au lieu de réprimer également des deux côtés, on se met à favoriser également des deux côtés. Aux factieux royalistes, on accorde la croix de Saint-Louis, aux factieux plébéiens, on accorde la croix d'honneur ; on adresse aux deux côtés des lettres de noblesse. Au défaut de la force, de la sévérité, déployant sans cesse celle de la faveur, on prodigue ainsi, on épuise, on prostitue les grâces de l'État.

CHAPITRE VI.

De la conduite du Gouvernement relativement au 21 janvier, et d'abord caractère du meurtre de Louis XVI.

Avec une administration telle que celle que je viens de mentionner, on doit frémir de la manière dont aura été traité l'anniversaire du 21 janvier. Il faut comprendre d'abord le caractère de cet horrible événement. Nous verrons ensuite le danger ou les avantages qu'il y avait à le rappeler.

Des hommes d'une grande supériorité de talent ont cherché dans ces derniers temps, non certes, à pallier l'atrocité de cet attentat, mais à en adoucir les circonstances. Ils se sont efforcés surtout de diminuer le nombre des coupables. Celui-ci n'a pas voté précisément la mort, seulement dans le cas d'invasion; dans ce moment fatal, éloigner l'exécution, c'était sauver la victime. Cet autre a voté aussi la mort, mais à la condition de l'appel à la nation. En invoquant dans ce cas la souveraineté du peuple, ce qui éloignait le supplice, on sauvait le Roi, et on se sauvait soi-même sous le rempart d'une doctrine favorite. Puisqu'il y a eu en ceux-ci de si bonnes intentions, que dire de ceux qui ont osé voter contre la mort? que dire encore d'un petit nombre qui a eu le courage de ne pas voter du tout?

J'ai le malheur de n'être pas touché de ces ingénieuses exceptions. Il faut même tout le respect que je porte aux hommes honorables qui les ont proposées, pour ne pas donner à mes expressions plus de force.

Si, par une supposition qu'on voudra me permettre, il était dans la volonté de la Providence de faire comparaître devant nous tout ce peuple hébreu coupable un jour de la mort d'un Homme-Dieu, il me semble entendre d'avance toutes les justifications particulières; celui-ci dirait : Je n'ai fait que le couronner d'épines; celui-là, je n'ai été que le chercher au jardin des Oliviers. L'un dirait : Je n'ai fait que le frapper; et quand il m'a dit : Pourquoi me frappez-vous, je me suis retiré. Un autre : Je lui ai percé le flanc; mais il était déjà mort; d'autres : Nous l'avons insulté, crucifié, nous lui avons préféré Barrabas;

mais ce n'est pas nous qui l'avons condamné.
Ce n'est pas moi non plus, dirait Pilate ; je n'ai
fait que me laver les mains. En vérité, Judas,
lui-même, viendrait peut-être nous dire : C'est
moi qui l'ai vendu, ce n'est pas moi qui l'ai jugé.

Poursuivons les rapprochemens : des femmes
qui pleurent et qui suivent de loin une poignée
de disciples qui veulent être fidèles, mais qui
sont presqu'aussi poltrons que des femmes ;
quelques-uns qui osent s'écrier : Cet homme est
sûrement le fils de Dieu, mais qui n'entre-
prennent rien ; ensuite le ravage et la désolation
qui entrent parmi ce peuple. Telle est l'histoire
de la mort du Christ : telle est, à beaucoup
d'égards, l'histoire de la mort de Louis XVI.

Dans le premier événement, la religion nous
enseigne que c'est moins le peuple hébreu qu'il
faut accuser, que la dépravation des hommes
et les péchés du genre humain. Dans le second
événement, il faut examiner si ce sont seulement quelques individus qui sont en scène, ou
si ce n'est pas plutôt un peuple entier ?

Ici j'hésite, j'en conviens, et je me sens, en
quelque sorte, intimidé. Dans mes recherches
sur un crime particulier, m'est-il permis d'interroger tout un peuple ? Dois-je découvrir ainsi
les hontes de ma patrie ?

Je sens la force de ces considérations; mais dans un ouvage destiné à l'instruction publique, je ne puis leur céder. Il ne s'agit pas seulement de vanter et de louer son ami, il faut avant tout pouvoir le louer ou le vanter comme juste. S'il ne l'a pas été, il faut le plaindre; mais dans aucun cas, il ne faut abandonner la justice; car la justice est la vie du genre humain, c'est quelque chose de Dieu même.

Il en est ainsi des nations. Qu'elles soient susceptibles, comme les individus, de grandeur et de misères, de sagesse et de folie, qui peut en douter? Hélas! c'est le partage de tout ce qui appartient à l'existence humaine. Tout ce qu'il y a de grand et de beau sur la terre présente le même mélange. Le plus vaillant des Troyens peut un moment être saisi de peur devant Achille; Achille lui-même, vainqueur d'Hector, peut être coupable de férocité en le traînant à son char. Voilà une belle femme; c'est sans doute une divinité: hélas! cette divinité a ses souillures. Le cœur le plus noble a de même ses impuretés secrètes. La plus sage, la plus généreuse des nations, pourra avoir eu ses extravagances et ses fureurs. Tantôt ce seront les rois qui sembleront plongés dans le délire: on entendra parler des fillettes de Louis XI, des St-

Barthélemy de Charles IX, des dragonades de Louis XIV; tantôt ce sera le peuple qui semblera déchaîné contre ses rois. On entendra parler des Maillotins et des d'Armagnac; on aura des Conventions et des Robespierres.

Dans cet amalgame de vertus et de vices, de grandeur et de misères, de perfection et d'imperfection, qui compose tout ce qu'il y a de plus beau dans les choses humaines, ce serait bien mal mériter ce qui nous appartient de louange, que de repousser ce qui nous appartient également de censure. Peut-être même dans ce dernier cas y a-t-il une sorte de vertu, car il y en a partout où il y a amour de la vérité et de la justice. Je me sens plus enhardi actuellement à porter mes regards vers la question que j'ai annoncée.

Un grand délit a été commis : j'en suis juge; je demande où est le coupable ? On me présente des doigts, des mains, des bras, qu'on m'assure avoir commis le délit. On me dit de les mettre en jugement. Moi, je réclame le corps qui a mu ces bras, et qui leur a donné l'impulsion.

Je trouve dans le résultat du scrutin, relativement au jugement de Louis XVI, que l'Assemblée était composée de sept cent quarante-neuf membres : quinze se sont trouvés absens par commissions, sept par maladie, un sans cause, cinq non votans, en tout vingt-huit. Le nombre restant est de sept cent vingt-un; la majorité absolue de trois cent soixante-un. Parmi ceux qui ont eu le courage de ne pas voter la mort, et qui, aujourd'hui, réclament sans doute les honneurs de ce courage, je trouve que deux ont voté pour les fers, deux cent quatre-vingt-huit pour la détention et le bannissement à la paix, quelques-uns pour le bannissement immédiat, ou pour la réclusion; quelques autres y ont ajouté la peine de mort conditionnelle, si le territoire était envahi, quarante-six pour la mort avec sursis, soit après l'expulsion des Bourbons, soit à la paix, soit à la ratification de la constitution. J'ai fini la liste des hommes vertueux.

De l'autre côté, trois cent soixante-un ont voté pour la mort; vingt-six pour la mort, en demandant une discussion sur le point de savoir s'il conviendrait à l'intérêt public qu'elle fût ou non différée, et en déclarant leur vœu indépendant de cette demande. Ainsi, pour la mort sans condition, trois cent quatre-vingt-sept; pour la détention dans divers sens, ou pour la mort conditionnelle, trois cent trente-quatre.

Qu'il me soit permis un moment de mettre à

part ces trois cent trente-quatre personnages réputés innocens, et de les interroger.

Vos différens votes, messieurs, de la manière dont ils sont énoncés, sont abominables à mes yeux ; mais cependant, comme vous m'assurez que vos intentions étaient bonnes, et que, dans le fait, un petit nombre de votes de plus du même genre pouvaient conserver la vie à ce malheureux monarque, je consens à passer par-dessus des formules exécrables, et à vous faire tout honneur de vos intentions. Répondez-moi seulement à la question suivante.

J'entre dans une maison où une partie des enfans ont assassiné leur père. De quel œil croirez-vous que je regarderai l'autre partie, qui me dira : Il est vrai que nous l'avons laissé égorger en notre présence sans le défendre ; mais nous n'étions pas d'avis qu'on l'égorgeât. Sentant l'application de cet exemple, vous me répondrez aussitôt : nous n'étions pas assez forts. Je vous entends. Permettez-moi actuellement une autre question.

Si trois cent quatre-vingt-sept brigands étaient occupés à mettre une ville à feu et à sang, et que trois cent trente-quatre gendarmes envoyés contre eux vous répondissent qu'attendu leur infériorité de nombre, ils ont dû être présens aux ravages, sans tenter de les empêcher, seriez-vous contens de leur réponse?

Sentant de nouveau l'application de cet exemple, vous me répliquerez que ce n'est pas la disproportion de vos forces dans l'intérieur de l'Assemblée, que vous prétendez m'alléguer, mais seulement la disproportion de vos forces comparées à tout ce qui était animé en dehors. Je vous entends encore. Dès ce moment, l'instruction que j'ai commencée va s'établir sur une échelle plus vaste.

J'ouvre l'écrit d'un des hommes les plus renommés par son talent; écrit qui a non-seulement reçu les suffrages du public de la France et de celui de l'Europe, mais encore, à ce qu'on nous assure, ceux du personnage le plus auguste. Dans cet écrit, où l'auteur a principalement pour objet, de diminuer le nombre des coupables, je trouve les paroles suivantes.

« Transportons-nous à ces momens affreux, voyons les bourreaux, les assassins, qui remplissaient les tribunes, qui entouraient la Convention, qui montraient du doigt, qui désignaient au poignard quiconque refusait de concourir à l'assassinat de Louis XVI. Les lieux publics, les places, les carrefours, retentissaient de hurlemens et de menaces. On avait déjà sous les yeux l'exemple des massacres de septembre ; et l'on savait à quels excès pouvait se porter une populace effrénée. »

Voilà un témoignage qui semble accuser déjà toute la ville de Paris. Je ne me contenterai pas de ce témoignage. Il est possible qu'un peu d'exagération soit échappé à la chaleur d'un sentiment vif. Je fais venir les hommes de ce temps. Je leur demande ce qui s'est passé. Voici ce qu'ils déposent.

« Le jour que Louis XVI partit de la prison
« du Temple, pour être conduit au lieu du sup-
« plice, il passa au milieu d'une double haie de
« citoyens de Paris, sur six de hauteur, armés
« et sans uniforme ; leurs habits étaient mar-
« qués à la craie, à l'effet de distinguer les sec-
« tions. »

La situation des autres villes à la même époque, l'immense quantité d'adhésions à la mort du *tyran*, sont des faits qu'on peut également constater. Ce tableau ne se présente pas plutôt à mes yeux, que me voici comme Laocoon, arrivant tout essoufflé de la citadelle : O citoyens ! quelle est votre folie ? quelle est votre fureur ? On me répond : « Notre folie, c'est la révolu-
« tion ; notre fureur, le renversement des obs-

« tacles qu'on veut élever contre elle. Après
« avoir dissous, tant que vous avez pu, pendant
« deux siècles, le vieux corps de la monarchie
« française, vous l'avez, par surcroît, en 1789,
« percé de part en part : que voulez-vous ac-
« tuellement que nous fassions? Enfermés dans
« ce corps sans vie, impatiens de nous mettre
« en liberté, comment vous étonnez-vous de
« nous voir nous débattre? A travers de ces
« vieilles formes, qui sont tout-à-fait dissoutes,
« nous nous échappons sans effort. Celles qui
« ont encore un reste de vie et qui veulent nous
« retenir, nous les brisons. »

C'est ainsi que la violence du meurtre de
Louis XVI, celle du meurtre des prêtres, du
meurtre des nobles, en un mot du meurtre de
tout ce qui a paru opposer des obstacles à la
complète décomposition de la France, comme
peuple, se trouvent avoir leur principes, non
dans le mouvement particulier de quelques individus, mais dans le mouvement de la nation
entière. Ce mouvement, à son tour, comme il
a eu son principe dans la révolution, la révolution elle-même, dans l'imprudence du Gouvernement de Louis XVI, dans l'impéritie des
Gouvernemens précédens, en un mot, dans

le mouvement du siècle, je demande si l'événement de la mort de Louis XVI qui, au premier moment, paraît seulement le crime de quelques individus, n'a pas été réellement celui de tout un peuple?

CHAPITRE VII.

Conséquences de ces observations.

Il n'est pas indifférent de bien comprendre le caractère du grand crime de la mort de Louis XVI; car ce n'est que de cette manière qu'on peut comprendre une autre chose qui n'est pas moins remarquable aujourd'hui : ce sont les dispositions de la France. D'un côté, une profonde horreur pour cet horrible attentat ; d'un autre côté, nul penchant à en rechercher les auteurs. Oh! mon Dieu! est-ce indifférence, est-ce insouciance?

Dans une nation qui a encore ses mœurs, se rendre coupable de sacrilége ou de scandale, c'est s'exposer aux peines attachées au sacrilége ou au scandale. « Vous n'attenterez pas, « dit l'Éternel, à la femme d'autrui. Si ce crime « a lieu dans une ville, les deux coupables se-« ront conduits hors des murs, et là accablés « de pierres ; la femme, parce qu'étant dans la « ville, elle n'a point appelé au secours; l'hom-

« me, parce qu'il a humilié la femme de son
« prochain; et vous effacerez ainsi cette ini—
« quité parmi vous. »

Pendant tous les âges où ce crime ne sera
que celui de quelques individus, cette sentence
du Très-Haut sera exécutée avec rigueur.
Dans des temps où la dépravation sera venue à
se généraliser, le crime sans doute restera tou—
jours le même; la peine ne pourra plus s'ap—
pliquer. Lorsqu'on mènera alors au Sauveur du
monde, une femme coupable, il ne dira pas
sûrement : l'adultère a cessé d'être un crime,
les décrets de mon père sont changés; il dira :
« *Que celui d'entre vous qui n'est pas coupa—*
« *ble, lui jette la première pierre.* »

Telle est précisément la situation de la France, relativement au meurtre de Louis XVI. Si,
comme on affecte quelquefois de le dire, un
petit nombre seulement a été coupable, et que
la masse du peuple soit réellement innocente,
aucune considération particulière, aucune pro—
messe, aucune clémence royale, aucune élo—
quence, ne peuvent soustraire les coupables.
C'est ce qui n'est pas. Et c'est dont est obligé
encore de convenir l'auteur que j'ai cité. *La*
mort du Roi, dit-il, et de la famille royale, est
le véritable crime de la révolution; presque

tous les autres actes de cette révolution sont des erreurs collectives.

Je suis convaincu de cette vérité. Elle est même tellement évidente à mes yeux, que c'est sûrement par méprise, que le même écrivain ajoute ensuite que *les auteurs de la mort du roi ont une cause parfaitement isolée.* Car si cette cause est dans la révolution, comme la révolution est bien certainement dans la nation entière, il n'y a rien de moins isolé que cette cause et ses auteurs.

Et voilà ce qui est généralement senti en France. Chacun se dit : le meurtre de Louis XVI est horrible, mais ensuite on se demande : qui jettera la première pierre ? Est-ce le massacreur de septembre, ou seulement celui de la Bastille ? Est-ce un de ceux qui, marqués de craie sur leurs habits, ont formé, sur six de hauteur, la haye depuis le boulevard du Temple, de peur que la victime n'échappât, ou quelqu'un de ceux qui étaient spécialement de garde à l'échafaud ?

La mort de Louis XVI est le véritable crime de la révolution. Je ne sais, par cela même, qui pourra convenablement se porter ici pour accusateur. Serait-ce un membre de l'ancien Parlement, qui par sa noble résistance, sera peut-être accusé lui-même d'avoir donné le premier branle à cette révolution ? Ce ne serait pas davantage quelque membre de cette assemblée dite constituante, lequel a seulement contribué à l'exalter ou à l'aggraver! Le crime est affreux : ah! sans doute : mais au milieu d'un peuple égaré, qui a été tout entier ou auteur ou complice, qui aura aujourd'hui le droit de le poursuivre et de le juger?

CHAPITRE VIII.

———

Quelle devait être la conduite du Gouvernement ?

Sɪ *vous recherchez nos iniquités, ô mon Dieu,* oh ! *mon Dieu, qui soutiendra cet examen?* C'est sur-tout relativement aux événemens de la révolution, que doivent se prononcer ces paroles du roi prophète.

En remuant les souvenirs de la mort de Louis XVI, deux sortes de dangers attendaient les ministres de Louis XVIII : le premier, de donner à croire que c'était moins les crimes de la révolution qu'on voulait attaquer, que la révolution même ; le second, que c'était moins en réformation de la nation entière, qu'on mettait ainsi en lumière une grande honte nationale, que pour l'avantage d'un petit nombre de prétendus fidèles. Ce danger devenait plus grand encore, si ce petit nombre, par les injures qu'il a reçues, encore plus que par celles qu'il a faites, se trouvait depuis long-temps contre le grand nombre, dans un état établi d'animosité et d'hostilité.

Quand une nation est coupable, pense-t-on qu'elle accorde facilement, à un individu isolé, l'avantage de se placer au-dessus d'elle, et de lui dire : Vous êtes criminelle; moi, je suis pur? On recherche alors de toutes parts la vie, la conduite, la doctrine, de ce prétendu pur. Lorsqu'on immolait cet homme juste, où étiez-vous? Vous étiez au-dedans de votre maison : vos portes, vos fenêtres, bien fermées. Vous aviez peur qu'on entendît un seul de vos soupirs, qu'on aperçût quelque chose de vos larmes. Vous appelez ça être pur?

Un écrivain, le plus grand de tous, car c'est celui que Tacite appelle *summus auctorum*, César rapporte que, sur cette même terre que nous habitons, un individu qui s'était voué à un autre individu, qui, pendant tout le cours de sa vie, avait partagé son bonheur, son malheur, toute sa destinée, voulait ensuite mourir avec lui. Sur cette terre, ajoute-t-il, on n'a jamais entendu dire qu'un ami ait voulu survivre à son ami. Ce n'est pas ici votre ami qui meurt, c'est votre père, c'est votre maître, c'est votre roi; et vous vous contentez de pleurer dans un appartement obscur?

Chez nos ancêtres, dit Montesquieu, on pendait les traîtres : c'est vrai ; il ajoute : on noyait aussi les poltrons.

Celui qui a émigré aura beau vanter ses avantages, il ne sera pas plus épargné que celui qui est resté en France. L'opinion n'est point encore fixée, en Europe, sur la convenance ou l'inconvenance de cette mesure. En France, plus qu'ailleurs, ceux qui la blâment sous quelques rapports, sont disposés à accorder de l'honneur à une extravagance chevaleresque. Mais dès que l'émigré se mesurant avec toute sa patrie, se met avec elle de l'autre côté de la balance, et prétend l'emporter avec son courage, sa fidélité, ses services, dès ce moment, rien ne lui est accordé. Un cri s'élève de toutes parts pour dénaturer son dévouement, et le traduire en désertion même et en infidélité.

Il n'y a encore ici en scène que des opinions. Que sera-ce si les plus vifs intérêts s'y trouvent amenés ? Ici tout devient grave. La pensée générale est que c'est moins la douleur qui est occupée de la mort de Louis XVI, que la politique ; que c'est un levier pour remuer la révolution entière, et faire chanceler ses résultats ; que la honte de la nation n'est ainsi mise en lumière que pour l'honneur d'un petit nombre ; que ce petit nombre cherche moins à déplorer un grand crime, qu'à s'en faire un héritage ; on conçoit dès-lors comment cet événement, touché avec maladresse, pourra révolter tous les orgueils, et obtenir un effet contraire à celui qu'on en attend.

Une pensée bien simple pouvait écarter ces inconvéniens. Oui, la mort de Louis XVI est un grand crime : ce crime demande des réparations ; mais ce crime national, demande une douleur et une réparation nationale. C'est dès lors du sein de la nation même et de la révolution, que cette réparation et ces douleurs doivent sortir. Le 19, le 20, le 21 janvier, si on s'était aperçu que le roi, retiré dans l'intérieur de son palais, sans éclat, sans pompe, sans suite, surtout sans vouloir remuer pour la nation aucun fâcheux souvenir, était occupé, lui et toute sa famille, à ces épanchemens de tristesse et de douleur si naturels pour une telle mort et pour un tel roi, la nation entière, n'en doutons pas, aurait voulu participer à cette douleur, elle aurait voulu mêler son deuil à cet auguste deuil ; de tous côtés, seraient sorties des adresses d'expiation, et avec ces adresses, des protestations d'amour et de fidélité. On a man-

qué ce mouvement, en cherchant à le composer
d'autorité. On l'a composé, comme si c'étaient,
seulement quelques individus et de petits intérêts qui eussent voulu punir la nation entière,
et jouir ensuite de son châtiment.

CHAPITRE IX.

Du Gouvernement et de l'administration dans ses relations au-dehors.

D'APRÈS ce qui a été dit dans les chapitres précédens, on doit être convaincu, que non seulement à cause des mouvemens qui sont particuliers à un régime constitutionnel, mais surtout à cause des résultats de notre effroyable révolution, une administration doit être composée en France, non comme aujourd'hui, de pièces de rapport sans affinité entre elles et sans connexion, mais de parties liées et homogènes, susceptibles par là même d'aviser entre elles et de se concerter. Aucun autre département ne fournit, à cet égard, plus de preuves de cette nécessité, que celui des affaires étrangères.

Je suppose notre intérieur tout-à-fait tranquille, les factions réprimées, les dissensions apaisées. Même alors, quel usage un ministre des affaires étrangères pourra-t-il faire de ses ressources, s'il n'est pas en communication con-

14

tinuelle, soit avec le ministre du commerce, soit avec celui des finances, soit avec celui de la marine, soit avec celui de la guerre ? Pour faire bien comprendre la nécessité de ces rapports, je vais d'abord examiner notre situation ordinaire.

Par sa situation et par sa composition, la France n'a en Europe rien à craindre. Elle n'a non plus aucune crainte à donner. Elle ne doit avoir par là même aucun ennemi. Elle n'a besoin du territoire d'aucune puissance ; elle n'a besoin des avantages ni de la richesse d'aucune nation. Avec son territoire, elle peut se passer de tous les territoires. Avec ses productions, elle peut se passer de toutes les productions. C'est comme superflu qu'elle recherche les matières premières ou secondes des autres nations ; ce n'est point pour son existence. Que l'Autriche, que la Prusse, que la Pologne, que la Russie, que la Hollande, que la Suisse, que l'Espagne, que l'Italie s'arrangent et s'agitent comme elles entendront ; la France leur souhaite bonheur et prospérité ; elle ne peut être alarmée de leurs avantages. Elle retirera toujours de ces avantages, la part que lui assure sa supériorité d'industrie, de commerce et de civilisation.

Après cela, si ces puissances veulent accepter les produits de nos manufactures et nous envoyer les leurs, à leur aise ; la France les remerciera de tout, et ne les obligera à rien. L'état ordonné de ses affaires au-dedans ne la contraint à mettre au-dehors, ni aucune exigeance, ni aucune insistance, ni aucune avidité. Elle a la volonté d'être juste ; elle en a aussi la puissance : ce qui est beaucoup ; car nous verrons bientôt qu'il n'en est pas de même d'une autre grande puissance, ni même en général des puissances de l'Europe. Auparavant, j'ai à montrer comment et en quoi les conventions de la dernière paix ont dérangé une partie de cette situation.

Dans la dernière convention de Paris, deux points doivent être principalement remarqués : d'un côté, l'Angleterre nous rend une partie de nos colonies, ce qui nous donne de nouvelles habitudes, ce qui multiplie parmi nous des consommations et des jouissances, et ce qui par là même nous rend vulnérables, nous expose, en cas de guerre, à des privations, nous rend, sur une multitude de points éloignés de nous, accessibles à la supériorité d'une grande puissance maritime. D'un autre côté, l'Angleterre nous ôte la Belgique et toute la rive gauche du

Rhin, ce qui nous rend étrangers à des peuples qui nous aiment, avec lesquels nous avons contracté des habitudes, et auprès desquels désormais le contact seul de voisinage et le souvenir des anciennes relations suffisent pour exciter la France à la guerre, et rendre cette guerre en certains cas honorable et populaire.

Je ne saurais assez dire combien cette circonstance me présente de germes de troubles et de calamités.

Il s'est répandu que par horreur pour la révolution, et de tous ses résultats, les princes de la Maison de Bourbon s'étaient rendus très-faciles sur le délaissement de la Belgique et de toute la rive gauche. Ces princes n'ont point eu certainement une telle vue. On peut s'en rapporter à leur patriotisme, on peut s'en rapporter aussi à celui d'un ministre qui a eu toute leur confiance : ce sont les circonstances seules et l'Angleterre, qu'il faut accuser. Dans cette politique, il est facile de montrer que l'Europe a été tout-à-fait trompée.

En effet si, à la restauration, la France conserve la Belgique, si elle remplit son ancien territoire jusqu'à la rive du Rhin, il est évident qu'elle n'a plus besoin de se mêler des mouvemens du reste de l'Europe, autrement que pour

les calmer. Sa politique désormais est nécessairement paisible, car elle est désintéressée.
Aujourd'hui, dans tous les démêlés des nations,
la France peut être soupçonnée d'un intérêt
éloigné plus ou moins vif. Quelques puissances
peuvent désormais voir en elle moins un appui,
qu'un ennemi. La France elle-même ne peut
connaître avec précision sa destinée. Pour reprendre la Belgique, elle peut être entraînée
plus loin qu'elle ne voudra. Ce n'est pas tout
dans ce cas que de recouvrer les anciennes possessions. Les efforts violens que de grandes
résistances nécessiteront, peuvent déterminer
de grandes entreprises, et porter malgré soi
au-delà de ses vues. Si on a voulu inventer
un moyen de bouleverser l'Europe, de nous
bouleverser nous-mêmes, de nous mettre de
nouveau à la discrétion de l'esprit de guerre
et de conquête, on ne pouvait mieux réussir.

Tel a été dans ce traité l'aveuglement de l'Europe. D'un côté, elle s'est livrée sans défense
au despotisme de l'Angleterre; d'un autre côté,
elle n'a pas su composer comme il fallait ses garanties envers la France, à laquelle elle a donné
une situation gauche : situation dans laquelle celle-
ci ne peut manifestement se complaire, et dont
elle tâchera de sortir à quelque prix que ce soit.

CHAPITRE X.

De la politique particulière de l'Angleterre et de ses rapports avec l'Europe.

LES puissances principales de l'Europe peuvent être inquiètes les unes des autres. La Russie peut donner de l'ombrage au Danemark et à la Suède. Elle peut en donner à la Prusse et à l'Autriche qui peuvent, à leur tour, en avoir l'une de l'autre, et en donner à la Russie.

Je ne dirai pas absolument que la France ne soit dans le cas d'en éprouver. Si tous les peuples du monde réunis depuis les confins de la Chine jusqu'à ceux de l'Afrique, se portaient, bien conduits et bien armés, sur son territoire, et qu'en même temps son intérieur épuisé par 20 ans de guerre et deux grands désastres, fût divisé en partis, ou déchiré par des factions, il n'est pas impossible que quelque chose de cette multitude ne pût parvenir jusqu'à Paris. Je parle ici de l'état ordinaire des choses ; et à l'exception de ces grandes tempêtes du monde, on conviendra que le sol de la France est assez généralement à l'abri de toute crainte d'invasion.

Certainement, l'Autriche ne pensera jamais à se porter en Savoie. La Prusse ne peut pas plus espérer que l'Autriche, des agrandissemens sur la France. Il en est de même de l'Espagne, du Piémont, et des autres petites puissances de l'Italie. L'Angleterre : voilà pour la France, ainsi que pour le reste de l'Europe, l'objet raisonnable de crainte. C'est principalement sous le rapport du commerce et des concurrences commerciales, qu'il faut observer ses mouvemens.

Pour être juste dans cette question, (et certainement j'ai un grand désir de l'être,) il faut distinguer soigneusement deux choses : l'industrie de l'Angleterre, et sa puissance. Nous n'avons ni le droit, ni le besoin d'être jaloux de son industrie. Ce n'est nullement la supériorité de son industrie active qui nous alarme, mais seulement la supériorité de son industrie armée. Qu'elle couvre, tant qu'elle voudra, les mers de ses flottes marchandes ; nous n'avons, à cet égard, aucune inquiétude ; nous ne commençons à en avoir, que lorsque nous les voyons accompagnées par ses vaisseaux de

guerre. Comme la France a , en Europe, une
autre manière d'exister que par le commerce,
elle peut envisager non seulement sans hu-
meur , mais même avec complaisance, chez un
peuple voisin , ce mode d'activité subalterne
pour elle.

On cherche à justifier l'activité commerciale
de l'Angleterre ; on cherche à prouver que sa
supériorité , en ce genre , n'a rien d'offensif
pour les autres nations ; on veut établir que
cette activité et cette supériorité sont , au contraire , avantageuses et profitables à tous ; on
cherche même à nous expliquer minutieuse-
ment les causes de sa supériorité et de sa
prospérité. Nous écouterons volontiers ces apo-
logies.

« Du temps de nos pères , on filait à la que-
nouille , et on faisait des bas à l'aiguille. Il est
incontestable qu'il y a aujourd'hui un grand
avantage à employer des machines ; cet avantage
est commun à toutes les nations.

« Ce qui a coûté , chez une nation constituée
dans des circonstances particulières , au moyen
de l'appareil de ses inventions , de ses machines,
de ses capitaux , cent mille journées de travail,
et à une autre nation , deux cent mille journées,
forme le motif de l'une , pour acheter plutôt que

pour produire. Car celle—ci achètera à meil—
leur marché, qu'elle ne pourra produire elle—
même. L'Angleterre est précisément dans ce
cas. Comme manufacturière, au moyen de ses
machines élevées à grands frais de temps et de
capitaux, elle peut donner à moitié meilleur
marché qu'aucune nation au monde ; comme
voiturière, elle peut voiturer aussi à meilleur
marché. L'Angleterre peut être supposée em—
ployer pour son commerce, trafic, banque,
manufactures, et en mer, cinq cent mille per—
sonnes de tout âge. Ces exportations peuvent
être considérées comme le produit de quinze
millions de journées de travail. Il n'est pas im—
probable qu'en retour elle ne reçoive des au—
tres nations le produit de trois cents millions de
journées. On peut même dire plus ; car si les
retours se font en productions de substances
animales ou végétales, comme vin, chanvre,
suif, bois, les facultés productives, en ces choses,
étant susceptibles de perfectionnement, mais
dans un moindre degré, aucune comparaison
en ce genre ne peut s'établir dans des propor—
tions fixes. Il n'en reste pas moins démontré
que, quoique les autres nations donnent en
échange deux pour un, peut-être plus, loin de
recevoir aucun dommage, elles gagnent au con—

traire à ce marché. Car ces nations ne reçoivent pas seulement des équivalens ; elles reçoivent plus : les articles dont chacune d'elles se défait leur coûtant sûrement beaucoup moins que leur couteraient ceux qu'elles reçoivent en échange. »

Je n'ai aucune envie de contredire rien de cette théorie. Elle me paraît juste, et si la question demeurait dans ces termes, je serais prêt à convenir que l'activité commerciale de l'Angleterre est toute bienfaisante, et en aucune manière susceptible d'accusation. Mais cette activité armée, cette activité entraînée à tout envahir, cette activité obligée par une multitude de circonstances, souvent à l'injustice, toujours à la domination, c'est, sous ce rapport, que l'Angleterre me paraît redoutable pour la France, ainsi que pour l'Europe.

Pour comprendre la nature de l'état hostile de l'Angleterre, son action bouleversante, je dirai plus, son existence parmi les nations comme fléau, il faut comprendre trois choses qui y sont intimement liées : l'énormité de la dette, l'énormité du commerce, la nécessité du monopole, ou du moins d'un système qui en approche. Je veux dire 1.º que l'énormité de la dette a quelque chose qui, d'un côté, facilite ; d'un autre côté, qui rend nécessaire, l'énormité du commerce. Je veux dire 2.° que l'énormité du commerce, devenue une fois nécessaire, commande à son tour un système continu de domination et de prépondérance destiné, quand cela est nécessaire, à devenir vexation.

Je noterai ensuite un fléau qui s'ajoute à ces fléaux ; c'est de pouvoir atteindre toutes les nations, sans l'être elle-même, et de se faire craindre partout, sans avoir jamais rien à craindre. Sous ce nouveau rapport la question prend une nouvelle face.

Et d'abord, ce ne peut être, dans la situation actuelle de l'Europe, une chose indifférente, que ce mouvement d'un État particulier, qui, s'étant placé hors de l'usage de la monnaie ordinaire métallique, est arrivé à convertir tous ses fonds en capitaux mobiles, lesquels entrent, selon le besoin, dans le mouvement de la monnaie, et en font le service, encore que leur valeur matérielle ne soit que des chiffons de papier.

Lorsque les assignats se présentèrent d'abord en France, il est incontestable que cette apparition d'une nouvelle matière monétaire eut pour premier effet d'augmenter tout le mouvement. Construction de maisons, grandes entreprises de manufactures , grandes spéculations commerciales : tout parut , au premier abord, animé , revivifié. En allant dernièrement à Londres, lorsque j'y ai vu l'extension subite qu'y a pris cette ville , l'érection de ses nouveaux squares, et de ses nouveaux quartiers ; je n'ai pas eu de peine à reconnaître le prodige des nouvelles créations de capitaux , ou en d'autres termes, des nouvelles émissions démesurées de papier. On peut être assuré que tout le capital de l'Angleterre , tout son sol , est aujourd'hui en circulation et en monnaie.

Estimant tout notre territoire français au prix réputé de la valeur réelle des terres , mettant ensuite en circulation toute cette valeur , c'est-à-dire , mobilisant toutes nos propriétés foncières , faisant de la monnaie de nos champs, de nos vignes, de nos montagnes , de nos fleuves, je ne sais si avec notre supériorité en étendue , la France pourrait faire beaucoup plus que les dix—huit ou vingt milliards qui composent aujourd'hui la dette de l'Angleterre. Mais la France , avec son industrie seulement de luxe, son activité toute libérale (c'est-à-dire non obligée) ne pourrait certainement ni fonder cette dette, ni la consolider , ni lui assigner des revenus positifs, ni , en un mot, lui établir un crédit durable. L'Autriche, la Prusse, la Russie, savent très-bien, par leur propre expérience, ainsi que la France, que ce n'est pas tout de faire du papier-monnaie; il faut encore, de quelque manière, pouvoir lui conserver sa valeur. C'est ce que l'Angleterre a soigneusement recherché et très-habilement obtenu.

A mesure que l'Angleterre emprunte, que fait-elle? elle nécessite sans doute ainsi de nouveaux impôts, destinés à payer les intérêts de ses emprunts; elle diminue, de cette manière, quelque chose des profits accoutumés : mais comme avec ses emprunts, elle augmente ses capitaux; comme avec ses capitaux, elle augmente la masse monétaire; elle augmente, par cela même, toute la masse des entrepreneurs et des entreprises. Un nouvel emprunt qui détermine, pour en payer l'intérêt à quatre ou cinq pour cent, un nouvel impôt, détermine, en même temps, de nouvelles entreprises, dont le bénéfice sera de 10 à 15. Il n'y a point de proportion entre ces deux résultats. Un emprunt de cette année facilite, de cette manière, un emprunt de l'année suivante, et ainsi de suite.

Cependant ce n'est pas peu de chose, pour les finances d'un pays, d'être placé une fois dans cette direction. Pour ne pas arriver au même point où sont arrivées la Russie, la Prusse, l'Autriche, la France elle-même, lors des assignats, il y a de grandes précautions à prendre. En multipliant une telle monnaie, vous êtes perdu, si vous ne multipliez pas en même temps son mouvement. Il est indispensable, en augmentant les forces, d'augmenter leur emploi; il faut alors absolument s'emparer de tout. C'est peu que des spéculations. Si le pouvoir ne marchait pas sans cesse à côté de ces spéculations, les chances seraient trop facilement épuisées. Considérée comme faculté, la matière monétaire ne pourrait avoir son effet, s'il ne se trouvait sans cesse à côté d'elle, du fer et des canons, pour forcer et élargir les voies.

Nous commençons à entrer ici dans la véritable question de l'utilité ou des dangers de l'activité commerciale de l'Angleterre. La création d'une masse démesurée de matières monétaires, le mouvement d'affaires commandé par cette création, l'effet de ce mouvement sur l'action du Gouvernement, sur celle de l'esprit public, et ensuite sur toutes les relations au dehors, tel est le véritable état de cette question.

Si je n'avais à rechercher que la réaction simple et tranquille de ce mouvement de l'Europe, je pourrais bien montrer que cette immensité de matière monétaire, dans un seul pays, peut toucher ou troubler les rapports des autres pays. Je pourrais prouver comment, en Angleterre, même tout s'exhaussant, tout s'enchérissant, les valeurs, chez les nations voisines, seront bientôt obligées de participer à ce mouvement.

À cet égard j'avoue que l'Angleterre me paraît curieuse à observer. Destinée, en apparence, à jouir de ce désordre, elle pourrait fort bien en être atteinte. D'un côté, la main-d'œuvre y enchérissant progressivement, en même temps que les autres pays seront parvenus au même degré d'industrie, il pourra arriver qu'il y ait de la part de ces pays, d'abord concurrence dans les transactions, et ensuite supériorité par la modicité du prix. D'un autre côté, s'il est démontré que l'industrie anglaise ne peut toujours demeurer confinée sur son sol, engagée par des avantages plus grands à s'établir dans des pays nouveaux, n'arrivera-t-il pas qu'en s'expatriant, elle fera de même expatrier ses capitaux ?

Ces recherches, qui auraient besoin d'être balancées ensuite par la manœuvre du fonds d'amortissement, ainsi que par la dépréciation progressive de la dette, amenée par celle des capitaux, pourraient plus ou moins fournir à des conjectures sur la destinée future dé l'Angleterre : il me suffit d'arrêter l'attention sur le point suivant : Que doit-on penser du concert d'une matière monétaire multipliée sans cesse par des impôts, ou par des emprunts, avec un pouvoir tenu parallèlement en activité pour multiplier ou faciliter les mouvemens de cette matière monétaire ? Examinons les effets moraux et politiques qui peuvent être amenés par cette situation.

En France, s'il survient avec un autre peuple des discussions commerciales, ces discussions ne portant que sur des intérêts particuliers, on a la possibilité d'être juste. En Angleterre, où ces discussions portent sur la vie même de l'État, je crains qu'on n'y ait pas toujours cette possibilité, ou du moins qu'on ne l'ait pas au même degré. C'est qu'en France, où le commerce n'est, pour la nation, qu'une petite partie de son existence, et, en quelque sorte, un objet de luxe, on considère toujours avec calme de telles discussions. En Angleterre, où l'on voit un grand intérêt public dans cette sorte d'intérêts particuliers, les mêmes discussions sont toujours animées de tout ce qu'il peut y avoir de passion dans l'esprit public ; et alors, il se trouvera que tandis que les particuliers anglais, dans leurs relations propres, ou même dans leurs opinions privées, conserveront les sentimens, ainsi que la volonté de la justice, dans quelques cas, la nation entière ne l'aura pas. Ce mouvement pervers une fois établi, un grand nombre d'honorables caractères lui opposeront en vain de la résistance. Placée une fois sur une certaine pente, une nation à la fin s'y laisse entraîner.

C'est ainsi qu'au milieu de beaucoup de vexations et d'injustices, les Anglais ont fini par envahir l'Inde, sans en avoir jamais fait le projet. Quelques traits de la conduite du gouverneur Hastings ont eu beau révolter l'honnêteté; les efforts ont été sans résultat. Peu à peu, il a fallu se rendre coulant sur des vexations particulières qui amenaient un avantage général.

Il ne faut pas s'étonner de cette gradation. Pour les peuples, comme pour les individus, c'est la même manière d'arriver à l'injustice. Dans les discussions litigieuses, et quelquefois compliquées d'individus à individus, l'équité ne se montre pas toujours d'une manière évidente. Dans les affaires litigieuses, et encore plus compliquées, de nation à nation, une complète évidence est encore plus rare; et alors, si, d'un côté, la nature des intérêts fait entrer

dans ce débat un esprit public ardent, passionné, extrême, et que, d'un autre côté, par
la nature des circonstances, il y ait pour l'injustice absence de tout danger, au milieu de
cette assurance continue d'impunité, le moyen
de se sauver d'une nation qui, ayant un grand
intérêt à être injuste, en a en même temps la
puissance !

Dans les commencemens, mal affermie encore dans sa voie, elle montrera de la modération, peut-être même de la timidité. Bientôt elle
s'accoutumera tellement à l'injustice, qu'elle
osera la proclamer.

Dans ses démêlés avec l'Autriche, avec la
Prusse, avec la Russie, jamais Bonaparte n'aurait osé parler des droits continentaux de la
France. Le monde entier en eût été révolté;
avec une naïveté qu'on ne saurait trop admirer,
et qui n'a pas même été relevée, l'Angleterre
a proclamé récemment, et à plusieurs reprises,
ses droits maritimes. L'Europe a pu apprendre
de cette manière, qu'il n'y a plus désormais
pour elle, sur les mers, de droit des gens,
c'est-à-dire, des droits communs à toutes les
nations, mais seulement des droits particuliers
à l'Angleterre; elle a pu apprendre, par cela
même, qu'il n'y a plus pour tous les peuples

du monde d'état de paix possible avec l'Angleterre, mais seulement un état de soumission.

Par la nature de ses circonstances intérieures,
l'Angleterre ayant besoin d'être injuste, le second pas dans cette voie a été de tâcher de l'être
avec sécurité. C'est en quoi la fortune l'a merveilleusement secondée. Pouvoir atteindre les
autres partout, ne pouvoir être atteinte nulle
part, a été constamment le double objet de ses
efforts. Rassurée sur son territoire par la supériorité de sa marine, ce qu'il lui fallait dans les
autres points du monde, c'est qu'il se trouvât
presque partout une espèce particulière de forteresses imprenables, susceptibles d'être gardées à peu de frais ; ce qu'il fallait ensuite, c'est
qu'avantageuses pour elle, sous le double rapport d'entrepôt et de magasin, ces forteresses
tombassent de toutes parts dans ses mains. Ses
vœux ont été réalisés. La Providence ne semble
avoir jeté dans les diverses parties du monde des
Gibraltar, que pour en faire le domaine de la
nation anglaise. De cette manière, la première
partie de son plan a été remplie. Nulle part, aujourd'hui, elle ne peut être atteinte.

Elle ne néglige pas, en même temps, les
moyens d'atteindre les autres. Dans toute espèce de négociation, si elle veut être juste dé-

sormais, elle aura bien de la bonté ; car au moins pour les nations commerçantes, il se trouve, pendant toute discussion, sur les mers, un gage immense qui est dans ses mains, et qu'il ne tient qu'à elle de s'approprier.

Il est d'autres moyens de prépondérance auxquels elle ne paraît pas indifférente. En possession du Hanovre, elle a actuellement un pied sur le continent de l'Europe. Le nabab de Hollande, fortifié de l'annexe de la Belgique, est déjà autant à sa disposition que le nabab d'Arcot. Pendant quelque temps, le nabab de Prusse, celui d'Autriche, et celui de Russie pourront faire de la résistance. En attendant sur ce continent même, elle a déjà un grand nombre de Cipayes. Je ne puis dire quelle puissance de l'Europe consentira à accepter le rôle des Marattes. Ce que je puis affirmer avec certitude, c'est que, sans le secours de la France, l'Europe peut être, avant peu, comme l'Asie, sous le joug et la domination de l'Angleterre. Avec ce mouvement universel, et cette tendance constante, je ne sais si la France elle-même pourra échapper.

CONCLUSION ET RÉSUMÉ.

Impossibilité que la France se conserve dans sa situation actuelle.

Cette impossibilité résulte de tous les vices de cette situation.

Au dehors, le retranchement qui nous a été fait de la Belgique et de la rive gauche du Rhin, est un brandon que le premier choc peut allumer. Ce choc viendra-t-il des prétentions particulières de l'Angleterre, de l'ambition de quelque homme d'État, ou seulement du conflit qui est sujet à s'établir naturellement entre des puissances indépendantes ? c'est ce que je ne saurais déterminer. Ce qu'il y a de sûr, c'est que, dans ces discussions où un grand intérêt pour la France se présentera sans cesse, son intervention sera désormais suspecte, et en cela même paralysée. Un génie malfaisant semble avoir voulu ôter à la France l'honneur et le bonheur de la paix, en la laissant dans une situation fausse et mal achevée ; il semble avoir voulu de même priver l'Europe, dans ses dissensions diverses, d'un arbitre et d'un appui.

Au-dedans, les vices de notre situation sont plus nombreux et plus graves.

Ces vices sont : 1.º Ceux de notre ancien régime, qui se sont conservés, et qui se sont aggravés ; 2.º ceux de la révolution qui en est ressortie, et qui a donné naissance elle-même à des vices nouveaux ; 3.º les mauvaises réparations portées à ces vices sous le régime précédent ; 4.º les mauvaises directions qui ont été données à tout cet ensemble depuis la restauration.

Je dis d'abord les vices de notre ancien régime. Maison, famille, mariage, propriété, succession, tout cela était déjà altéré. Les rapports des maîtres et des serviteurs, des maîtres et des apprentis, des maîtres et des compagnons, des maîtres et des disciples, les rapports des pères et des enfans, des époux, des parens en diverses lignes, tout cela était bouleversé.

Après cela, tendance de toute l'opinion à la destruction des rangs, tendance à l'abolition de toutes les corporations, et par là à l'abolition de toutes les choses qui appartiennent à un certain laps de temps, à une certaine succession d'âges ;

la formation, sous le nom de philosophie, d'un esprit général de destruction, qui, destiné à se diviser un jour pour créer, réuni en attendant pour sapper, a tout fait écrouler, les édifices et les masures, a donné ainsi naissance à la révolution. Voilà ce qui depuis longtemps est en scène.

Actuellement parlerai — je des résultats de cette révolution ? Au milieu d'une nation naturellement douce, le spectacle des violences et des massacres ; au milieu d'une nation juste, le spectacle d'une multitude d'injustices ; au milieu d'une nation régulière, le spectacle de fortunes subites, soit en richesse, soit en pouvoir ; toute l'existence d'une grande nation devenue individuelle, tous ses intérêts devenus viagers ; tout ce chaos saisi un moment sous Bonaparte, discipliné et enrégimenté dans une apparence d'ordre, remis bientôt en mouvement et en activité par la guerre ; enfin à sa chute, de nouvelles espérances, de nouvelles ambitions, de nouvelles passions, s'élevant de l'intérieur, ou arrivant du dehors ; ces nouvelles espérances et ces nouvelles passions, voulant s'élever au-dessus des ambitions et des passions anciennes ; celles-ci ne voulant ni se laisser dominer, ni se laisser opprimer, tel est le sol moral et politique de la France.

Dans cette position, le Gouvernement de Louis XVIII ne doit point se dissimuler qu'il est attaqué en même temps et par le faîte et par la base. Produits de nos diversités d'intérêts, deux esprits publics se sont partagés les forces et sont déjà aux prises. L'un des deux qui a une tendance contre-révolutionnaire, a déclaré ouvertement la guerre à tous les avantages acquis par la révolution. Il s'attachera bientôt à des rangs plus élevés ; il commence, en attendant, par les rangs inférieurs. Sa manière est de rompre, à la base du Gouvernement, tous les cadres que la révolution a faits, et toutes les institutions qu'elle a établies. Se faisant une arme des malheurs et des injustices dont il a été l'objet, il se montre en affinité de situation avec des personnages augustes, et par là inspire le respect. Si cela ne suffit pas, il fait entendre qu'il est en affinité de vues, et par là inspire de la crainte.

Au côté opposé, un autre esprit public qui s'est formé de la révolution, prétend conserver tous les avantages qui lui ont été acquis par elle. Il se resserre sans cesse, il se concentre vers les autorités, qu'on n'a pas encore abattues. Il se retranche dans les cadres que la révolution a laissés. Les menaces combinées avec la faveur dont le parti opposé fait ostentation, lui offrant une apparence de complicité, il s'en prend à la tête du Gouvernement de tous les coups qu'il reçoit à la base.

Avec des forces diverses, les deux partis ont également leurs drapeaux. Chez ceux—ci, c'est la Charte constitutionnelle; leur manifeste, c'est la nécessité de l'ordre; leur titre, la pos—session actuelle; leur éclat, les victoires du temps. L'autre parti a pour drapeau la cocarde blanche; son manifeste, c'est la justice; son titre, la possession ancienne; son éclat, ses malheurs et le lustre des âges.

Inégaux par le nombre, les deux partis ne le sont pas de même par les forces. L'un embrasse presque la totalité de la nation; mais cette mul—titude tracassée dans ses appuis inférieurs, en—fermée dans des cadres ébranlés, déconsidérés, à demi-brisés, n'ayant pour ralliement sur un vaste espace, que le concert des mêmes irrita—tions et des mêmes intérêts blessés, paraît voir encore tranquillement les préparatifs dont il est l'objet. Dans la vérité, il ne fait qu'attendre le moment et l'occasion d'éclater. L'autre, moins nombreux, mais bien concerté dans ses espé—

rances et dans ses vues, se rallie tant qu'il peut à la haine de la révolution, au souvenir de ses excès. Il a dans ses rangs les hommes religieux et les prêtres. Il espère avoir en sa faveur, d'une manière positive, une partie de la force armée et paralyser l'autre.

Au milieu de ces deux esprits, la position du Gouvernement et celle de la Maison de Bourbon, ne sont pas faciles. Placés, dès le premier abord, entre le double défilé de se jeter dans la révolution et par là de se ternir, ou de marcher contre la révolution et par là de se perdre, quoi que fassent nos princes, d'un côté, ils alarment les principes, d'un autre côté, les possessions.

Ce n'est pas tout d'observer la position des autres, il faut songer à la sienne. Au moment de la guerre de deux puissances, il est naturel qu'une puissance voisine se dispose pour sa conservation. Les peuples ont leur liberté qui consiste dans la sécurité des personnes et des biens. Les princes ont aussi leur liberté qui consiste dans la sécurité de la dignité et de la puissance. Le citoyen ne veut pas qu'arbitrairement le satellite du pouvoir vienne l'arracher à sa demeure; le prince ne veut pas que par un mouvement séditieux, le peuple force l'enceinte de son palais. Le citoyen veut être en sûreté chez lui la nuit avec ses serviteurs. Le prince veut l'être de même avec ses gardes.

Dans cette position il se fait nécessairement des préparatifs.

Cependant avec ces préparatifs, qu'arrive-t-il? C'est que les amis du prince, qui veulent s'en prévaloir, et les ennemis du prince, qui veulent les rendre odieux, s'accordent à faire regarder par-tout ces précautions de pure défense, comme des mesures d'attaque. Au milieu d'un peuple agité, ces précautions redoublent une agitation qui fera, par là même, redoubler les précautions, jusqu'à ce qu'enfin les deux partis s'étant mis aux prises, on obtiendra un des deux résultats suivans : c'est que la liberté victorieuse proclamera l'anarchie, ou que le pouvoir victorieux proclamera le despotisme; car dans ces sortes de collisions, quand un point est détruit, il faut s'attendre que tout est détruit. La force, des deux côtés, ne va jamais au bien, ni au moindre mal; elle va au pire.

Si l'on s'obstine à demeurer sur cette ligne, on ne s'en tirera jamais. Que le prince soit faible ou qu'il soit fort, qu'il ait telle intention ou telle autre, cela est indifférent. Telle est aujourd'hui la position d'un prince en France : il n'a pas même la liberté de son caractère. S'il n'est pas remué par ses propres passions, il le sera par celles des autres.

C'est là, il faut le dire, ce qui a caractérisé les trois dernières années du règne de Louis XVI. Ce malheureux Monarque eut la volonté de tout ce qui est grand, de tout ce qui est bon, de tout ce qui est juste. Avec la volonté, il en eut long-temps la puissance ; il n'en eut pas la lumière. Ni lui, ni aucun de ceux qui l'entouraient, ne surent ni ce qu'ils faisaient, ni où ils allaient. Bien plus, les autres ne le savaient pas mieux. La situation de la France était alors composée de manière que personne ne pouvait avoir une idée du lendemain.

De même que la lumière du soleil se brise en passant à travers le prisme, se distribue ensuite en diverses couleurs, et devient ainsi méconnaissable, dans certaines situations, la vérité se brise de même, et semble en quelque sorte se dissiper.

Je crains que la vraie lumière n'arrive pas mieux à Louis XVIII, qu'elle n'est arrivée précédemment à Louis XVI. Je crains que les mesures relatives à l'état actuel de la France ne soient ni mieux entendues, ni mieux dirigées qu'elles ne l'ont été en 1789. Je conviens qu'à beaucoup d'égards le Gouvernement paraît prendre des précautions. D'un côté il ordonne à ses agens d'empêcher soigneusement les étincelles ; d'un autre côté, il sème partout de la poudre.

J'ai déjà marqué une partie des dangers. Le plus grand, c'est qu'on prétend gouverner des hommes de la révolution, avec des hommes de la contre-révolution ; les hommes de la légion d'honneur voient à leur tête des hommes de la croix de St.-Louis. C'est la même chose que si on nommait un archevêque de Paris pour gouverner la religion juive, ou un juif, archevêque de Paris.

Ce n'est pas que le Gouvernement écarte précisément et absolument de ce régime, tous les hommes du régime précédent ; mais ils y sont d'une manière si précaire, si accessoire, et par là même, ils y ont une attitude si gauche, que tout le monde a honte d'eux, et qu'ils en ont honte eux-mêmes.

Il faut être franc ; c'est dans le palais de la révolution, que la France révolutionnaire attendait l'ancienne famille de nos rois. Ce palais avait besoin sans doute, d'être dégagé de quelque meuble disparate : cela une fois fait, il y avait assez de grandeur dans ce palais pour qu'il fût habitable. Point du tout ; on veut le palais de Louis XIV. On voudrait faire entrer, non pas la France ancienne dans les cadres de la France révolutionnaire, mais bon gré, mal gré, toute la France actuelle, dans les cadres de la France ancienne.

C'est presque, terme pour terme, la répétition de ce qui se passa en Angleterre, au retour des Stuart. Les habiles d'alors ne virent de remède, que dans le pouvoir absolu et dans les Jésuites. Les habiles d'aujourd'hui appellent, de même, les Jésuites et le pouvoir absolu. Il circule de toutes parts des mémoires pour une coalition de gendarmes et de prêtres. Personne ne va au foyer du mal, mais seulement à ses effets. On entend dire à celui-ci, il faut de la modération; à celui-là, il faut de la force. L'un dit : il faut adoucir cette situation; un autre, il faut la vaincre. Ceux-ci ne veulent pas croire au danger; ils s'assoupissent dans l'insouciance. Ceux-là voient le danger, et font juste ce qu'il faut pour l'aggraver.

Quand un État se trouve dans une position aussi violente, il est inutile, selon moi, de parler de modération; absurde de parler d'énergie; il ne faut chercher ni à adoucir, ni à vaincre une telle position : il faut la changer.

FIN DE LA PREMIÈRE PARTIE.

SECONDE PARTIE.

PRINCIPES DE RESTAURATION.

Sɪ on a lu avec attention ce qui a été dit dans la première partie de cet ouvrage, on demeurera convaincu de la nécessité d'établir notre restauration sur une échelle plus large que celle de la Charte constitutionnelle. Il me paraît indispensable que cette restauration conçue avec calme, prudence, méditation, embrasse notre ordre social tout entier. Notre Charte constitutionnelle considérée en soi, renferme des défectuosités; fût-elle parfaite, elle serait encore insuffisante, car ce ne serait qu'un toit magnifique qu'on aurait placé sur un édifice sans base. N'oublions jamais que le faîte seul n'a pas été détruit : c'est l'édifice tout entier. C'est donc de l'édifice tout entier qu'il faut s'occuper en revoyant soigneusement toutes ses parties.

Dans un premier livre, je traiterai des élémens par lesquels se forment la maison, la

propriété, le mariage, la famille, les successions.

Dans un second livre, je montrerai comment
l'existence de ces premières formes qui composent
ce qu'on pourrait appeler l'ordre domestique,
détermine de nouvelles formes, qui constituent
l'ordre civil.

Dans un troisième livre, j'examinerai comment l'existence de l'ordre civil détermine un
second étage de formes protectrices qui constituent l'ordre politique.

Après avoir passé en revue les formes, je
rechercherai dans un quatrième livre la vie intérieure qui anime ces formes. Je traiterai des
mœurs, de la religion, de tout l'esprit public.

LIVRE PREMIER.

Des premières bases de l'ordre social.

JE trouve qu'on a mal à propos confondu avec l'ordre civil tout ce qui concerne la maison, la propriété, la famille, les successions, et en général, tout le système domestique. Quelques auteurs l'ont classé avec tout aussi peu de fondement dans le droit naturel.

Comme on entend généralement par état de nature un état où l'homme est isolé, la dénomination d'ordre naturel est déplacée, pour un état de choses manifestement social. D'un autre côté comme on ne doit entendre par ordre civil que la magistrature, c'est-à-dire, le premier rang des autorités constituées, il faut se garder d'y placer les droits de la maison, ceux de la propriété, les rapports des époux entre eux, ceux des pères et des enfans, des maîtres et des serviteurs.

Je sais bien que, dans une certaine doctrine,

16

tout cela n'a d'existence et de légitimité que par l'ordre civil; mais cette doctrine est fausse; la maison et tout ce qui lui appartient, a une existence propre et indépendante. L'ordre civil peut, dans quelques cas, en régler les mouvemens; dans quelques autres, il doit juger les contentions qui y surviennent : jamais il ne peut se regarder comme en étant le créateur et le maître.

CHAPITRE PREMIER.

De la maison, de la propriété et de la cité,
considérées dans leur origine.

Pour se faire une idée de l'origine de la maison, il faut se transporter par la pensée dans ces premiers âges du monde, où tous les êtres diversement armés pour leur défense, n'eurent plus qu'à songer à leur établissement. Je demande de l'indulgence pour des recherches que les uns trouveront peut-être hypothétiques, les autres superflues; mais il faut absolument connaître la nature de la maison, et pour cela il faut connaître son histoire.

Ce n'est pas seulement contre l'envahissement des autres animaux que l'établissement de l'homme a dû être un préservatif. Cet air dont nous vivons, cet air qui bien considéré doit être regardé par nous comme notre premier nourricier, est en même temps un ennemi dont nous avons à nous défendre. Notre poitrine qui l'aspire sans cesse et qui trouve le moyen de le décomposer et de se l'approprier, si elle était un instant à découvert, en serait déchirée. Nos autres viscères, le cœur, le foie, la rate, ne supporteraient pas davantage son action immédiate. Il en est de même des muscles. Une simple déchirure à la peau peut causer une maladie grave. Il est reconnu par diverses expériences, que certaines impressions qui, avec l'intermède de la peau, ne sont pas contagieuses, le deviennent par le contact des muscles. Diverses précautions ont été dès-lors imaginées contre l'action de l'air.

Vigilante sur tous nos besoins, lorsque dans l'origine des choses l'animalité se forma, la Providence eut soin de l'envelopper d'un manteau particulier. Ce manteau chargé de repousser l'action trop vive de l'air, fut chargé en même temps de s'en saisir. Rivale des poumons, la peau animale est parsemée d'une multitude de trachées destinées à respirer l'air d'une manière particulière, et à le faire entrer dans la vie. Sur cette enveloppe, l'impression directe de l'air eût pu encore être trop vive. Il fallut qu'elle se hérissât de poils ; à l'aide de ces poils serrés les uns contre les autres, il s'établit sur la surface du corps une atmosphère particulière destinée à amortir d'un côté la vivacité de l'air, d'un autre côté à retenir l'impression trop active de la chaleur et de la transpiration interne.

Ces préservatifs contre l'air peuvent se remarquer dans les plantes comme dans les animaux. Dans l'origine, chaque espèce s'attacha à choisir le climat qui lui était favorable. Elles ne se trompèrent point. La canne à sucre n'alla point tenter son établissement dans le voisinage du Montblanc : le rhododendron entre les tropiques. On ne vit point l'éléphant s'égarer dans le Nord; l'ours et le renne dans le Midi. Avec des notions positives, chaque plante, chaque animal sut choisir la température qui lui était propre. Peu d'animaux osèrent s'établir sous la voûte du Ciel; chacun selon son instinct se construisit un asile particulier. Celui-ci se creusa des abris sous terre; celui-là alla se réfugier dans des cavernes.

Effrayés de tant de soins, des animaux d'un naturel tranquille et peu avisé, préférèrent de s'attacher à l'homme. Le bélier vint lui offrir sa toison; la génisse, son lait; le taureau lui donna sa force; le cheval, sa vitesse; le chien, sa vigilance et sa fidélité.

Au milieu de ce mouvement général, que devient le roi de la terre? Il s'est doublé par l'hymen, il s'est multiplié par ses enfans. Le voilà actuellement entouré d'animaux attachés à sa volonté et à sa destinée. Lancé avec tout ce cortége dans les espaces, une place lui convient. Il s'y repose. Sa femme se met à ses côtés; ses enfans, comme les rejetons de l'olivier, sont autour de sa table. Sous ses yeux paissent, dans la vallée, le taureau et la génisse. La brebis et la chèvre s'emparent de la colline. Le chien poursuit au loin le daim timide; le cheval hennit, impatient de la chasse et des combats. Alors l'homme dit : Étendons ici une tente. Mais quelques jours sont à peine écoulés, les troupeaux ont dévoré l'herbe des prairies; le bélier ne trouve plus de pâture sur ses collines; les chiens ont détruit ou dispersé les animaux des champs. Alors les pieux de la tente s'arrachent; la tente se plie; l'homme et sa nombreuse suite marchent et gagnent un nouveau territoire. Telles ont été dans l'origine ces familles errantes qui, en se propageant d'âge en âge sous un ciel pur, ont fini par composer des tribus nombreuses et de grandes peuplades.

Ailleurs l'homme cède à un autre attrait. La place sur laquelle il repose obtient ses affections. Il a su faire du feu; il a découvert le fer; il a appris à le fondre et à le forger. Avec ces instrumens, il casse la pierre, il coupe les arbres, il pétrit l'argile, il fait de la chaux. Toute sa peuplade travaillant avec lui, il prépare les fondemens d'une maison.

En même temps que la maison s'élève, la prairie reçoit ses soins. Il a remué, avec la charue, la terre des champs, et lui a confié ses semences. Au midi, il a planté la vigne sur les côteaux ; il a pris possession des bois. Ainsi se forment à la fois la maison et le domaine. Au bruit de cette nouvelle industrie, quelques familles lasses de la vie errante viennent s'établir auprès de lui et reçoivent ses lois. Ailleurs des maisons et des domaines voisins osent l'inquiéter et lui déclarer la guerre ; il les soumet. Le *domaine* s'étend ainsi peu à peu et finit par devenir une *domination*.

D'autres circonstances laisseront d'autres résultats. Ici, plusieurs tentes se seront élevées en maisons ; ces maisons, se confédérant entre elles, seront convenues d'un régime ou d'une protection mutuelle. On aura ainsi la cité. D'autres cités, s'élevant de la même manière, se confédéreront entre elles, et finiront par constituer un grand peuple. Régi d'abord par les mêmes mœurs, ce peuple le sera ensuite par le même droit public. Ailleurs, cependant, une cité principale envahira successivement ces cités inférieures, et finira par former une immense métropole.

J'aurai bientôt à reprendre ce point de vue, il me suffit en ce moment de montrer comment, sous tous les rapports, la maison nous conduit à l'idée de domaine ; le domaine à l'idée de la domination.

~~~~~~

CHAPITRE II.

———

Confirmation de ces vues par le témoignage de l'histoire, par celui du langage, et par le mouvement des sociétés.

Quoiqu'en point historique, l'origine des États soit généralement obscure, nous apprenons cependant par nos livres saints que la Maison d'un pasteur de la Chaldée put parvenir à un assez haut degré d'importance pour se mettre en guerre contre des États voisins. Elle est devenue la souche d'un grand peuple.

Nous savons plus positivement comment s'est formée la domination de Rome. Un empire qui a envahi le monde, a eu pour berceau de simples cabanes.

Le langage s'est formé dans ce sens. Si on voulait définir la profession d'un architecte, on pourrait trouver qu'elle consiste à forcer le fer, le bois et les rochers à venir prendre sous sa main les formes qu'il leur impose. On pourrait croire alors que le mot *domus* se rapporte à quelque chose du verbe *domare*, maîtriser, dompter. Les appartenances de *domus*, c'est-à-dire, le territoire environnant, seront comprises avec la maison, sous la dénomination commune de *dominium*, domaine. Le propriétaire du domaine sera par là même *dominus*, seigneur. Réduit-on le sens du mot *domus*, on n'aura plus que le simple domicile ou fragment de maison : *domicilium* ; on aura de même en adoucissement de *domare*, le verbe *dominare*, d'où se produira le substantif *dominatio*.

Le mouvement habituel des sociétés vient confirmer ces rapprochemens.

Un jeune prince est-il élevé par la mort de son père à la domination de l'État, les relations de famille semblent disparaître. Ses frères, ses oncles deviennent ses premiers sujets. Sa mère vient elle-même lui promettre fidélité et soumission. La même loi s'observe dans la chaumière. Dès qu'un jeune homme est élevé par la mort de son père au gouvernement de la maison, lui seul règle désormais les travaux et les affaires. Ses frères, ses oncles, lui portent obéissance ; sa mère, elle-même, n'entreprend rien que par ses ordres.

On voit par ce témoignage que c'est ou une

maison sous le nom de domaine, ou plusieurs maisons confédérées sous le nom de cité, qui ont donné naissance à tous les empires. La maison peut être regardée à volonté comme un État, ou comme le premier élément d'un État.

Je dis expressément la maison. Ce n'est pas la même chose que la famille. Chez les peuples nomades, où la famille est errante, comme il y a famille sans maison, il y a de même peuple sans État. L'État ne commence à se former que du moment où il y a territoire, c'est à-dire, où le peuple commence à se fixer.

Cette distinction qu'ont méconnue les publicistes, est d'autant plus importante, qu'elle compose dans l'espèce humaine un point de démarcation tout-à-fait tranchant.

Dans l'Orient, où le peuple n'est en quelque sorte qu'un composé de familles, les maisons n'y sont que des domiciles, les propriétés des possessions précaires. Il n'y a là ni pouvoirs particuliers, ni droits. Une maison qui a envahi tout le territoire, a de même envahi tous les droits. Ce qu'on appelle en général ordre civil ou ordre politique, ne peut être applicable à un tel pays. Comme tout vient d'en haut, tout doit se distribuer d'en haut. C'est au Sultan à composer, comme il l'entend, les divisions et les subdivisions qui lui sont nécessaires, et à faire circuler ensuite sa volonté par les canaux qu'il a faits.

Les nations occidentales offrent un tableau différent; comme les États s'y sont formés de manière à laisser dans leur sein une multitude de maisons particulières et de domaines, l'État a dû nécessairement se former sur l'échelle des pouvoirs et des droits qui en sont résultés. Chez les nations occidentales, l'édifice social a donc un caractère particulier. L'idée de maisons, toujours inséparable de l'idée de droit et de domination, accompagnera par cette raison l'idée des principales familles. On dira ainsi la Maison de *Bourbon*. On dira aussi la Maison de Montmorency : on appellera de la même manière les principales familles de l'État, en cela même qu'on verra comme annexé à leur existence, un accompagnement de *domination* et de *domaine*.

CHAPITRE III.

De la famille et du mariage, considérés dans leur origine.

Nous ne voulons pas mourir. Ce n'est pas assez que notre âme soit immortelle ; notre chair ne veut pas plus mourir que notre esprit. La nature vivante toute entière forme le même vœu. L'amour : voilà le réparateur de la mort. La plus grande volupté de la vie semble nous avoir été donnée en compensation de sa plus grande douleur. Je demande pour les recherches né—cessaires à ce sujet, la même indulgence que pour le sujet précédent.

C'est une opinion établie aujourd'hui chez tous les peuples, que dans les premiers âges du monde les êtres vivans ont eu une constitution particulière. Selon les traditions conservées dans les diverses parties du monde, on suppose que les êtres vivans furent d'abord exempts de la mort. Ils durent être dès-lors exempts de cette maladie habituelle qui se manifeste par la faim, et qui se résoudrait certainement en destruction de nous – mêmes, si nous n'avions recours nous–mêmes à la destruction. Dans ces premiers temps, comme la vie n'éprouvait aucune perte, elle n'avait besoin d'aucune réparation, ou plutôt une réparation continuelle se trouvait dans l'air même qui, comme un lait céleste, continuait à nourrir les êtres qu'il avait formés. Ces êtres vivaient ainsi paisibles et heureux. Ils n'avaient pas besoin comme aujourd'hui de se déchirer. C'est le jardin d'Éden; c'est l'âge d'or et d'innocence, révélé aux législateurs et aux poètes.

Cet âge ne devait pas durer. Tout-à-coup la terre est ébranlée; le soleil se retire; les cataractes du ciel s'ouvrent. Des montagnes d'eau s'écroulent. Les eaux en traversant l'atmosphère, la dépouillent de toute sa substance. Sera-ce la fin de toute chose? Non. Le soleil reparaît. Avec lui une nouvelle atmosphère se forme. De cette atmosphère qui n'a plus la même vie, sortent des êtres animés qui n'ont plus la même force. Le nouvel air aspiré et respiré sans cesse, ne suffit plus. La nouvelle animalité sent qu'elle est livrée à la mort. Cette mort n'est pas seulement éloignée, et dans l'avenir; elle se fait sentir à chaque moment. Saisie d'effroi, toute la nature prend les armes. C'est à qui pourra s'emparer de la vie des autres êtres, pour garantir et maintenir la sienne.

Destinées désormais aux combats, les nouvelles organisations en se formant, ont soin de se munir d'instrumens d'attaque et de défense. La surface de la terre est comme un champ de bataille, hérissé de dents, de cornes et de griffes ; il n'est pas jusqu'aux plantes qui se couvrent d'épines. Dans cette guerre générale, malheur aux faibles ! Les fleurs ont beau se présenter au soleil avec leurs éclats et leurs belles couleurs, elles sont brisées et dévorées. D'un autre côté, des animaux égorgés et étendus à terre, sont dépecés et déchirés par d'autres animaux. En vain ce qui leur reste de vie, va se réfugier dans des débris de muscles et de chair. La mastication et la succion viennent l'y saisir et l'obligent à entrer dans de nouvelles formes.

Échappe qui peut à la mort présente. Comment échapper à la mort à venir ? On a vaincu la faim, on a triomphé des bêtes féroces ; la mort ne lâche pas prise. Le temps avec sa faux arrive de loin : il marche sans cesse. Nouvelle inquiétude. Nouveau désespoir.

Celui qui un jour envoya le soleil aux astres égarés dans l'espace, envoie l'amour à la nature effrayée et désolée. Une nouvelle âme entre aussitôt dans les êtres animés. Ici des individus enferment en eux les deux sexes. Du même être aimant et aimé, sortira une série intarissable de semblables individus. Ailleurs les individus se partagent. Les sexes se trouvent séparés. Ils se réuniront de nouveau. Les voilà qui se désirent, qui se recherchent, qui s'appellent. Pour se défendre de la mort présente, des ateliers vivans ont créé et façonné des armes; pour se défendre de la mort à venir, d'autres ateliers sont occupés à préparer des germes, des matrices, des mamelles. Avec l'amour les êtres animés échappent ainsi à leur destruction; avec l'amour la mort est réparée. Que la Providence soit bénie. Sa cruauté a été effacée par sa bienfaisance. Les délices de la volupté l'ont absoute des rigueurs de la mort.

Tel est le tableau général de la nature animée. L'homme n'est pas encore compris dans ce tableau.

Envoyé aux bêtes brutes, l'amour qui leur fut destiné, dut être brute comme elles; envoyé à l'homme, il dut avoir un autre caractère; il dut saisir son existence morale comme son existence physique. Il dut entrer à la fois dans sa raison et dans son cœur, remplir de la même manière ses sentimens et ses pensées. Séparé comme la plupart des autres êtres en mâle et femelle, le rapprochement de ces deux parties de lui-même, c'est-à-dire le mariage, cet acte destiné à compléter son existence, dut être le plus grand, le plus solennel, le plus important de sa vie.

Avec nos caractères affaiblis par la mollesse, dégradés par la galanterie, comment faire comprendre aujourd'hui la véritable inclination de cet âge, où après avoir dépouillé la robe de l'enfance, l'homme a commencé à se revêtir de la robe virile ?

Plein d'existence, le jeune homme ne cherche d'abord à la répandre que par le bruit et le mouvement. Heureux avec un ami compagnon de ses plaisirs, les chiens, les chevaux, les fêtes, les festins, les fatigues de la chasse où les dangers de la guerre, voilà ce qu'il lui faut. Pendant long-temps, les femmes sont pour lui comme un peuple inconnu et étranger. Leurs mœurs, leurs habitudes, leurs goûts ne lui conviennent point. Veut-on connaître l'exagération ou la perfection de ce caractère ? on n'a qu'à se représenter Hippolyte, non celui que Racine a déshonoré dans sa tragédie de Phèdre, mais le véritable Hippolyte , celui que nous ont peint l'histoire et Euripide.

Toutefois cette insouciance momentanée sera bientôt place à un véritable sentiment. Au milieu de ces dissipations d'un jeune homme, un sourire vient-il à frapper ses regards ; un mélange doux de grâce et de calme vient-il à arrêter son attention , quelque chose de nouveau semble tout — à — coup être entré en lui. Une impression nouvelle lui donne l'idée d'une possession nouvelle. Dès ce moment, les plaisirs, les amis, tout est abandonné. Son cœur, son esprit, ses affections n'ont plus qu'une seule tendance, son âme toute entière est dans un seul objet. Vers cet objet se porte envain toute l'impétuosité de son sang : il est retenu par le respect. Saisi par ce respect, enchaîné par une volupté secrète, étonné de se trouver de la craine, plus soumis, plus timide devant une femme, qu'il ne le fut jamais devant son père, le voilà qui est devenu esclave et qui a connu un maître. Étonné de son triomphe , tout plein de la conscience de sa faiblesse, tremblant de devenir esclave lui—même, ce maître ne songe d'abord qu'à sa défense.

Auprès d'une jeune fille qui résiste à ses

vœux de toute sa fierté, à ses empressemens de toute sa pudeur, craint et désiré, appelé successivement et repoussé, déconcerté à chaque instant par des oscillations de désir et de crainte, de rapprochement et d'éloignement, obligé à supporter des humeurs, des inégalités, des caprices, c'est ainsi qu'un jeune homme qui est destiné à posséder un autre être, est condamné d'abord à savoir se posséder lui-même.

En plaçant dans le cœur d'une femme le germe d'une sensibilité vive, n'est-il pas admirable que la nature ait pourvu à sa défense ? Au sentiment de la pudeur, (sentiment très-fort, car on l'a vu quelquefois triompher de la vie même) elle a dû ajouter un sentiment de liberté et de fierté naturelle. Ainsi armée, l'amour seul a le droit d'attaquer une femme. Seul, il ne serait pas même victorieux ; il a besoin de s'associer au respect. Le caractère de l'amour est de faire entrer la soumission dans un cœur superbe. Tel est l'ordre de la Providence. Elle a voulu que l'homme fût une conquête, avant de conquérir ; une possession, avant de posséder. Elle a voulu qu'il fît dans le servage d'amour l'apprentissage de l'empire de mari. Elle a voulu, d'un autre côté, que la femme fît dans l'empire de maî-

tresse l'apprentissage de l'obéissance d'épouse.
Elle a imposé l'amour aux deux sexes comme
une leçon nécessaire, comme la première éducation de la vie; elle en a fait le noviciat de
l'hymen.

Au milieu de ces épreuves, dures mais inévitables, si un jeune homme est quelque temps
malheureux, ce sentiment supporté avec patience, mais avec dignité, sera bientôt partagé.
Se laissant peu à peu gagner par la bonté, confuse de ses caprices, reconnaissante des hommages qu'on lui porte, de la douceur qu'on lui
témoigne; cette femme, d'abord si fière, et
quelquefois si impérieuse, sentira bientôt qu'elle
perd son empire. Ayant encore le nom de maîtresse, mais n'en ayant plus que le nom, elle
résiste encore, mais l'idole est au moment de
tomber aux genoux de son adorateur. Entraînée
sur cette pente qui devient de plus en plus rapide, elle s'arrête un instant; elle demande grâce.
Avant de se donner, avant de prononcer le
dévouement le plus absolu, le plus redoutable,
elle invoque son amant, elle invoque le Ciel:
désormais en effet elle n'a plus d'autre appui.

Ici se dévoile l'origine d'un usage que les législateurs du temps ne me paraissent pas avoir
compris.

Dans les actes ordinaires, où il n'est question que de frivoles intérêts, l'homme de la loi peut suffire. Son caractère est dans la proportion de tels engagemens : mais dans un acte où il est question de perdre toute son existence, dans un acte qui est l'abdication entière de sa volonté et de sa vie, ce ne sont plus des promesses qui suffisent. Les sermens sont né-cessaires, Dieu seul peut être pris à témoin. C'est au ministre de Dieu qu'on va alors, et non pas seulement au ministre de la loi.

CHAPITRE IV.

De la famille et des successions, considérées dans les sociétés en général.

Une femme n'est pas une compagne, c'est une moitié. Le mariage n'est pas une société, c'est une union. Un premier amour a composé l'hymen ; un second amour qui naît avec les enfans, le cimente et le perpétue. Formé de la co-existence des époux, l'enfant a besoin de leur amour pour se développer, comme il en a eu besoin pour se produire. Une chaîne de générations successives se manifeste. C'est la famille.

. Ici la scène présente un autre tableau. Des époux sont jeunes ou vieux ; des individus naissent et disparaissent : la famille n'éprouve point ces vicissitudes. Immobile au milieu du flot des âges, elle ne connaît ni la jeunesse, ni la viellesse. Elle semble immortelle. Les peuples répugnent à leur destruction. Ils veulent conserver leurs mœurs. Ils veulent conserver aussi leurs rangs. Les petits peuples qu'on appelle

familles, répugnent de même à leur anéantissement. Elles veulent conserver leur rang et leur
existence parmi les familles. Malheur à des
législateurs, si, ayant à traiter des lois et de
la vie des peuples, ils ne connaissent pas d'a-
bord tout ce qui concerne les lois et la vie des
familles.

Cela manifeste la théorie des successions. Les
enfans succèdent à la propriété de leur père
en cela même qu'ils succèdent à sa vie. Ils continuent sa possession par la même raison qu'ils
continuent son existence. Des enfans succèdent
au nom de leur père, ils succèdent aux traits de
sa figure, ils succèdent à sa taille, à ses défauts,
à sa santé, souvent à ses maladies, ils succèdent
de même à ses biens. Après sa mort, comme le
père vit encore dans ses enfans, c'est lui qui
possède encore dans ses enfans. La possession
et la vie ne sont pas un seul moment en déshérence. Tel est l'ordre inviolable que la nature
elle-même a imposé aux sociétés.

CHAPITRE V.

Application de ces principes à l'état actuel de la France, et d'abord relativement à la maison.

ON a fait auprès du palais du prince un grand étalage de Charte constitutionnelle. On sait quels seront désormais les rapports du roi et du Sénat, du Sénat et de la Chambre des députés. Dans cette Charte, on a pris sans doute des précautions qui maintiendront d'un côté la sûreté et la dignité du prince, d'un autre côté la sûreté et la liberté des grands fonctionnaires. Je ne vois pas ce que tout cela a à faire avec le charbonnier dans sa chaumière, ni même avec le gentilhomme dans l'intérieur de son château. Je ne vois rien en tout cela qui intéresse directement la qualité de maître, la qualité de père, celle de fils, celle d'époux. Rien ne m'apprend si je suis, ou si je ne suis pas le maître chez moi ; ce que c'est que la loi et ses ministres ; dans quel cas ils peuvent entrer dans ma maison, et

s'occuper de mes affaires ; dans quel cas aussi
ils doivent avec un profond respect s'en tenir
éloignés, et ce qui est bien plus, m'être subordonnés.

Si un jour il survenait à mon bras gauche de
telles convulsions que ses mouvemens me de-
vinssent dangereux, j'avoue qu'il ne me viendrait
point du tout dans la pensée de présenter une
requête au juge de paix, ni même au président
de la Cour d'appel, pour qu'ils eussent la bonté
de me gouverner dans cette occurrence. Il est
probable que j'enverrais tout simplement chercher un homme de l'art, et que, soit qu'il fallût lier mon bras, soit qu'il fallût lui faire une
opération, je me croirais suffisamment maître
de faire à cet égard ce qui me conviendrait. Je
partirais alors de ce principe : c'est que l'homme
est une autorité envers lui-même.

Dans ma maison, si j'ai quelques démêlés avec
ma femme, qui est la moitié de moi-même, avec
mes enfans qui en sont une continuation et une
émanation, avec mes serviteurs qui sont des
instrumens moraux dont j'ai acquis les services,
comment se fera-t-il que j'aie besoin de l'intervention d'un maire ou d'un juge de paix ?

Dans des temps peu éloignés de nous, si un
fermier n'avait pas acquitté le prix de sa ferme,

le propriétaire se contentait de remettre le bail
à un huissier., et le fermier était poursuivi immédiatement en exécution de son pacte. Dans
ces temps encore pleins de l'esprit juste de nos
ancêtres., le propriétaire, quel qu'il fût, était en
cette qualité une autorité envers le colon, simple
détenteur précaire. Aujourd'hui dans nos nouvelles lois, le propriétaire est obligé de s'a-
dresser tout au moins au juge de paix, quelquefois au tribunal civil. Par ce changement seul,
on doit voir que le véritable caractère du propriétaire a été altéré. Ce n'est pas le seul vice
de nos nouvelles lois. Je demande quel respect
il peut rester dans une nation au caractère de
mari, lorsque le premier procureur s'emparant
du délire d'une femme égarée, ou peut-être
de ses vices, pourra le traduire quand il voudra
dans une audience publique, et mettre, à sa
volonté, en spectacle de bouffonnerie et de
turpitude, les détails les plus intimes du sanctuaire domestique.

Avec ces nouvelles lois, je demanderai ce
que deviendra le caractère d'un père que le
premier homme de loi pourra traduire en audience publique, comme élevant mal ou nour-
rissant mal ses enfans ; un père qui sera obligé
de plaider avec son fils pour savoir s'il a ou s'il

n'a pas le droit de lui infliger des châtimens ;
un père qui sera obligé d'aller produire devant
un tribunal les hontes de son sang, d'aller
mettre au hasard d'une décision étrangère sa
dignité, son autorité sur ses autres enfans, sa
sûreté même dans sa maison; un père enfin
qui, pour rester le maître chez lui, sera contraint de plaider par témoins pour des choses
de l'intimité intérieure, et qui se passent nécessairement sans témoins ?

On gémit des injustices qui peuvent se com-
mettre dans l'intérieur de la maison. Mais celui
qui nous donne la lumière, l'air, les fleurs, les
fruits, les moissons, nous donne aussi les fri-
mats, la grêle et les tempêtes. Vous vous plai-
gnez ! qu'a pu faire de mieux la Providence que
de donner à une femme pour arbitre l'homme
qu'elle a aimé, qu'elle a choisi, auquel sa volonté a été de se donner pour jamais ? Qu'a pu
faire de mieux la Providence que de créer pour
des enfans la tendresse d'un père ? Vous n'êtes
pas content de votre père, de votre amant, de
votre époux ? Vous espérez l'être d'un président et d'un juge de paix ? Ah ! que pour l'honneur de la France, pour celui des bonnes
mœurs, on ferme désormais la porte de nos
maisons à ces étrangers en robe, qui en y

entrant, ont la prétention d'être plus époux que les époux, plus pères que les pères !

Ce n'est pas tout d'effacer à la base de notre ordre social les traces des invasions barbares qui y ont été faites, effaçons encore plus la doctrine qui les a déterminées.

Je suppose que dans le mouvement actuel de l'opinion, celle-ci partagée depuis long-temps entre les doctrines également extrêmes de la souveraineté du peuple et du pouvoir absolu, se décidât enfin pour une de ces deux erreurs. Il ne suffirait pas en examinant des lois qui en proviendraient, de pouvoir reconnaître que ce sont des réglemens de peu d'importance; leur source ne pourrait être perdue de vue. Il en est de même des articles qui, dans notre code civil, concernent en quelque chose la maison, la famille, le mariage, les successions; ce qu'il est essentiel de considérer avant tout, ce sont les doctrines funestes dont ces réglemens sont imprégnés.

CHÁPITRE VI.

Des principes qui doivent régler les succes-
sions.

Il y a, dans l'univers, de grandes familles qu'on appelle peuple. Il y a, dans un grand peuple, de petits peuples qu'on appelle famille. La famille est par rapport au peuple, ce qu'est la maison par rapport à l'État.

Si on veut regarder d'un peu haut, on s'apercevra que, malgré les ravages de la mort, un peuple demeure toujours à—peu—près le même. La famille présente le même spectacle. Un arbre meurt : on ne voit pas mourir une forêt. Sous un rapport si la famille peut se comparer au peuple, sous un autre rapport elle peut se comparer à un grand individu, qui changeant seulement dans quelques formes, demeurerait jeune, et serait en quelque sorte immortel.

J'ai déjà rendu compte du miracle de cette immortalité. Tandis que les individus meurent, trois choses semblent exemptes de mourir. Les peuples, les propriétés, les familles, lesquels correspondent à trois autres choses, l'État, la maison, le sol. A proprement parler, il ne peut y avoir de lois sur les successions. Car les successions à la propriété étant comme les successions à la vie, c'est la nature et non l'État qui fait les véritables lois sur les successions.

Quelques auteurs ont supposé la propriété purement individuelle, ils l'ont cru mortelle et viagère comme les individus, il y a eu à leurs yeux, lors du décès, vacance totale dans le patrimoine. Ils n'ont pas compris que la propriété était quelque chose d'immortel qui correspondait à une autre chose immortelle aussi, qui est la famille. Le décès une fois survenu, ils ont sauté à pieds joints sur la famille qu'ils n'ont pas aperçue, pour aller à l'État qu'ils ont cru source de toute propriété et de tout droit.

Quelle que soit aujourd'hui sur ce point l'opinion dominante, la disposition suivante est au moins une preuve que le véritable droit de la famille sur la propriété n'a pas toujours été méconnu.

« Les donations, soit entre vifs, soit à cause de mort, ne peuvent excéder le quart des biens du donateur, s'il laisse à son décès des enfans ou des descendans;

la moitié s'il laisse des ascendans ou des frères et des sœurs, les trois quarts s'il laisse des neveux ou nièces.

A défaut de parens dans les degrés ci-dessus exprimés, les donations peuvent épuiser la totalité des biens du donateur.

Il n'y a rien à reprocher à ces dispositions. Un mouvement d'équité a averti qu'un homme n'est pas seul propriétaire, que tout ce qui participe à la vie du chef de la maison, participe aussi naturellement à ses dépouilles. L'enfant aura donc ainsi que le code l'a très-bien établi, plus d'action que le frère et la sœur ; ceux-ci plus d'action que les neveux et les nièces. Hors de là, il a très-bien jugé que l'action de la famille sur la propriété s'affaiblissait. Il l'a annulée.

Il n'est pas inutile de remarquer qu'on a conservé dans cet article quelque chose du fond et de l'esprit des substitutions, encore que, par l'effet de l'esprit du temps, on l'ait ailleurs repoussé et méconnu.

CHAPITRE VII.

Des principes qui doivent régler le mariage.

Je crains que les auteurs du code n'aient point connu sur les sociétés l'influence de l'amour. Ils auront traité alors en aveugles la question du mariage ; je les vois fort embarrassés dans leurs discours. Tantôt ils font de la puissance maritale une institution républicaine, tantôt ils la font dériver de la nécessité d'une voix pondérative ou de la prééminence du sexe. J'admire la fécondité d'imagination avec laquelle ils ont recherché toutes les origines possibles, excepté la vraie.

Avertis en secret de l'insuffisance de leurs principes, ils ont cru nécessaire pour y suppléer d'apprendre à la femme qu'elle reconnaît son époux pour chef de la famille ; ils ont voulu que le notaire ou le maire lui fît lecture de ses devoirs. Malgré cela, ils n'ont pas laissé d'être inquiets d'une obéissance ainsi commandée; pour que la femme fût tenue de suivre son mari,

ils ont imaginé la ressource des sommations.
Comment est-il possible qu'ils aient ignoré que
de la part d'une femme, l'acte de se donner à
un homme a pour effet moral et matériel de se
soumettre à lui. Une fille vierge a encore la
propriété d'elle-même; dès qu'elle est mariée
elle ne l'a plus. Il n'est pas une fille de village qui ne connaisse cette vérité. Avec le
sentiment délicat de sa pudeur, si elle rejette
les plus petites libertés qui l'offensent, elle
sait traiter avec prudence des hommages
réels qui doivent finir par son asservissement.
Voilà la nature, voilà la vérité. C'est nous prendre pour des Ostrogoths, que de supposer que
nous allons nous faire suivre par nos femmes
avec des sommations. Alcibiade va chercher la
sienne au milieu du sénat d'Athènes. Il la prend
par le bras et la ramène. Et quoi! vous prétendez apprendre à une femme qui se donne à un
homme, que cet homme est désormais le chef
de la famille, qu'elle lui doit obéissance, et vous
prétendez le lui apprendre par la bouche d'un
maire?

La discussion qui a eu lieu à cet égard au
Conseil-d'État, ne me paraît pas seulement su-
perflue; elle est à mes yeux inconvenante. Ce
n'est point à la femme que vous devez appren-

dre les devoirs du mariage : quand elle se donne
toute entière, que voulez-vous de plus ! c'est
à l'homme, c'est au vainqueur que vous devez
adresser vos leçons. Ce qu'on dirait alors à la
femme confuse et soumise, est contre toutes
les bienséances. C'est la leçon qu'on n'oserait
faire à un esclave quand il se vend à un maître.

Dans le premier projet des législateurs, on
avait parlé des deux époux comme de deux
êtres indépendans. D'après les critiques, on a
jugé à propos de renfler sa voix : on a fait re-
tentir alors diversement ce mot Puissance maritale, qu'on n'a su, il est vrai, comment composer et comment fonder, mais qu'on a cru au
moins devoir répéter souvent pour apaiser les
censeurs : dans le premier cas, on avait manqué à la vérité ; dans le second, on a manqué
aux convenances.

Une fois unie à un homme, une femme est
nécessairement emportée dans tous ses mouvemens. Son obéissance toute d'amour est le premier effet de cette union. Une doctrine qui
distingue dans le mariage deux êtres, auxquels
on dirait de par la loi, à l'un, de commander ;
à l'autre, d'obéir ; cette doctrine est insoute-
nable. Cette affectation de répéter sans cesse la
puissance maritale, de l'associer, sans savoir

pourquoi, à la nature du Gouvernement, à la puissance paternelle, et peut-être aussi à celle d'un maître sur ses disciples ou sur ses apprentis, a une dureté qui offense toutes les âmes généreuses, qui blesse sur-tout des oreilles françaises; car elle flétrit tout ce qu'il y a de doux dans nos mœurs.

Qu'on ne m'oppose point l'austérité propre au législateur. Si le législateur est véritablement austère, il ne doit point voir deux êtres dans les époux; il ne doit en voir qu'un. Un ancien a très-bien dit que l'existence de l'homme n'est complète que par le mariage. Cette unité d'existence n'est point une métaphore. Si la loi dit dans certains cas que la femme est en puissance de mari, c'est cette locution même qui est figurée. Cette locution, qui distingue un moment les époux, n'est supportable que dans peu de cas où elle est nécessaire. On distingue de même, pour la clarté du langage, les conseils de la raison et les affections du cœur. On ne prétend pas pour cela trouver deux individus dans un seul homme.

Qu'une femme soit une partie de son époux; qu'elle soit emportée avec lui dans tous ses mouvemens, cette puissance, si c'en est une, est le don de l'amour et non pas celui de la

force, encore moins celui de la loi. Il serait
odieux de priver les femmes de cette première
dot d'elle-même pour en faire présent à la loi
ou à une forme de Gouvernement : ce serait se
donner beaucoup de peine pour rendre ignoble
ou servile la première des générosités et des
libéralités.

On veut que le mariage n'appartienne point
à la religion. Certes, il appartient encore moins
à la loi. On veut nous faire entendre que nos
prêtres ont usurpé le mariage ; ils ont en ce
genre assez d'autres torts : on peut les absoudre
de celui-ci. On consent que la religion *bénisse*
le mariage : ce n'est pas assez ; il faut qu'elle
le *consacre*. C'est sur le serment de son amant
que la femme consent à se donner. Ce serment
ne doit pas seulement être prononcé à la face
d'un maire, mais à la face du Ciel. Le mariage
est sacrement en cela qu'il est serment. Prête
à tomber dans la possession d'un homme, ce
serment est désormais la seule garantie de la
femme ; c'est son seul appui, et vous voulez le
lui ôter ? Vous craignez de donner de la solennité à un acte aussi solennel ! Voyez ce qui
a été consacré dans tous les pays et dans
tous les cultes : partout c'est Dieu lui-même
qui a été pris à témoin. Le paganisme a eu à

cet égard les mêmes rites que notre religion.
Lorsque, dans Phèdre, Hippolyte engage son
amante à le suivre, Racine ne lui fait pas dire :
Venez à Trézène ; là, il se trouve un maire ou
un juge de paix ; là, un citoyen notaire recevra
votre déclaration, et la mienne que nous voulons nous prendre pour mari et femme ; il prononcera au nom de la loi que nous sommes
unis par le mariage. Hippolyte dit :

« Aux portes de Trézène et parmi ces tombeaux,
Des princes de ma race antique sépulture,
Est un temple sacré, formidable au parjure.
C'est là que les mortels n'osent jurer en vain,
Le perfide y reçoit un châtiment soudain.
. . . .
Nous prendrons à témoin le Dieu qu'on y révère ;
Nous le prîrons tous deux de nous servir de père.
Des Dieux les plus sacrés j'attesterai le nom,
Et la chaste Diane et l'auguste Junon,
Et tous les Dieux enfin témoins de mes tendresses
Garantiront la foi de mes saintes promesses. »

A la place de Dieu, qu'on mette la loi, le
maire, le préfet, et vous aurez tout dénaturé,
tout avili, tout flétri.
Dans tous les temps, dans toutes les religions, dans tous les pays, l'acte de donation

d'une femme, c'est-à-dire le mariage, cette mort volontaire d'une jeune fille qui va passer à une nouvelle vie, cette grande révolution de toute l'existence a été mise sous la protection du Créateur lui-même à qui seul il appartient de consacrer la mort et la vie.

CHAPITRE VIII.

De la nécessité d'abolir le divorce.

PLUSIEURS peuples ont admis le divorce, plusieurs peuples aussi ont admis la communauté
ou la pluralité des femmes. Il ne s'agit pas de
raisonner des mœurs des autres peuples ; nous
sommes Français. Si notre ambassadeur a la
prééminence parmi les ambassadeurs des autres
nations, est-ce seulement à cause du nombre,
de la force et du ravage de nos armées ? N'ai-
mons-nous pas mieux que ce soit à cause de la
beauté et de l'élégance de nos mœurs ! Avec sa
supériorité dans tous les points de la civilisation, la France est-elle réduite à prendre ses
règles dans le troupeau des nations, ou n'est-ce
pas plutôt à elle à leur présenter des modèles
et à leur servir d'exemple ?

Une femme, veuve d'un mari vivant, un
homme, veuf de la femme d'un autre, un fils
condamné à ne plus appartenir à sa mère, une

mère exposée à ne plus posséder son fils : à ces traits on reconnaît le divorce.

Le divorce ne dissout pas seulement, quand il s'effectue, les relations de mari et de femme, de père et de fils, de frère et de sœur. Sa perspective suffit d'avance pour les flétrir ou les empêcher de se former.

Est-ce le mari que le divorce prétend protéger ? Dans la loi, on nous parle de sa puissance. Est-ce la femme ? qu'on la laisse au protecteur qu'elle a choisi, qu'on s'en rapporte à ses charmes, à sa grâce, à sa douceur, à son adresse. Les filles, voilà ce que la loi devrait songer à protéger ; voilà ce qu'elle prend à tâche d'opprimer. Avec le divorce, une fille n'a plus ses compagnes seulement, mais toutes les femmes pour rivales. Avec le divorce, un jeune homme peut choisir désormais son épouse entre toutes les épouses.

On parle des autres pays. Chez un grand nombre de peuples, le divorce n'est point une faveur ; c'est une peine. La loi n'accorde pas le divorce, elle l'inflige. Toute indulgence en ce genre est proscrite, tout concert entre les époux repoussé. S'il est un cas où le divorce puisse être sans inconvénient, c'est celui où il est une honte publique. La loi prive alors du mariage, comme elle prive de la vie.

On parle des autres siècles. S'il est un temps où le divorce puisse avoir peu d'inconvéniens, c'est lorsqu'il est repoussé par les mœurs. Avons-nous conservé l'austérité des anciens temps ? on peut sans inconvénient établir le divorce : il sera inutile. On ne trouve pas un seul exemple du divorce dans les cinq premiers siècles de la république romaine.

Pour que le divorce offre moins d'inconvé-niens, on nous parle de lui donner pour bar-rière la sévérité de la jurisprudence. Avons-nous des tribunaux tels que le sénat de Rome et l'aréopage d'Athènes ? Nous avons des ma-gistrats nouveaux et des magistratures nou-velles.

On établit ainsi le divorce qui était proscrit, dans un temps où s'il était établi, il faudrait le proscrire. On l'établit comme une faveur, lors-qu'il faudrait tout au plus l'imposer comme une honte. On l'établit à l'acclamation de tout ce qui nous reste de licence révolutionnaire, ajouté aux mauvaises mœurs, et on se rassure sur le frein qu'y apporteront des magistratures nou-velles.

Législateurs, vous nous promettiez dans

votre premier projet de loi, que tout serait composé pour réprimer les facilités du divorce. Six mois se sont à peine écoulés et déjà la moitié des barrières que vous aviez posées a disparu. Et quoi! *non potuistis unâ horâ?* Et vous espérez que vos magistrats empêcheront pendant des siècles ce que vous n'avez pu empêcher pendant quelques mois! Ne nous parlez pas de vœu général. Dans un certain état de choses, la corruption désire toujours la corruption. La licence a soif de la licence. Consultez ce qui nous reste de vertus, et non pas ce que nous avons acquis de vices. Proposez-nous ce qui peut resserrer nos liens et non pas les dissoudre. Nous avons déshonoré assez de sermens : faites grâce à ceux de l'amour, n'offrez pas à l'univers ce singulier et nouveau scandale, que nos passions mêmes puissent se prétendre plus pures que nos lois.

~~~~~~

CHAPITRE IX.

―――

Considérations tirées de la nature des temps.

Il est manifeste que beaucoup de vœux, d'espérances et de souffrances prennent parti dans
cette question. La société ancienne avait déjà
sur ce point ses misères. Il est probable que la
société nouvelle a les siennes.

Depuis long-temps une des choses qui frap-
pent le plus les étrangers en France, c'est d'y
trouver très-peu d'amour en même temps qu'ils
y trouvent beaucoup de galanterie. On a demandé souvent comment les femmes qui avaient
si peu d'avantages du côté du sentiment, en
avaient tant du côté de l'opinion? Comment
elles semblaient avoir pour la société un prix
qu'elles ne semblaient pas avoir au même degré
pour leurs maris; comment enfin une jeune
fille qui était si peu recherchée avant d'être
épouse, se trouvait avoir tant de valeur, du
moment qu'elle était mariée. L'explication de
ce phénomène tient d'un côté à un mouvement

du temps, d'un autre côté à un mouvement
des mœurs.

Quand la galanterie ne s'est point établie encore par l'usage, quand des formules de convention n'ont point encore asservi le langage,
tout est don alors dans les hommages des hommes; tout est reconnaissance dans le cœur des
femmes. Cependant ces concessions en se ré-
pétant, finissent par se changer en coutumes,
et alors ces premières formes usées, comme la
génération suivante veut avoir aussi ses concessions, parce qu'elle a aussi sa générosité, les
avantages de la condition des femmes s'accrois-
sent ainsi en apparence par les libéralités ac-
cumulées des âges.

Je suis obligé de dire *en apparence*; car ce
qu'elles ne cessent de perdre par l'affaiblissement graduel ou par l'absence totale de l'amour,
elles ne le recouvreront pas par l'activité de la
galanterie.

Lorsque par les progrès sans cesse croissans
du commerce et du luxe, les facultés de l'âme
commenceront à n'avoir plus d'essor que vers
l'intérêt, il est facile de prévoir que les sources
du cœur seront bientôt taries. Quelle valeur
pourra-t-il rester aux femmes, lorsque tous les
sentimens se tourneront vers les jouissances de

la vanité ; lorsque le mariage viendra à être évité comme un danger, ou calculé comme une affaire ; lorsque par une interversion de la marche naturelle des choses, il sera réputé que c'est la femme qui acquiert sa liberté par le mariage, que c'est l'homme qui la perd ? Quelle valeur pourra-t-il rester aux femmes dans un pays où à mesure que les hommes s'éloigneront, en montrant pour l'hymen une répugnance scandaleuse, les jeunes filles s'y porteront avec un empressement non moins scandaleux ; où l'on trouvera de toutes parts le spectacle de filles qui s'offrent et qui sont repoussées, qui se donnent et qui sont plus repoussées encore !

Nous avons vu précédemment que le mariage, pour être heureux, doit être une union entière. Sans cela ce n'est pas seulement un désordre, c'est un supplice. Qu'on se représente d'un côté la condition d'une femme obligée de vivre continuellement avec un mari qui n'a pas songé un moment à l'aimer, mais seulement à calculer sa fortune ; d'un autre côté, celle d'un mari ayant sans cesse auprès de lui une telle femme, à laquelle il se voit forcé d'accorder par bonté ou par bon ton des soins qui ne sont pas dans son cœur.

Dans un pays tel que la France, le supplice

ne se borne pas là. Ce n'est pas assez pour un mari que sa femme lui soit importune : il faut qu'il la voie en même temps agréable à tout le monde ; il faut qu'il la voie entourée tous les jours de la considération publique qu'il ne peut partager, et de l'amour de tous les jeunes gens qu'il ne peut rivaliser. Fatigué d'être ainsi sans fonds en concurrence avec la société entière, on peut prévoir à la fin son vœu secret. On peut prévoir de même celui de sa femme : car si, au milieu des hommages adressés à sa vanité, un sentiment plus doux dont elle n'a pas eu encore connaissance, vient à se prononcer, j'ai peine à croire qu'elle donne long-temps la préférence aux privations qui lui seront promises par son mari et par sa vertu.

Au milieu de ces désordres accumulés à la suite des âges, et aggravés par dix ans de révo-lution, si le législateur vient à proposer le di-vorce, on peut croire qu'il sera favorablement écouté. Il est assez simple que la révolution ait défendu ses œuvres. En fait de désordre, elle plaidait en quelque sorte au possessoire. Chassée de l'administration intérieure et extérieure, elle s'est réfugiée dans les maisons ; elle a dû comp-ter, comme une ressource sur l'anarchie do-mestique, après s'être vu enlever l'anarchie de l'État. Franchement, est-il nécessaire qu'une mauvaise loi vienne s'ajouter à nos mauvaises mœurs ?

Je m'attends à ce que des principes aussi simples seront regardés par les uns comme d'une sévérité outrée, par les autres comme des tableaux de poésie et d'imagination.

Mais d'abord, je trouve qu'il faudrait bien plaindre une nation dont les mœurs seraient arrivées à un tel état, qu'on y paraîtrait sévère en lui parlant d'amour.

Pour ce qui est des *tableaux d'imagination*, selon la situation où on se trouve, et les préventions où l'on est, on peut avoir facilement cette impression. La peinture la plus simple des Alpes paraîtra romanesque à un habitant de la Hollande ; le récit d'une rivière devenue solide, et sur laquelle les chevaux peuvent passer, paraîtra une fable à un roi de l'Inde. Des peuples qui sont arrivés à ce point où les plus sages d'entr'eux regardent la prééminence de l'homme dans le mariage comme une concession de la loi motivée par la convenance d'une voix pondérative, regarderont de même comme de la poésie ou des fictions les tableaux les plus simples des affections du cœur. Ah ! sans doute, il peut y avoir une imagination qui crée, il y en a aussi une autre qui tue ; l'une voit peut-être partout des fleurs, l'autre crée partout la sécheresse et la mort.

Il est encore une troisième sorte d'imagination, c'est celle dont l'activité s'occupe à pénétrer et à découvrir. Je crois devoir à celle-ci les principes que je viens d'exposer. Ces principes conviennent à toutes les sociétés ; ils conviennent encore plus à la France ; parce qu'obligée par une circonstance unique dans l'histoire des peuples, de remanier sa situation et ses lois, elle est condamnée à en connaître l'ordre naturel. Ces principes conviennent particulièrement à la France, parce qu'ayant ajouté la licence des temps révolutionnaires à la licence des temps précédens, elle a besoin de principes assez simples pour être généralement compris, assez austères pour être généralement respectés, et pourtant assez doux pour que les cœurs puissent les supporter.

J'espère que, par toutes ces considérations, on ne s'obstinera pas à conserver une institution qui, après avoir dénaturé le vœu de l'amour et le lien des époux, ne semble faite que pour établir en duel les querelles domestiques, ébranler le repos des familles, désordonner les races, aggraver tous nos maux. Nous n'avons nul be-

soin qu'une loi, qui se dira animée d'un beau
zèle, vienne dans nos maisons, en robe de juge,
tenter sans cesse l'un ou l'autre des époux, leur
offrir de faire avorter à leur volonté l'union la
plus sainte. Une loi semblable ne nous convient
ni comme Français, ni comme peuple libre.
Comme Français, si quelqu'un de nous oublie
que l'autorité de mari est une autorité d'amour,
c'est devant le caractère national qu'il doit être
cité. C'est à la douceur des mœurs publiques
de tempérer la dureté des mœurs individuelles.
Ce n'est point par l'intermède d'un procureur
et d'un avocat, ce n'est point par l'action d'un
juge que peut se régler l'intempérance de quelques caractères privés.

Cette considération appartient plus particulièrement à la situation d'un peuple libre. Chez
un tel peuple la loi ne se présente pas ainsi dans
les maisons. Elle ne se permet point de souiller
la couche nuptiale. Elle sait que les sermens des
époux ont été faits, non devant elle, mais devant
Dieu; que dans cet acte, elle a été témoin et
non arbitre; et qu'il ne lui appartient pas de dissoudre, parce qu'il ne lui appartient pas d'unir.

CHAPITRE X.

De la prohibition des mariages pour cause de parenté.

Mon intention n'est point d'expliquer pourquoi certaines nations se sont écartées de la voix de la nature. Quelques-unes ont adopté l'inceste, comme quelques-autres ont adopté le divorce. Il en est même qui ont adopté la prostitution.

Dans un état de société dépravé, où on ne sait plus ce que c'est que l'amour, où on méconnaît ce que ce sentiment a de noble, il est difficile de faire comprendre, par le raisonnement, ce que c'est que l'inceste. Il me semble qu'un bon esprit pourrait s'arrêter aux considérations suivantes.

Être produit d'un même père et d'une même mère, cela ne compose pas seulement, à l'extérieur, une identité de formes et de traits, telle qu'elle s'aperçoit communément; mais encore une sorte d'identité d'existence et de sang, d'où se développent des sympathies qui sont

souvent merveilleuses ; c'est ainsi que les affections de mère et de fils , de père et de fille , de
frère et de sœur , ont un caractère particulier.
On peut dire qu'elles sont d'un ordre qui leur
est propre. L'instinct de tendresse , comme formés d'un même sang ; l'instinct d'indifférence ,
sous le rapport des sexes divers : ces deux
effets tiennent l'un à l'autre. Nous ne pouvons
que chérir doucement l'être familier qui a
toujours marché avec nous , et qui fait , en
quelque sorte , partie de nous-mêmes. On ne
s'enivre pas de l'air qu'on respire.

Il n'en est pas de même de l'être nouveau qui
tout à coup nous apparaît ; qui , avec l'impression de mille sympathies nouvelles , nous apporte l'espérance de mille bonheurs nouveaux.
Voilà ce que nous adorons , ce qui saisit en
nous toutes les forces du cœur ; voilà ce qui ,
dès le premier moment , nous subjugue et nous
abaisse , malgré nous , à la condition d'esclave ,
en attendant que nous puissions obtenir celle
de maître.

On nous fait entendre que les mariages se
préparent avec des préliminaires de désir et de
séduction. Il me semble que depuis long-temps
on n'y met pas tant de façon. La vérité , c'est
que , dans un jeune homme bien né , l'amour

n'offre rien de semblable. La beauté qui, pour la première fois, frappe son cœur, n'est point à ses yeux une mortelle ordinaire. L'illusion passera sans doute, mais pendant long-temps, au moins, c'est pour lui comme un ange, une divinité. Il y a loin d'une telle impression à celle que fait une sœur.

Eh quoi! la pureté de tendresse qu'un frère porte à sa sœur, est-il impossible qu'elle vienne à se dépraver? Non, sans doute; mais alors ce ne sera que par une autre première dépravation : celle qui, dans son cœur, aura fait de l'amour non un sentiment exalté et superbe, mais une affection subalterne de libertinage et de fantaisie.

Dans ces temps d'aujourd'hui si civilisés, si polis, mais tellement stupides pour les choses de sentiment, qu'on ne sait pas même ce que c'est que l'amour, cette vérité est à peine comprise. Dans les âges anciens, au contraire, ces âges si peu savans dans les arts et dans les manufactures, mais si savans dans toutes les choses du cœur, cette vérité est saisie avec force. L'inceste y paraît horrible, en ce qu'il présente dans le même acte la corruption de deux amours. La dépravation cumulée de tout ce qu'il y a de plus beau et de plus saint dans les affections humaines : voilà ce que c'est que l'inceste.

Dans l'enfance des peuples, il ne sera point nécessaire de porter, à cet égard, des prohibitions légales. Ces prohibitions se trouveront dans les cœurs et dans les mœurs. A mesure qu'ils avanceront vers ce qu'on appelle civilisation, lorsque les mœurs auront besoin d'être protégées ou déterminées par les lois, on pourra porter de telles prohibitions ; mais non pas, comme on le dit, afin d'éviter que le frère et la sœur soient amoureux, mais parce que, d'après l'instinct de la nature, ils ne peuvent l'être. La prohibition, à cet égard, est la conséquence ; elle n'est pas la cause.

En observant la marche qu'ont tenue, à cet égard, les écrivains du temps, voici ce que j'ai cru découvrir. Ils ont cherché l'origine de ces prohibitions, non dans leur cœur, non dans la nature, mais dans les livres. N'y ayant rien trouvé, et obligés cependant de se présenter en public avec quelques motifs apparens, leur embarras a été extrême. De là, cette assertion fausse : *Toutes les nations ont proscrit les mariages incestueux ;* de là, cette assertion vague : *qu'il importe de ne pas blesser les vues de la nature et de l'honnêteté publique ;* de là, cette assertion évasive : *qu'il n'est pas nécessaire de donner les raisons qui ont fait prohiber les mariages entre ascendans et descendans, parce que ces raisons ont frappé tous les législateurs ;* de là enfin, ces autres explications puériles, tirées de l'avantage des alliances étrangères et de la beauté des races.

C'est, sans doute, une grande singularité, et peut-être une espèce de scandale, que sur des choses consacrées par le respect universel, il règne ainsi une espèce d'ineptie. Les préjugés! C'est ainsi que l'orgueil du philosophe voudrait couvrir son ignorance. Cette ignorance tient à cette sorte de mouvement qui, à mesure qu'un peuple fait des progrès dans les arts d'industrie et de mécanique, le fait descendre dans toutes les choses d'enthousiasme et de sentiment.

Elle tient aussi à l'insuffisance de l'esprit dans toutes les questions qui intéressent le cœur. Il y a plus de métaphysique dans l'amour que dans aucune science abstraite. Dans cette métaphysique une fille de village montrera autant de génie que M. de Buffon. C'est que notre esprit est borné; notre cœur est immense.

Le législateur ne doit jamais perdre de vue cette vérité. Elle lui apprendra comment certaines choses qui, vues dans certains temps, et avec les seules lumières de l'esprit, semblent n'appartenir qu'à des nuances légères, peuvent, dans d'autres temps, et avec d'autres disposi- tions, obtenir une importance immense. Elle lui apprendra par quelle sympathie tous les cœurs adoptant à la fois un sentiment qui aura paru beau, l'enveloppent aussitôt de la puis— sance de l'opinion, l'établissent ainsi au-dessus de la raison même et des lois, et lui composent un culte d'autant plus sacré, que l'idole inaper- çue paraît reléguée au loin dans un sanctuaire impénétrable.

CHAPITRE XI.

Règles naturelles pour les droits des enfans.
De l'émancipation.

Un enfant dans le sein de sa mère lui appartient tout-à-fait; il fait partie de son organisation et de sa vie. Dès qu'il a pris naissance, il lui appartient encore, car il se réchauffe de sa chaleur, et il se nourrit de son lait; et cependant, il commence à avoir une vie propre, et par conséquent, à lui appartenir un peu moins. A mesure qu'il avance en âge, il appartient encore à ses parens, soit par la nourriture, soit par l'éducation qui lui est donnée; mais lorsque le complément de sa vie est formé, il approche de l'indépendance qui lui a été promise par la nature, et qu'il a droit d'espérer.

Pour compléter et détacher entièrement cette indépendance, la nature a désigné plusieurs voies; l'amour qui conduit au mariage, le courage qui conduit à la défense du pays, l'esprit d'industrie et d'aventure qui mène à des expéditions lointaines, ou à des établissemens.

Ce ne sont pas seulement les individus qui sont sujets à la mort; les peuples, les familles, les maisons sont sujets à la même loi.

Le mariage pourvoit à la propagation des individus; l'émancipation a pour objet la propagation des maisons.

Si la maison n'avait pas le moyen de se propager, tout s'y entasserait. Elle pourrait devenir successivement, tribu, peuplade. Elle pourrait former ainsi, à la suite des temps, ou une nation particulière, ou une nation dans la nation. Suscitée par l'amour de l'indépendance, l'émancipation peut se former de trois manières, 1.º par le mariage; 2.º par l'établissement sans mariage; 3.º par le dévouement de sa vie à un grand service public.

A la manière dont un certain langage est établi aujourd'hui, on ne peut dire d'une manière positive que le père est *tenu* de contribuer à l'émancipation de ses enfans, ou qu'il n'y est pas *tenu*. Si on dit qu'il n'y est pas tenu, la morale publique sera effrayée; si on dit qu'il y est tenu, voilà aussitôt une loi civile en robe de juge qui entrera dans les maisons pour les bouleverser, c'est-à-dire, pour s'immiscer dans les détails de famille, dérober au père la reconnaissance de ses enfans, tous les effets de son amour et de ses sacrifices.

Oui, un père est tenu à contribuer à l'émancipation de ses enfans ; mais d'abord, ce ne peut être qu'en proportion de leur respect pour lui et de leur obéissance. D'un autre côté, en ce point même, son amour, son cœur et Dieu, sont ses juges et ses seuls juges.

On parle d'anciens temps barbares. Je n'en connais pas de plus barbares, que ceux où on pourrait prescrire à un père au nom de la loi, de nourrir et d'élever ses enfans.

En traitant de la dot des femmes, on a cité les lois Juliennes. Aux termes de ces lois, il y avait d'assez bonnes raisons pour ordonner que les filles recevraient une dot. Elles avaient été privées, par une loi expresse, de tout droit de succession. La loi *Voconia*, qu'on n'a pas citée, et que peut-être on n'a pas connue, prescrivait qu'un père ne pourrait pas même faire héritière sa fille unique. *Lata est etiam illa lex Voconia*, dit Saint-Augustin, *ne quis hæredem fœminam faceret, nec unicam filiam: qua lege quis iniquiùs dici aut cogitavi possit, ignoro.*

Quelque temps après, Marculfe se plaignit

aussi de ce que les femmes étaient exclues de l'hérédité paternelle. M. de Montesquieu a cru que ces plaintes portaient sur l'exclusion portée dans la loi salique; j'en doute beaucoup : ces plaintes me paraissent calquées sur celles de Saint-Augustin au sujet de la loi *Voconia*.

Il me semble en effet que les dispositions célèbres des Francs, relativement à la terre salique, ne pouvaient donner lieu à des plaintes. Les mœurs des Germains, d'où cette disposition est tirée, n'avaient exclu les femmes de l'hérédité paternelle, que parce qu'elles recevaient une dot de leur mari. Chez les Germains, dit Tacite, ce n'est pas la femme qui porte une dot à son mari, c'est au contraire le mari qui porte une dot à sa femme. Qu'on fasse une dot aux filles dans un pays où elles ne sont admises à aucune succession, cela me paraît assez simple. Les Romains firent dans les lois Juliennes, pour la dot des femmes, à-peu-près la même chose que les peuples de la Germanie; avec cette différence que les Romains adressèrent cet ordre aux pères, les Germains aux maris.

CHAPITRE XII.

De la corporation et de la cité.

J'ai cru devoir ranger dans l'ordre primaire de l'édifice social ; la corporation et la cité.

La corporation est l'association de plusieurs citoyens qui, se trouvant habituellement sur la même ligne de besoins, d'affaires et d'intérêts, ont besoin de concerter et de combiner, pour leur plus grand avantage, leurs actions et leurs mouvemens.

Les animaux sont susceptibles comme nous de cet état d'association. Dans quelques espèces l'association est une loi obligée de leur existence. C'est ainsi que vivent la fourmi et l'abeille. Le castor, au contraire, est susceptible des deux états. Il vit le plus ordinairement en commun. Il vit aussi isolé.

La cité, sous un certain rapport, semble n'être autre chose qu'une corporation de maisons. La nécessité d'une défense commune, quelquefois l'avantage de se réunir pour des entreprises de manufactures ou d'industrie, ont fait imaginer ces rassemblemens de maisons. Ils ne furent point pratiqués chez les Germains. Les Francs et les autres nations germaines continuèrent à les avoir en aversion, lorsqu'elles furent établies dans les Gaules. Même aujourd'hui on les trouve soigneusement évités dans certaines parties de la Suisse.

La maison avec territoire : voilà ce qui compose le domaine. Dans des temps de trouble, cette maison pourra prendre pour sa sûreté des précautions particulières. On aura ainsi une sorte de place forte ou de petit camp, *château*. Si un certain nombre de chaumières ou de maisons inférieures viennent pour les mêmes causes se ranger auprès de ce château, et rechercher sa protection, si ensuite ces nouvelles maisons s'occupent à se retrancher elles-mêmes et à fortifier leur enceinte avec des murailles ou des fossés, on aura dans diverses circonstances le bourg ou une ville forte dans laquelle le château fera l'office de citadelle.

Avec les différences de volume et d'importance, la cité se conduira comme la maison, la maison comme la cité. Sous un certain point de vue, la maison peut être considérée comme une petite cité, dans laquelle les corridors sont de véritables rues, et les logemens particuliers de petites maisons. De même la cité peut être considérée comme une vaste maison où les rues représentent les corridors, les maisons particulières de simples domiciles ; l'hôtel de ville, c'est-à-dire le logement du principal citoyen, *major*, *maire*, représentera le logement particulier du père de famille.

Dans tous les cas, la cité et la maison me présentent les mêmes intérêts et le même régime. Les nuances en ce genre me paraissent appartenir à la différence des origines.

Si dans l'origine la réunion des maisons s'est faite au même moment et par l'effet d'une convention entre des individus qui auront voulu demeurer indépendans, le régime de la ville approchera nécessairement plus ou moins de la constitution républicaine. Si au contraire la réunion s'est faite successivement par le laps de temps auprès d'une maison puissante depuis long-temps constituée, le régime de la cité en aura subi le mode. Il sera probablement monarchique.

Telles sont, dans l'ordre naturel, les premières bases de l'édifice des sociétés. Je vais passer à l'ordre civil.

~~~~~~

LIVRE SECOND.

De l'ordre civil.

Nous venons de voir les parties primaires et en quelque sorte élémentaires de l'édifice social. Nous allons nous élever actuellement au premier rang, ou, si l'on veut, au premier étage des parties constituantes de ce grand édifice. Dans quelque perfection que soit établi ce premier ordre de parties élémentaires, si un ordre civil n'existait pas, les maisons, les chefs de domaine, les citoyens, tout ce qui compose ce premier ordre serait bientôt dans un état de guerre, car il serait dans un état d'anarchie. L'ordre naturel social ne peut se conserver intérieurement dans ses parties élémentaires, qu'autant que l'équité se trouvera consacrée dans les rapports intérieurs de ces parties. Il ne pourra se conserver dans ses rapports extérieurs, qu'autant que l'équité fera de même la base de ces rapports.

L'ordre civil embrasse sous ce point de vue la législation civile et la magistrature civile.

La législation se compose d'un ensemble de règles qui deviennent nécessaires à raison de la multiplicité et de la complication des rapports civils.

La magistrature se compose d'un ordre de personnes, ayant qualité et pouvoir pour appliquer ces règles.

Dans la vie naturelle il y a des époux, des pères et des enfans, des maîtres et des apprentis, des maîtres et des disciples. Il y a aussi des associations d'intérêt, telles que les corporations. Il y a encore des associations ou des corporations de maison telles que les cités.

Il y a dans la vie civile des magistrats, des juges, des maires, des préfets ; il y a aussi des huissiers, des notaires et une force publique.

Tout cet appareil de la vie civile n'a été institué que pour protéger la vie naturelle. En d'autres termes, l'État a été fondé pour protéger la maison.

Montrer avec plus d'exactitude qu'on ne l'a fait jusqu'à présent, les rapports réciproques de l'État et de la maison, les points où l'État est appelé dans la maison, ceux où il doit lui demeurer étranger ; montrer tout l'ensemble de mouvement qui caractérise l'action de l'ordre civil, depuis les confins de l'ordre social naturel, jusqu'à ceux de l'ordre politique, c'est-à-dire en d'autres termes, depuis la porte de la maison du pauvre, jusqu'à la porte du palais du souverain. Tel est l'objet de ce livre.

CHAPITRE PREMIER.

———

D'une erreur généralement établie sur le caractère de la loi civile.

Selon les opinions généralement admises, il faudrait croire que tout est gouverné dans un État par la loi civile. Cependant ce qu'on appelle communément la loi, n'a à se mêler ni des actes des individus, ni de l'intérieur des maisons. Elle n'a pas à se mêler davantage des intérêts des cités et des corporations. Elle n'a point à gouverner ce que la religion gouverne ; elle n'a point à régler ce que les bonnes mœurs, le bon goût, le bon ton, le bon sens, les habitudes et les convenances prescrivent.

Je dis que la loi ne se mêle point des actes des individus. En effet, elle ne fait pas que je vende ou que j'achète ; que je me marie ou que je demeure célibataire ; que je reste sédentaire ou que je me déplace. A ne consulter que les apparences, la loi ne me commande rien : je lui

commande plutôt moi-même. Dès que je pro-
duis une vente, une donation, ou tout autre
acte légitime de ma volonté, je dispose de la
force publique, de la dignité des tribunaux,
de la majesté du souverain.

Je dis que la loi ne se mêle point de l'intérieur des maisons. En effet, ce n'est pas en
vertu de la loi que le mari exerce une autorité
sur sa femme ; le père, sur ses enfans ; le
maître, sur ses serviteurs ; le propriétaire,
sur ses animaux, ses prés et ses champs.

Sous tous ces rapports, le chef de la maison
n'a nul besoin de la loi. Il est souverain de sa
femme : elle fait partie de lui; elle s'est donnée
à lui. Il est souverain de ses enfans ; leur vie est
une partie de sa vie. Il est souverain de ses serviteurs : il a acquis leurs volontés et leurs services. Enfin, il est souverain de ses prés, de
ses champs, de ses animaux : tout cela a été ou
reçu ou acquis : c'est un don ou une conquête.

J'entends souvent parler de la loi au sujet de
l'ordre des successions : cet ordre se produit
non pas de la loi, mais de la nature des choses.
Disons mieux : il se produit d'un ordre créé par
la Providence même.

Tandis que le Temps, avec sa faux, fait succéder la mort à la mort, l'Amour avec l'Hymen fait succéder la vie à la vie. La famille et la propriété sont également immortelles. Au moyen de la famille, ni la vie ni la propriété ne demeurent un moment en déshérence. Le mode de succéder à la propriété se règle dès–lors comme le mode de succéder à la vie. Tout cela est consacré non par les lois civiles, mais par les principes naturels.

Nos ancêtres ne s'y sont pas trompés; ils n'ont pas dit, comme on dit aujourd'hui, que le vivant est saisi par la loi. Ce n'est pas de la loi, ont–ils dit, c'est du mort que vous tenez votre héritage : c'est le mort lui–même qui vous en met en possession. Tel est le sens de cet axiôme connu : le *mort saisit le vif.*

Les lois romaines ont parlé de la succession dans le même sens. Elles se sont bien gardées de commander en principe un ordre particulier de succession. Quel scandale pour la conscience du genre humain, si on les avait vu déclarer qu'en vertu de la souveraineté du prince, du Sénat ou du peuple, il serait permis à un fils de succéder à son père : elles ont dit : *fils; donc héritier : filius; ergo hœres.* Elles ont vu avec raison, dans la qualité de fils et dans celle de la propriété, une chaîne formée, non par la volonté de quelques individus, mais par la nature même.

Il est d'autres points où l'on aperçoit l'action de la loi, et où je puis davantage la reconnaître.

Lorsqu'à la suite des temps, les individus, les maisons, les corporations sont venues à se multiplier, nul doute, qu'il ne faille une autorité pour régler leurs différends. Cette autorité me représente toutefois des juges et non pas des législateurs. C'est l'action du magistrat que j'aperçois, et non pas celle de la loi. Si les actes sont indifférens ou innocens, l'intervention de la loi n'est pas nécessaire. Elle ne l'est pas davantage, s'ils sont coupables ou importans. Ce n'est pas en vertu de la loi que j'ai à respecter les possessions de mon voisin, à lui rendre ce qu'il m'a prêté, à remplir les engagemens que j'ai contractés ; c'est en vertu de l'équité.

Toutes les origines dans lesquelles on veut placer le principe des lois civiles sont manifestement illusoires. Ce principe existe toutefois ; mais c'est d'une autre manière qu'il faut le chercher ; c'est dans une autre direction qu'il faut se placer.

CHAPITRE II.

*Des points de contact de l'ordre domestique
et de l'ordre civil.*

AVANT d'entrer dans des détails sur le mode
d'action de la loi civile, il me paraît important
de considérer comment elle est appelée dans
l'ordre social.

Cette masse vivante, qu'on appelle homme,
présente à la première observation une réunion
de divers élémens moraux, physiques et intel-
lectuels. Cette masse n'a pas été plutôt produite
à la lumière, que ses divers élémens se mettent
en activité pour s'étendre et s'accroître en divers sens. L'éducation et la nourriture commencent à développer ses facultés morales et
matérielles. Ce développement de l'homme n'est
pas plutôt complet, qu'il lui en faut un autre.
C'est d'abord une femme qu'il veut réunir à lui.
L'individu humain, doublé par le mariage, se
multiplie par les enfans. Toutes les parties de

son individu tendent à s'accroître ou à se multiplier de la même manière. Ses doigts appellent des outils, des armes, des instrumens; ses bras appellent des serviteurs; la peau vivante qui le recouvre appelle en supplément des peaux mortes, ou la toison des troupeaux. La place qu'il occupe avec sa femme et ses enfans se change bientôt en maison. Cette maison qu'il élève, les ateliers qu'il forme, les animaux qu'il subjugue, la terre qu'il sème, les arbres qu'il plante, les serviteurs qu'il emploie, tous ces objets présentent sous divers rapports les accessoires d'un seul être. La maison considérée dans son ensemble présente ainsi une sorte de grand individu, dans lequel l'homme est la tête, la femme le cœur, les enfans les entrailles, les serviteurs les bras, l'édifice une sorte de grand revêtement. Elle peut présenter aussi une sorte de petit état dans lequel l'édifice sera la place forte, la propriété le territoire, les enfans la population, les serviteurs les troupes soldées. Le domaine est dès-lors un empire dont la capitale est la maison.

Les divers degrés, 1.º où l'homme, après avoir pris par l'éducation et la nourriture l'accroissement dont il est susceptible, a atteint la puberté et pris la robe virile, 2.º où il s'est réuni à une femme et où il a pris le titre d'époux, 3.° où il se reproduit dans ses enfans, et où il prend le titre de père, 4.° où d'autres individus, sous les noms de disciples et de serviteurs, viennent implorer ses lumières ou ses secours, ce qui constitue le titre de maître, 5.° où, armé d'une charrue, il impose sa volonté à la terre, et où il devient propriétaire; ces degrés ne présentent autre chose que l'homme agrandi de diverses manières. Quand ils se trouvent tous réunis, ils constituent la plénitude de l'empire domestique.

Dans cette plénitude le domaine présente aussitôt l'idée de domination. Le premier élément de la souveraineté doit être lui-même une souveraineté. L'homme est bien certainement souverain de lui-même. Il est bien souverain aussi de sa femme, puisqu'elle s'est donnée à lui; il est bien souverain aussi de ses enfans, qui ne sont qu'une extension de sa propre vie. Il est souverain de ses serviteurs, puisque leurs mouvemens ne s'exécutent point par leur volonté, mais par la sienne. Il est souverain de même des prés, des champs, des bois, des armes, des instrumens, des animaux, des ateliers, de tout ce qui compose la propriété. En tout il est certainement souverain, puisqu'ayant à commander à plusieurs, il n'a à obéir à personne ; et cependant il est inévitable, comme nous allons voir, qu'un nouveau souverain ne s'élève par-dessus ce souverain. Il est inévitable qu'un second ordre ne se place au-dessus de ce premier ordre.

Si les maisons n'étaient que juxta-posées les unes à côté des autres, sans lien de fédération, sans Gouvernement commun, sans aucune prédominance entre elles, elles seraient respectivement les unes aux autres, comme sont les nations, c'est-à-dire dans un état d'anarchie. Cette anarchie ne durerait pas long-temps, car les guerres s'élevant entre les maisons, les amèneraient nécessairement à quelque subordination, et par conséquent à une forme de Gouvernement.

L'empire civil se produit de tous les rapports des maisons entre elles et de la nécessité où elles se trouvent d'une règle pour ces rapports ; le point où l'action d'une maison rencontre l'action d'une autre maison, là finit l'empire domestique, là aussi commence l'empire civil. Les maisons étant entre elles, sur le pied d'égalité, ont besoin, sous le nom de magistrature, d'une maison supérieure qui vienne régler leurs mouvemens et leurs différends.

CHAPITRE III.

Du mode d'action de la loi civile.

JE désire que jamais personne n'ait la bonté de
s'occuper à faire des lois en faveur de mon bras
droit contre mon bras gauche ; car, l'un et
l'autre de ces bras étant attachés au même principe de vie, ce principe les réglera fort bien
entre eux ; et s'il les règle mal, ce n'est l'affaire
de personne. Il est bien à désirer de même qu'on
se dispense de faire des lois entre un mari et sa
femme, entre un père et ses enfans. Il serait à
souhaiter même qu'on en fît fort peu entre un
maître et ses divers corrélatifs, tels que serviteurs, disciples, ouvriers, apprentis.

Un mari peut sans doute avoir une mauvaise
femme ; comme chef de la maison et comme
époux, il a assez d'autorité par lui-même, sans
que la loi se mêle de ses différends. Une femme
peut de même avoir un mauvais mari. C'est à
son adresse, à sa vertu, à sa douceur, à améliorer sa condition, ou à la lui faire supporter.

Si la loi eût été expressément chargée d'elle, quelle autorité aurait-elle pu imaginer plus douce que l'autorité de l'amour? quel meilleur garant aurait-elle pu inventer que sa volonté et son propre choix?

On peut dire la même chose d'un père. Il peut avoir de mauvais enfans. C'est à lui à les corriger tant qu'ils sont susceptibles de l'être, ou à les renvoyer de chez lui, quand ils ne sont plus susceptibles de correction. Les enfans à leur tour peuvent avoir de mauvais parens. Qu'ils supportent leur condition; qu'ils attendent l'âge de l'émancipation. Après cela qu'ils excusent la loi de ne pas se mêler de leurs différends; car s'ils avaient été expressément à sa disposition, elle n'aurait jamais su les mettre sous une autorité plus sainte, que celle d'un père.

Relativement aux serviteurs, aux disciples, aux apprentis, aux ouvriers, tout dépend à leur égard des conventions qu'ils ont faites. La loi n'a plus qu'à protéger ces conventions.

Le premier caractère de la loi civile, c'est qu'elle n'a rien ou presque rien à prescrire. Ce sont les citoyens qui font entre eux des lois, en cela même qu'ils font des conventions. L'État ne règle pas ces conventions. Il n'a qu'à les protéger. Les véritables lois d'un État sont les actes des citoyens. Il n'importe point que j'aie écrit ma dernière volonté dans le désert, à l'armée, ou dans l'étude d'un notaire; soit qu'elle ait été peinte avec de l'encre, tracée sur le sable, ou écrite avec mon sang, elle doit être également respectée.

Cependant si la loi n'a qu'à protéger, il faut au moins qu'elle sache ce qu'elle a à protéger. L'État a d'abord à régler les embarras et les différends, quand ils se présentent. Il a encore à les prévenir.

Avec le mouvement propre aux actes et aux volontés individuelles, il est inévitable qu'il ne s'élève des conflits. On ne manque pas d'apercevoir avec le temps les points sur lesquels les conflits se multiplient. Dans certains cas, c'est l'intérieur de la maison qui ne sait pas se régler; dans d'autres, ce sont les magistrats. Ici les citoyens sont incertains dans leurs droits; là les juges hésitent dans leurs jugemens. Quelques cas peuvent se compliquer de manière à ce qu'on ne sache plus ni ce qu'on doit penser de la possession, ni comment doit se gouverner la prescription. Il en pourra être de même du testament, de la donation, de la vente.

J'ai parlé de l'ordre de succession. Cet ordre

est certainement réglé en principe général. Mais le principe général ne s'applique pas dans toutes les occasions avec une égale clarté. Des cas particuliers sont tellement compliqués, qu'on ne sait plus à quelle règle les attacher. Quel mode observera-t-on alors pour les ascendans et les descendans, pour les héritiers directs ou pour les collatéraux? Combien de temps fixera-t-on à la possession pour consacrer la propriété? Sur quelle base établira-t-on la prescription?

Il en sera de même pour les actes individuels. La loi ne m'ordonne ni d'acheter ni de vendre. Je puis me marier sans la loi, disposer de mes biens sans la loi. Mais si un jour il survient des doutes ou des contentions sur ces actes, si ces actes sont ou mal construits, ou mal conçus, sur quel principe la loi qui doit les protéger, se gouvernera-t-elle pour les protéger? La volonté des citoyens doit être légitime, elle doit être honnête; ce n'est pas tout : elle doit être clairement conçue, et aussi elle doit être véritablement une volonté, c'est-à-dire l'effet d'une délibération mûre et libre.

Relativement aux actes individuels, certaines règles sont nécessaires aux citoyens; certaines règles sont nécessaires aussi aux magis-

trats. Il en sera de même relativement aux
personnes.

Les individus peuvent avoir diverses capa-
cités. Sous le rapport de l'origine, ils sont étrangers ou indigènes. Sous celui de la capacité virile, ils sont majeurs ou mineurs, raisonnables
ou en démence; sous celui de la capacité domestique, ils sont maris ou femmes, parens ou
enfans, serviteurs, disciples, apprentis ou
maîtres. Sous le rapport de la capacité civile,
ils sont magistrats ou princes, citoyens ou simples habitans. Toutes ces qualités doivent être
constatées par des règles; les règles, établies
par la loi.

Les circonstances qui nécessitent l'intervention de la loi civile, déterminent trois espèces
d'actions distinctes : 1.º celle où la loi se montre comme une lumière d'ordre ou d'équité
pour les choses à venir, et où elle prend la
forme de législation; 2.º celle où elle se montre
comme lumière d'équité pour les choses pré-
sentes et où elle prend la forme de jugement;
3.º celle où elle se montre comme moyen mo-
mentané d'ordre, et où elle prend la forme
de police.

En principe général, la loi n'a point à s'occuper du gouvernement de la maison, c'est certain; et pourtant de la même manière qu'au décès du souverain, elle entre dans le palais; non certes pour gouverner l'État, mais seulement pour constater le gouvernement, il faut en pareil cas qu'elle entre dans la simple maison pour constater le gouvernement s'il existe, ou pour l'aider à se recomposer s'il n'existe pas. On la verra ainsi déclarer la veuve, comme partie demeurée du défunt, tutrice des enfans mineurs, et régente de la maison. Elle instituera dans le même sens les modes de gouvernement temporaire dans les cas d'absence, de démence, de demi-démence ou dissipation, ainsi que de mort civile.

Tels sont les résultats inévitables d'une organisation sociale un peu compliquée. Les droits étant sujets à se contester, à se méconnaître, ils ont besoin de la part d'une lumière supérieure, d'une déclaration d'équité qui les débrouille et qui les éclaire.

D'un autre côté, les droits étant sujets à s'embarrasser dans leurs mouvemens, ils ont besoin de la part d'une sagesse supérieure, d'une déclaration d'ordre qui les ordonne et qui les dirige.

Ces deux règles nous éclairent sur les fonctions de législateur et sur celle de juge. On croit communément que ces fonctions sont es-sentiellement différentes. Elles ont une affinité intime.

Une sentence est une déclaration supérieure d'équité appliquée à un cas particulier. Si ce cas de contestation revient souvent, s'il appar-tient à des causes plus ou moins générales, plus ou moins sujettes à se reproduire, l'autorité au lieu de juger un à un, et jour à jour ces cas par-ticuliers, pourra être tentée de les embrasser tous à la fois, et de les juger collectivement. La loi alors est comme une grande sentence appliquée à un cas général. C'est un mouve-ment de haute jurisprudence.

C'est beaucoup de pouvoir embrasser d'a-vance par une décision générale, une multi-tude de cas particuliers de contestation. Ce-pendant il peut arriver que les contestations particulières soient susceptibles non d'être em-brassées par un jugement général, mais seule-ment d'être prévenues par certaines précau-tions. Le souverain pourra être conseillé alors pour le plus grand bien général d'imposer ces précautions.

CHAPITRE IV.

De la coutume considérée dans ses rapports avec la loi civile.

DANS certaines situations des peuples, la loi civile et l'ordre civil veulent entrer partout, se mêler de tout. Dans d'autres situations la loi civile ne se mêle de rien. On dirait qu'elle n'existe pas. Quelqu'un pourrait-il me dire ce que c'était que l'ordre civil chez les Germains, chez les Gaulois, chez les Grecs ?

Beaucoup de peuples n'ont pas eu de législation. L'Orient s'est gouverné long-temps par les rites. Même aux temps où commencent les législations, on peut observer des parties considérables de l'État qui s'obstinent à aller sans législation. Les Romains commencèrent à vivre par les mœurs ; au temps même où ils eurent recours à des lois écrites, ils continuèrent en beaucoup de points à vivre par les coutumes.

La coutume est consacrée dans les lois romaines, comme une émanation de la volonté du peuple. La loi salique porte expressément qu'une ancienne coutume doit être regardée comme loi, *vetus consuetudo pro lege tenetur*. Dans la suite toute la France continua à se régir par ce principe ; à mesure que nos princes prirent possession d'un pays, ils jurèrent d'en conserver les coutumes. *Juravit se conservaturum consuetudines illius terræ.* Suger, régent de France, refuse de se prêter à des emprisonnemens arbitraires, parce que ce n'est pas la coutume. *Neque enim Francorum mos est.* En demandant sous Saint-Louis l'élargissement des prisonniers faits à la bataille de Bouvines, la noblesse française n'invoqua ni la constitution, ni la loi, mais seulement la coutume. *Petierunt è consuetudine gallicá.* A mesure qu'un peuple se civilise, comme il sent la nécessité de règles générales, il s'attache d'instinct aux règles d'ordre nécessaires à ses mouvemens, ainsi qu'aux principes d'équité propres à décider ou à prévenir les contentions.

C'est ce qui compose les coutumes. Produites des circonstances et des localités, elles seront nécessairement diverses. D'un côté le lien d'un intérêt commun et d'un mouvement commun, d'un autre côté des mouvemens divers et des liens divers : voilà ce que présentera un tel peuple. Tant que les communications seront peu fréquentes, ces différentes coutumes pourront rester entre elles dans une sorte d'anarchie, mais si les communications se multiplient, il est inévitable qu'il survienne des embarras.

La variété des coutumes peut avoir un autre effet : c'est de porter insensiblement les fractions d'un grand peuple à un état de séparation et de disjonction. Les lois générales pourront intervenir dans certains cas, pour rétablir ou pour conserver l'unité. Elles pourront être nécessaires dans d'autres cas.

Les coutumes par leur nature ne varient pas ; mais comme la situation d'un peuple est sujette à varier, il peut arriver un moment où ses besoins soient en opposition avec ses habitudes.

Les progrès du commerce, des lumières, des arts, en un mot de la civilisation, font que des coutumes établies dans de certaines circonstances et dans un certain temps, ne sont plus propres à d'autres circonstances et à d'autres temps. La loi se présente alors pour réformer ou pour suppléer.

L'action de la loi sur la coutume une fois introduite, si cette action se fait avec injustice,

avec imprudence, avec maladresse, elle sera
sujette à de grandes réactions.

Si la loi nouvelle a le malheur d'attaquer les
coutumes antiques, en ce qu'elles ont de bon,
elle éprouvera certainement de la résistance.
Cette résistance de la part de la masse du
peuple retranché avec toute l'irritation du scandale dans ses mœurs contre l'action de l'État,
peut compromettre la puissance publique en cas
de défaite, ou la liberté publique en cas de
victoire.

Même dans le cas où les coutumes antiques
seraient mauvaises, si les lois nouvelles ont le
malheur de les attaquer indiscrètement sans
l'autorité des formes prescrites, ou prématuré-
ment sans l'appui de l'assentiment général, ou
avec violence, c'est-à-dire sans les ménagemens dûs à d'anciennes possessions, ce qui
restera dans une nation d'esprit antique, pourra
encore occasionner de la fermentation et des
crises.

Soit en voulant régler les rapports des coutumes, soit en voulant protéger l'unité, il pourra
arriver que les lois nouvelles détruisent par trop
d'action les libertés particulières au profit de
la souveraineté générale, ou qu'elles amènent
par leur faiblesse les libertés particulières à

anticiper elles-mêmes sur la souveraineté. C'est ainsi que l'Allemagne et la France partant l'une et l'autre sous un chef unique du point commun de la féodalité, sont arrivées, l'une à former plusieurs empires dans l'empire, l'autre à perdre jusqu'aux privilèges particuliers. C'est ainsi que des peuples peuvent être amenés à voir leur droit civil se changer en droit politique; d'autres leur droit politique et leur droit civil s'anéantir tout-à-fait et s'effacer.

CHAPITRE V.

De l'action de la loi civile, considérée dans ses rapports avec la liberté.

Considérée comme lumière d'ordre, ou comme lumière d'équité, la loi a droit au respect de tous les citoyens ; considérée comme puissance de protection, elle a droit à leur reconnaissance. C'est pour les citoyens un des grands avantages de l'ordre civil, d'avoir à leur service, d'un côté comme autorité, une grande lumière, d'un autre côté comme magistrat, une grande puissance. C'est un grand avantage d'avoir ainsi en commun un double centre de lumière et de puissance, pour régler l'action des droits dans l'embarras des mouvemens, pour constater leur légitimité dans l'obscurité des contentions ; et pour les protéger ensuite quand leur légitimité a été constatée.

Les fonctions de la loi sont dès-lors manifestes. Elle n'a point à entrer dans les maisons pour en régler le gouvernement; elle n'a point à entrer dans le domaine de l'opinion et des mœurs publiques; elle n'a point à régler les consciences et les choses religieuses ; elle règle sans doute les différends, mais ce n'est pas sur le principe de quelqu'ordre arbitraire. Ce n'est point parce que j'ai enfreint un texte de loi que je dois perdre mon procès, c'est parce que j'ai enfreint l'équité. L'État par ses magistrats cherche dans les différends des particuliers, non pas de quel côté est la loi ; mais seulement de quel côté est la justice. Le citoyen qui dans ses actes se sera écarté des règles de la loi, n'a commis d'offense que contre lui-même, en ce que de cette manière les magistrats verront peut-être un jour moins sûrement et moins clairement de quel côté est l'équité.

Ce besoin de l'équité entre les maisons, n'est pas d'une autre nature qu'entre les nations. quel que soit l'orgueil ou la puissance des souverains, un simple individu obscur pourra être cité dans leurs contentions comme autorité. Certains livres de droit sont cités dans les procès et font en quelque sorte partie de la jurisprudence; certains autres livres de droit sont cités de même et font partie du droit public. Grotius, Puffendorf, Vatel, figurent dans les démêlés des souverains comme Cujas, Domat et Pothier dans nos démêlés particuliers.

Ce n'est pas dans ce seul point, que se trouve le rapprochement. Les décisions de simple équité n'ont point la prétention d'attenter à la souveraineté du palais ; des décisions d'équité ne peuvent préjudicier non plus à la souveraineté de la maison.

Même chez les peuples esclaves, où ce qu'on appelle loi, est la volonté du maître, comme la religion, les mœurs publiques, les coutumes antiques sont encore au-dessus de la loi, elles y sauvent un peu d'honneur et de liberté. La France a vu le grand Bossuet prêchant le despotisme pour les autres, savoir très-bien se retrancher auprès des papes dans les libertés de l'Église gallicane, ainsi que dans l'autorité de Louis XIV ; tandis qu'auprès de Louis XIV, il se retranchait non moins habilement dans les droits de l'Église, ainsi que dans l'autorité du pape. Un peuple où la loi se croirait tout à la fois au-dessus de la maison, de la famille, de la religion, des mœurs publiques et des coutumes, présenterait le dernier degré d'avilissement où puissent arriver des hommes.

D'après ces principes, l'empire absolu dans l'intérieur de sa maison sur toutes les choses que nos forces peuvent atteindre sans blesser les droits des autres, l'obéissance de l'État, des magistrats, de la force publique à tout acte de la volonté d'un simple citoyen, toutes les fois que cette volonté est juste : voilà ce que c'est que la liberté. Elle consiste à n'avoir d'autres maîtres, d'autre véritable souverain que l'équité.

Cette vérité est la même dans quelque forme de gouvernement qu'on se trouve ; sous ce qu'on appelle despotisme, comme sous ce qu'on appelle monarchie, sous la monarchie comme sous la république, le chef de la maison en est également le maître. Dans tous les pays, et sous tous les Gouvernemens, s'il a des contentions, il sera également jugé par l'équité, et ses droits une fois jugés, protégés par toute la puissance publique. Sous un despote juste, il y aura plus de liberté qu'il n'y en aura sous une mauvaise république.

CHAPITRE VI.

De quelques règles des lois civiles qui ont l'air d'entreprendre sur la liberté.

L'ACTION des lois peut présenter trois caractères différens. Si elle se déprave ou si elle s'égare, elle viendra régler le gouvernement de la famille, elle ordonnera à un père de nourrir ses enfans, à une mère d'alaiter sa fille; si, au contraire, elle se néglige et s'affaiblit, on verra la souveraineté de la maison s'étendre, envahir celle des maisons inférieures, et anticiper ainsi sur la souveraineté publique. Si l'action des lois est dure ou exagérée, on aura plus d'ordre que de liberté; si elle est molle ou négligente, on aura plus de liberté que d'ordre. Si l'action de la loi est justement tempérée, on aura ce qu'il faut de liberté.

Comme la protection donnée à la propriété et à la volonté, forment les deux objets fondamentaux de la loi, il s'ensuit que toute entreprise de la loi sur la liberté ou sur la volonté des citoyens, est à contre-sens de son institution; et cependant d'un côté les contributions, d'un autre côté, les réglemens de tout genre semblent en contradiction avec ces principes.

Ils en sont au contraire la confirmation.

Si on voulait ne s'arrêter qu'à un point de vue, on pourrait dire que les rues sont un empiétement sur le sol des maisons, les routes un empiétement sur les propriétés ; mais comme les rues sont absolument nécessaires au service des maisons, les routes au service des propriétés, ce prétendu empiétement sur la propriété est conservateur de la propriété. Il en est de même des contributions et des réglemens.

Dans un pays où, à raison des mouvemens du dedans, et des relations au-dehors un grand service public est nécessaire, et où des salaires attachés à ce service le sont également, des contributions pour former ces salaires seront inévitables. Mais de même que les contributions d'un village pour le salaire du garde champêtre destiné à protéger les propiétés, ne peuvent être regardées comme une atteinte portée à la propriété, les contributions d'un peuple pour ses gardes au-dehors, c'est-à-dire, pour l'armée, ainsi que pour ses gardes au-dedans, c'est-à-dire, les officiers publics ne peuvent être regardés comme des atteintes portées à la propriété.

Il en est ainsi des réglemens.

Lorsque le peuple de Paris a marqué sa volonté d'aller dans la semaine sainte à Longchamp, on pourra voir paraître une ordonnance du préfet de police pour régler ce mouvement. Quelque gêne pourra être apportée ainsi aux individus. Ils pourront être tenus de se mettre à la file, et d'observer un certain ordre; mais cette gêne même apportée à quelques fantaisies accessoires, a pour véritable objet de servir la volonté générale. Sans un tel ordre, chacun livré à sa pétulance, se trouverait bientôt embarrassé, la confusion s'accumulerait sur la confusion, les accidens sur les accidens.

Cependant ces entreprises nécessaires sur les volontés, à l'effet de servir les volontés, ces entreprises nécessaires sur les propriétés à l'effet de servir les propriétés, pourraient laisser trop de prétextes à l'ambition de l'autorité publique. De même que les salaires du garde champêtre sont un effet de la contribution volontaire des propriétaires du village, les contributions de l'État doivent être librement consenties par les propriétaires de l'État. Les réglemens particuliers qui, sous le nom de la loi, prennent quelque chose sur la volonté des citoyens, ont besoin d'être consentis par les citoyens. Les peuples esclaves paient des impôts, les peuples libres comme la France féodale et l'Angleterre, paient de simples octrois. Les peuples esclaves et avilis, reçoivent en silence cette foule d'édits de préceptions et de lois qui passent par la tête de leurs souverains. Les peuples libres comme l'ancienne France et l'Angleterre, n'obéissent en ce genre qu'à ce qu'ils ont demandé et consenti.

Tel est dans un état bien constitué le caractère du mouvement fiscal et celui de la législation.

La magistrature participe au même caractère. J'entends ici par magistrature, non le corps qui a seulement à juger les différends des citoyens, mais celui qui, ayant dans les choses publiques un ministère particulier d'action, est sujet à intervenir, au nom de la souveraineté publique, dans les événemens de la souveraineté individuelle et domestique.

L'ordre civil, qui est destiné à traiter habituellement avec la maison, a besoin de connaître les grands événemens de la maison, tels que la naissance, la mort, le mariage. L'acte de naissance, qui établit les rapports du fils et du père, n'est pas seulement important dans la maison, il l'est encore dans l'État; ce n'est pas seulement en raison des contributions publiques ou pour les détails du régime représentatif, dont j'aurai à parler bientôt, c'est encore en raison des rapports extérieurs de maison à maison, ainsi que des relations habituelles de famille et de propriété.

La mort est dans le cas d'exiger la même intervention, non-seulement à raison des soupçons de violence, ou de conflits intérieurs sur lesquels la police publique a un droit de surveillance, mais encore parce qu'elle change l'état des conditions et des personnes. Il n'est pas indifférent que la loi sache que celui qu'elle a vu fils est devenu père, que celui qu'elle a vu simple habitant de la maison en est devenu chef. Il n'est pas indifférent que le juge sache, en cas de contention, comment il a à se prononcer sur toutes les questions de succession, de testament et de propriété.

La loi entre ainsi dans la maison en cas de mort, d'absence, de démence complète, de demi-démence, de crime.

En cas de mort, elle s'assure de la subsistance de la veuve, ainsi que du gouvernement des enfans, des serviteurs, de la maison, de la propriété. Ces actes sont connus sous le nom de tutelle, de curatelle, de réglement en partage, de conseil de famille. Elle s'assure aussi de l'exécution de la volonté du défunt; elle s'informe s'il a laissé une dernière volonté sous le nom de testament ou de codicille, par-devant notaire ou sous seing-privé.

Voilà pour l'interrègne de la maison occasionné par la mort. En cas d'absence, elle entre encore dans la maison pour régler le gouvernement qui se trouve en déshérence. Elle entre dans la maison, en cas de démence complète, pour assurer la liberté, la sûreté et la propriété contre les fureurs ou la stupidité, suites de l'aliénation d'esprit. Elle entre encore dans le cas de demi-démence, pour prévenir l'inconduite, la dissipation extravagante des biens. Elle y entre enfin, comme souveraine publique, pour la recherche des crimes qui intéressent la sûreté des autres maisons et l'ordre public.

Le mariage est dans le même cas.

La volonté de s'épouser, et Dieu pris solennellement à témoin, voilà ce qui, dans l'ordre social, constitue essentiellement le mariage. Quand l'amant enlève sa femme de la maison paternelle (ce que les anciens ont très-bien entendu, car ils ont dit *uxorem ducere*) la loi a

besoin de savoir si ce rapt est violent ou légitime. En ce moment, où une jeune fille s'é-
chappe de la maison paternelle pour aller à l'au-
tel, en ce moment où, n'étant déjà plus à son
père, elle n'est pas encore à son mari, dégagée
de la protection domestique, il faut qu'elle ait
la protection civile. La loi n'entre point pour
cela dans la maison paternelle. Elle attend à la
porte cet être faible, l'interroge sur son vœu;
elle constate que, placée entre les instances
d'un amant et la puissance d'un père, sa volonté n'a été ni obtenue par la ruse, ni entraînée
par la violence. Elle peut lui apprendre alors, si
elle veut, que c'est son dernier instant de liberté; elle peut lui apprendre que, séparée
déjà du pouvoir d'un père, elle va l'être bientôt du pouvoir même de l'État. Elle lui apprendra que, si elle perd désormais son nom, c'est
parce qu'elle perd réellement son existence, et
qu'elle est condamnée à n'en avoir plus que
dans son mari et dans ses enfans.

C'est ainsi que, dans tous les cas, la loi qu'on
croit destinée à gêner la liberté, n'a, au contraire, d'autre objet que de protéger la liberté,

CHAPITRE VII.

Du caractère de la volonté pour mériter la protection publique. — Des Droits.

La volonté des citoyens, voilà la loi des magistrats. Les magistrats ne sont point des maîtres : ce sont des serviteurs. Ils ne sont institués que dans un but de service.

Cependant pour obtenir l'obéissance et le service des magistrats, la volonté d'un citoyen doit avoir plusieurs caractères : 1.º elle ne doit point offenser les droits et la volonté légitime des autres citoyens, c'est-à-dire, elle doit être juste ; 2.º elle ne doit point être dirigée contre l'ordre public ou contre l'autorité, c'est-à-dire, elle doit être bien ordonnée ; 3.º elle ne doit point être dirigée contre les mœurs publiques, c'est-à-dire, elle doit être honnête ; 4.º elle doit être véritablement une volonté, c'est-à-dire, l'effet d'une détermination mûre et libre.

En réunissant tous ces caractères en un seul, nous pouvons dire que, pour mériter la protec-

tion publique, la volonté doit être fondée en
droit.

Il faut comprendre ce que c'est que le droit.

L'homme qui n'a ni femme, ni enfans, ni
domicile, ni serviteurs, ni biens, a encore
tant qu'il a sa raison, la propriété de sa personne. Dans l'échelle des droits, le dernier terme
est la liberté individuelle. Restreinte à ce terme
la propriété de soi peut s'étendre ensuite indéfi-
niment. Elle s'accroît par le mariage et par la
naissance des enfans. La place sur laquelle le
pauvre est couché peut se changer en maison;
le territoire environnant en propriété. Il peut
multiplier son adresse, en composant des instrumens et des outils; sa force physique, en
domptant des animaux; sa force morale et physique, en appelant des ouvriers et des serviteurs. Il peut, en labourant la terre, manufac-
turer le pain et le vin, et l'échanger ensuite
avec celui qui manufacture la soie et l'indigo.
L'homme peut s'étendre ainsi hors de lui-même
par l'amour, par le génie, par l'industrie, par
toutes ses facultés. Il peut s'étendre aussi et s'accroître d'une autre manière par la science, par
le courage, par la vertu, par tous les avantages
d'une éducation libérale.

Considérés hors de soi, les droits sont relatifs

aux choses ou aux personnes; ils sont alors complets ou incomplets.

Les droits par rapport aux personnes sont complets dans les pays où la servitude est admise. La propriété entière de la volonté d'un autre homme est ce qui compose la servitude. Les droits sur les personnes commencent à être conditionnels, et par conséquent incomplets entre le maître et ses divers corrélatifs, tels que serviteurs, disciples, apprentis, ouvriers, artisans. Ces droits peuvent résulter encore des conventions qui ont pour gage la personne de l'individu même, tels que les engagemens résultant des lettres-de-change en usage dans le commerce. Dans certains pays, comme en Angleterre, ces droits résultent encore des simples rapports de débiteur et de créancier.

Les droits relativement aux choses peuvent être, comme relativement aux personnes, complets ou incomplets. Les droits complets emportent l'union entière à la personne des choses matérielles, telles que terres, vignes, bois, maisons, etc. Cette union de toutes les choses devenues propres à la personne compose la propriété.

Les droits incomplets se composent d'une action purement partielle sur ces divers objets.

Ces droits sont les mêmes, soit qu'ils résultent d'argent prêté ou placé, de biens fonds cédés ou loués, à rente perpétuelle, à bail, etc. On peut compter parmi ces droits ceux qui s'établissent pour le service d'une maison envers une autre maison, d'un champ envers un autre champ.

L'origine primordiale des droits se trouve, comme on vient de le voir, dans la nature même de l'homme et dans la manière dont il est porté à étendre son existence. Dès-lors la possession, c'est-à-dire la réunion actuelle et de fait à soi, est une présomption suffisante de droit. Nul n'est tenu de rendre compte à un autre pourquoi il a dans sa maison des bijoux, de l'or, des denrées, des marchandises précieuses. Nul n'est obligé de dire d'où lui viennent ses bois, ses vergers et ses champs.

Tous ces droits primordiaux, soit mobiliers soit immobiliers, étant sujets à se vendre, à se donner, à s'échanger, à s'aliéner de diverses manières, donnent lieu à des droits subséquens produits des diverses conventions entre les citoyens. Les actes sont les droits mis en mouvement.

Pour que les actes qui remuent ces droits soient légitimes, il faut que les droits soient eux-mêmes légitimes. Pour que les actes soient de véritables actes, il faut que la volonté qui les produit soit elle-même une véritable volonté.

Les droits sont légitimes, lorsqu'ils se sont formés légitimement, c'est-à-dire, sans opposition avec les droits particuliers, ou avec le droit public.

La volonté est une véritable volonté, toutes les fois qu'il y a dans ses actes liberté, réflexion, maturité.

Il n'y a suffisance présumée de réflexion et de maturité que dans l'homme qui est arrivé à l'entier développement de son organisation, en ce qu'il a seulement alors la plénitude de raison, qui est la suite présumée de cet entier développement. C'est ce qui compose la différence de la majorité à la minorité.

Tout acte d'un homme en démence, en délire à cause de maladie, en demi-démence constatée par l'interdiction, est radicalement nul, comme ne présentant pas le caractère nécessaire de raison. Un acte accompagné de violence n'a aucune existence; il en est de même d'un acte passé en prison ou en captivité. Les diverses exceptions à ces règles portées dans un code civil, ne détruisent pas ces principes, elles les confirment.

Pour obtenir la sanction et la protection publique, les actes n'ont pas seulement besoin de liberté; ce n'est pas même assez que leur objet soit clair; le magistrat a besoin de s'assurer que la réflexion et l'attention ont été pleines. Même pour des choses légères, il ne pourra reconnaître un caractère suffisant de volonté dans un simple prononcé de parole. Il lui faudra un commencement d'exécution. Les caractères de la volonté devront lui être marqués dans les actes avec d'autant plus d'expression que les choses, objets de ces actes, auront plus d'importance.

Tout acte qui présentera de la part d'un individu (ayant d'ailleurs les autres qualités nécessaires,) la donation absolue de sa personne, ne pourra être reconnu par la loi. Et pourquoi cela? Parce que, selon nos mœurs actuelles, il ne peut être dans la véritable volonté de qui que ce soit de se donner à perpétuité.

L'amour a seul ce privilége, en ce qu'il constitue union. L'union se forme de la possession mutuelle; la servitude, du rapport de deux êtres, dont un seul possède et l'autre est possédé.

Comme la servitude est proscrite en France, tout mariage fait sans amour y serait essentiel—lement nul, si le magistrat avait quelque moyen de s'en assurer. Toute fille qui n'a pas reçu de son amant à la face du Ciel le serment d'époux, ne s'est pas donnée.

Les autres actes, tels que les ventes, les échanges, les traités et transactions diverses, les donations, les testamens ont la même règle et partent du même principe.

CHAPITRE VIII.

Du mode de protection pour les droits.

Sı les droits étaient laissés ensemble, à côté les uns des autres, sans hiérarchie et sans lien qui les unît, livrés ainsi à eux—mêmes, méconnus à chaque moment par l'ignorance ou par l'erreur, par l'orgueil ou par la cupidité, ils s'attaqueraient bientôt avec violence. Les maisons obligées de se fortifier et de se retrancher seraient amenées ensuite à se déclarer la guerre : l'État serait dans l'anarchie, il n'y aurait plus dans son sein que des ennemis ou des confédérés. Une lumière qui aperçoive les droits, une intégrité, qui les déclare, une force qui les maintienne : tel est le premier devoir de l'autorité. L'autorité est un bien qui appartient au droit.

Un droit contesté forme entre les citoyens cette espèce de guerre qu'on appelle procès. Un jugement ou un arrêt ne donnent pas droit, ils ne font que le reconnaître. Tout droit contesté peut réclamer l'autorité. Tout droit reconnu par l'autorité peut réclamer la force.

Le mot autorité implique en soi quelque chose de moral et d'éclairé ; le mot force, quelque chose de physique et d'aveugle. Le premier caractère de la force dans un État, est d'appartenir à l'autorité. Elle ne doit jamais se mouvoir que par la volonté et sous la direction de l'autorité.

La force appartient à l'État pour défendre l'État ; elle appartient aux autorités pour défendre leur autorité ; elle appartient aux citoyens pour défendre leurs droits.

Tout homme qui, pour subir une amputation ou une opération douloureuse, ne se sent pas le courage de la subir volontairement, peut s'y contraindre, c'est-à-dire employer la force. Il est pour lui-même une autorité.

Un mari n'a pas plus besoin d'invoquer l'autorité publique en ce qui concerne sa femme, qu'en ce qui le concerne lui-même. Si quelque circonstance le met dans le cas d'avoir recours à la force, celle-ci qui doit toujours obéir à l'autorité lui obéira certainement ; car dans sa maison et envers sa femme il est une autorité.

Il en est de même d'un père envers ses en—

fans, de même d'un maître envers ses serviteurs.

Cette règle, qui est propre à toute société
domestique, l'est de même à toute institution
publique. Les chefs d'hôpitaux, de colléges,
d'académies, d'universités, d'écoles, de manufactures et autres institutions reconnues, sont
de même des autorités par rapport à tout ce qui
compose ces institutions; la force publique est
à leurs ordres.

Dans les cas de contestations, entre les droits
et les droits, entre les citoyens et les citoyens,
celui qui se trouve investi en sa faveur d'un
jugement de la part de l'autorité supérieure,
se trouve investi par cela même de toute cette
autorité; il a à sa disposition contre son
contendant, toute la force publique.

L'autorité étant le bien de tous les citoyens,
ce ne sont pas seulement les individus qui ont
à l'invoquer, c'est quelquefois le corps entier
de la nation, ce sont quelquefois des fragmens
plus ou moins considérables, tels que des villes,
des cantons, des départemens. L'autorité qui
agit ordinairement dans un sens d'équité, peut
agir aussi dans un sens d'ordre.

Quand les hommes sont rassemblés, ils n'ont
pas besoin seulement d'équité dans leurs rela-

tions entre eux ; ils ont besoin aussi d'ordre. Cet ordre dans l'action des citoyens entre eux, doit être réglé par les mêmes principes qui règlent les rapports particuliers. De même qu'on ne met sur les propriétés d'impôt que ce qui est nécessaire pour le service public, on ne doit mettre de même de contributions sur les volontés, que ce qui est nécessaire à l'ordre public. Les règles d'ordre doivent être composées de manière à toucher la volonté, la propriété et les droits, en raison combinée de l'utilité pour tous, et des facultés de tous.

Outre les règles d'ordre général, il est encore certaines règles de sagesse et de précaution spéciale. Ces règles ont pour objet la salubrité, la sûreté, ou un grand avantage public. Ces règles peuvent être locales ou générales, permanentes ou passagères. Locales et permanentes, elles sont loi pour le lieu. Générales et passagères, ce sont de simples réglemens de police. Générales et permanentes, elles sont loi pour l'État.

Quoique l'autorité soit disposée de manière à être généralement réglée par l'équité, l'État n'en doit pas moins chercher à réparer autant qu'il est possible, ses écarts : il institue les moyens suivans.

Lorsque les excès d'autorité de l'homme envers lui-même, ou envers ses subordonnés, prennent leur source dans la perte, ou dans l'affaiblissement de la raison, ils se préviennent, ou se réparent par l'interdiction. Les excès du mari envers sa femme, se répriment ou se préviennent par la séparation. Les excès envers les enfans se répriment ou se réparent par l'émancipation. Les excès du maître envers ses corrélatifs, tels que les serviteurs, disciples, ouvriers, apprentis, par la dissolution de leurs rapports respectifs. Les excès ou les écarts d'autorité dans la puissance publique, se réparent dans les cas d'erreur, par l'appel; dans les cas plus graves, par la prise à partie, soit à la requête de la partie lésée, soit à la requête du ministère public.

CHAPITRE IX.

*De la nature des autorités civiles, et comment
elles se composent.*

Les autorités étant susceptibles d'excès ou d'é-
carts, elles doivent être composées le mieux
possible, à l'effet que ces excès ou ces écarts
soient peu fréquens.

La première et la plus absolue des autorités
étant celle de l'homme sur lui-même, on a peu
de chose à craindre d'une pareille autorité. Elle
a eu pour noviciat, et en quelque sorte, pour
apprentissage, l'enfance; la jeunesse. Elle a été
secondée par l'exemple des parens et par leurs
leçons, fortifiée par les mœurs publiques.

La seconde des autorités, celle de l'homme
sur sa femme a été créée par l'amour, acceptée
par la femme, c'est-à-dire, encore par l'amour.
Elle a eu pour apprentissage le servage d'amour
qui a dû précéder la qualité de mari.

Une troisième autorité, celle de père, est une

émanation de celle de l'homme sur lui-même. Elle offre les mêmes principes et les mêmes garanties.

L'autorité de chef de maison est à l'égard de ceux qui l'habitent, excepté les enfans, toute de choix et de convention, et il en est de même du maître envers ses disciples, les compagnons, les apprentis.

Nous voici à l'autorité du magistrat. Il importe de bien connaître sa nature et ses principes.

On a vu comment se compose l'autorité naturelle dans tous ses degrés de l'homme sur lui-même, du mari sur sa femme, du père sur ses enfans, du chef de la maison sur tout ce qui l'habite, du maître sur ses divers corrélatifs. Dans ces degrés, on a vu quel est l'apprentissage, et en quelque sorte, le noviciat auquel sont soumises ces autorités; quels sont envers ceux qui la subissent, ses gages et ses garans. L'autorité du magistrat, cette nouvelle autorité qui s'élève au-dessus des premières autorités, et qui, par cela même, compose les premiers cadres de cet ordre supérieur qu'on appelle l'ordre civil, n'a pas, quoique plus importante et plus compliquée dans ses moyens, d'autre manière de s'établir et de se former.

Il y a une opinion généralement accréditée, que tout l'ordre civil est une émanation de l'ordre politique. On dit généralement : le roi fait les magistrats ; le roi fait les juges. Ça n'est pas vrai.

Le roi n'a pas plus la puissance de faire un magistrat qu'il n'a la puissance de faire un médecin, ou un architecte. Le roi n'a pas la puissance de faire un cordonnier : comment aurait-il la puissance de faire un magistrat ? Certes le roi peut bien, de sa suprême puissance, déclarer par des brevets particuliers, que le premier homme qui passe dans la rue aura le privilége de faire des souliers, tel autre de prononcer des jugemens ; Dieu sait ce qui en arrivera.

Ici je touche à une des limites de l'ordre politique. Je me trouve à cet égard, dans la même position où j'étais dans le livre précédent, quand je touchais les limites de l'ordre civil. Je tâcherai d'établir à cet égard des principes clairs.

Ce n'est pas la loi qui fait les mariages, c'est la loi qui les déclare. Ce n'est pas la loi qui fait les décès, c'est la loi qui les constate. Il en est de même dans tous les points où l'ordre naturel domestique a des rapports avec l'ordre civil.

Dans l'un et dans l'autre, il y a deux choses qu'il ne faut pas confondre.

J'ai dit au sujet de l'ordre naturel domestique ; c'est la loi qui constate les mariages, ce n'est pas la loi qui les fait. Je dirai de même, au sujet des rapports de l'ordre civil avec l'ordre politique ; c'est le roi qui déclare les magistrats, ce n'est pas le roi qui les fait. Ce partage entre l'influence de l'ordre politique qui a à constater les autorités civiles et l'influence de la nature des choses qui les composent, c'est ce qu'il faut déterminer. Commençons par examiner les besoins, nous trouverons bientôt les devoirs.

L'homme qui n'a ni femme, ni enfans, ni domicile, ni serviteurs, ni biens, a néanmoins sa liberté, et pour cette liberté il a droit à la protection publique.

Celui qui n'ayant ni domicile, ni serviteurs, ni biens, a outre sa liberté une femme et des enfans, a de nouveaux droits à cette protection dans tous ses rapports de père et d'époux.

Celui qui ayant les avantages des deux articles précédens, a de plus un domicile, avec caractère de maison, c'est-à-dire une existence indépendante, a un nouveau droit à la protection publique dans tous ses rapports de chef de maison et de propriétaire.

Ce n'est que dans cette dernière classe que peuvent se trouver les élémens de l'autorité civile. Comment en ressortira-t-elle?

Quand des enfans ont des contestations entre eux, ils ne s'assemblent pas même pour se créer des juges, ils n'attendent pas que leurs préposés les constituent tels. Ils s'adressent naturellement à ceux qui sont plus âgés, ou qui sont réputés les plus sages. Quand des contestations surviennent entre des ignorans sur des faits particuliers, ils ont recours de même aux hommes qui sont réputés plus savans. La sagesse, la science, l'expérience sont dans l'ordre naturel les premiers élémens de l'autorité.

Ces règles qui ne semblent ici que de théorie, étaient établies en pratique sous notre ancien régime.

Dans une justice seigneuriale, si le bailli était absent, un ancien curial, c'est-à-dire un simple praticien ayant l'habitude de suivre les affaires dans la cour du seigneur, prenait très-bien la place du juge; et les ordonnances ou sentences qu'il rendait, avaient la même force que celles du bailli.

Dans les tribunaux civils, au défaut du nombre suffisant, un ancien gradué pouvait monter de même au rang des juges, et en faire les

fonctions. Même seul, dans certaines circonstances, cet ancien gradué pouvait exercer quelque chose des fonctions de magistrature.

Les monumens des temps plus anciens s'accordent avec cette pratique. Aujourd'hui même,
si par une supposition qu'on voudra bien me
permettre, l'action de la puissance souveraine
se relâchait au point qu'il n'y eût aucune institution formelle de tribunal et de juge, les
maisons particulières ne manqueraient pas de
se coordonner à je ne sais quelle maison supérieure à laquelle elles supposeraient plus de
lumière, d'instruction, d'expérience, de sagesse.
On s'adresserait d'abord à elle comme autorité.
Quand elle aurait prononcé comme autorité,
on s'adresserait encore à elle comme puissance,
pour faire exécuter ses jugemens.

CHAPITRE X.

Des règles à suivre pour la préparation et pour la meilleure composition des autorités.

La richesse n'est généralement considérée aujourd'hui, que comme un moyen de plus grandes jouissances physiques. C'est là son moindre comme son plus misérable objet. La pensée étant dans la vie de l'homme, tout ce qu'elle a de plus noble, la bienfaisance, tout ce qu'il y a de plus généreux, le loisir qui permet à son esprit plus de pensée, l'indépendance de la vie physique qui lui laisse plus d'aptitude à s'occuper de la vie des autres, constitue ce qu'il y a de plus honorable dans la condition humaine.

On voit par là que l'indépendance ne doit pas être seulement facultative. Elle doit être de fait et de choix. Celui qui étant devenu riche, continue à augmenter ses richesses, est dans la même situation que le pauvre dont tout le temps est occupé à en acquérir. Celui qui sue pour avoir de l'argent, est de la même condition que celui qui sue pour avoir du pain. L'un et l'autre ont leur vie également noyée dans de petits moyens d'industrie, de lucre et de cupidité. L'un en effet n'a pas plus de loisir que l'autre, pour ennoblir et agrandir son âme par la méditation et la pensée. Tout entier à de petits intérêts individuels, l'un n'a pas plus de volonté et d'inclination que l'autre, à s'occuper du bien et du service publics.

La première règle pour les autorités civiles, est qu'elles soient prises dans cette classe d'hommes où l'indépendance de faculté est accompagnée de l'indépendance de choix; c'est-à-dire dans une classe d'hommes séparée par ses inclinations, par sa volonté, par ses mœurs, des professions mécaniques ou mercantiles, et toute vouée par là même aux habitudes généreuses et libérales.

A cette première condition qui devra être indispensable, doivent se joindre comme conditions également indispensables, l'instruction, l'expérience et la sagesse.

Un mode d'instruction qui constate que l'homme qui se destine à un service public, a pour ce service aptitude et capacité; un mode d'apprentissage qui constate que cet homme a acquis l'expérience nécessaire, c'est-à-dire qu'il connaît non seulement les règles, mais qu'il peut convenablement les appliquer ; un mode de noviciat qui constate que les leçons de générosité qu'il a reçues de sa naissance, c'est-à-dire des bons sentimens de sa famille, sont dans son cœur et dans sa conduite : tels me paraissent les élémens indispensables de capacité pour les places de l'ordre civil.

Un souverain qui, sans égards à ces conditions, donnerait des lettres de magistrat, constituerait non un véritable magistrat, mais un intrus ; il opérerait dans l'ordre social le même désordre que s'il donnait un privilége de médecin à celui qui ne saurait pas la médecine : avec cette différence que, dans le cadre social tel qu'il est formé, on peut, à toute force, éviter le médecin ; on ne peut éviter le magistrat.

———

CHAPITRE XI.

De la noblesse considérée comme partie de l'ordre civil.

J'ABORDE ici un sujet que dans tous les temps les prétentions, d'une part, et la jalousie, de l'autre, se sont efforcées de défigurer. Les ravages de la révolution ayant encore irrité sur ce point les deux partis, au milieu de tant de passions, parviendrai-je à me faire une route? Je vais le tenter. Je rappellerai d'abord les principes.

Une éducation particulière composée pour l'instruction de l'esprit humain, première garantie que le candidat au service public a pour ce service les lumières nécessaires; un noviciat particulier, qui assure que, par un exercice de ces connaissances, le candidat a acquis cette sorte d'aptitude qui est nécessaire pour l'application pratique de ces connaissances; une masse suffisante de propriété, qui assure dans le candidat cette sorte d'indépendance qui met à l'abri du besoin, autre garantie nécessaire contre les tentations trop vives de la cupidité; une volonté annoncée et déterminée de rester soi et sa famille dans cette condition libre et indépendante; enfin, un temps suffisant d'épreuves, qui assure la sagesse de la conduite personnelle, autre garantie nécessaire que les lumières et l'expérience acquises seront appliquées d'une manière convenable : telle est la somme de conditions indispensables pour toutes les fonctions publiques de l'ordre civil.

Cette somme de conditions nous donne aussitôt l'idée d'un ordre particulier de citoyens *spécialement voués* à la chose publique, parce que, comme il y a de grands devoirs attachés à ces fonctions, il y a aussi de grands sacrifices qui les accompagnent. Je vais traiter d'abord de ces sacrifices; je traiterai ensuite des avantages qui en sont la compensation.

Qu'il me soit permis de me transporter un moment dans les premiers temps des sociétés. Dans ces temps où la syntaxe de l'ordre social se formait, en quelque sorte, jour à jour, par le besoin, comme la syntaxe des langues, lorsque la chaumière ou la maison inférieure, en démêlé avec la chaumière voisine, venait por-

ter ses différends à la maison principale, comme
centre impartial et prépondérant de générosité,
de sagesse et de lumière, cette maison, qui
donnait ainsi son temps et toute son application
aux affaires de ses voisins, eut besoin souvent
de recevoir en compensation une autre sorte
de protection et de secours contre les dangers
dont elle était menacée.

Ces sortes de liens, entre l'opulence et la
misère, entre la puissance et la faiblesse, se
développant de plusieurs manières, ont produit,
selon qu'ils ont été plus ou moins noués, plus
ou moins resserrés, tantôt la servitude qui a
flétri jusqu'à ces derniers temps le monde
entier ; tantôt les relations du patronage et de
la clientèle établies originairement chez les
Romains, chez les Grecs, chez presque toutes
les nations occidentales ; tantôt les relations
demi-serviles du seigneur et du colon ; tantôt
les relations libres et nobles du seigneur et du
vassal ; tantôt de simples différences de rang,
de préséances et de prérogatives telles que celles
qui ont été établies dans divers pays entre un
ordre de citoyens spécialement voué aux professions de service public, et un autre ordre
entièrement adonné aux professions industrielles
et lucratives.

Pour ne parler que de cette dernière supposition, ne peut-on pas apercevoir alors une espèce de contrat tacite formé entre deux ordres de professions également libres ? Dans ce contrat, une des parties dit à l'autre : nôtre lot est de nous emparer de tous les points d'industrie, de commerce et d'entreprise ; nos travaux méritent l'intérêt de l'État, car nous sommes en quelque sorte ses entrailles. Nous sommes dans son sein les premiers et les grands moyens d'activité et de prospérité. L'autre dit : Nous consentons à vous laisser toutes les routes de la fortune, nous sommes décidés à n'en connaître d'autre que celle du service public. Ceux-ci se dévoueront principalement à la défense de l'État : ils donneront leur sang à la patrie ; ceux-là lui donneront dans l'administration de l'ordre public et de la justice le fruit de leur méditation et de leur sagesse. Ce partage une fois fait, en voici les conséquences : Une vie toute de lucre doit être récompensée par le lucre ; une vie toute d'honneur doit être récompensée par l'honneur.

J'ai été obligé ici, pour la clarté des idées, de marquer avec une sorte de précision les deux lignes. Je suis loin de penser pour cela que leur démarcation soit précise. Il n'est pas vrai que ce que j'ai marqué comme mercantile n'ait absolument aucune nuance d'honneur. Il n'est pas vrai que la ligne que j'ai marquée comme toute d'honneur n'ait aucune nuance de lucre. Mon intention a été de montrer seulement pour l'une et pour l'autre leurs principaux traits.

Il est encore moins vrai que ces deux lignes que j'ai montrées comme tranchées présentent une distinction absolue. Elles doivent non seulement se toucher, mais encore se confondre en beaucoup de points. L'homme des professions lucratives, qui engage dans la profession militaire sa vie, ses talens, son courage, doit trouver pour son zèle les mêmes issues, et pour ses succès les mêmes récompenses que l'homme des conditions élevées. Celui qui emporte d'assaut les places fortes, a emporté par là même d'assaut la condition noble. Il doit en avoir tous les honneurs et tous les avantages. Celui qui se vouant, quoique dans un objet de lucre, aux professions libérales, y excelle d'une manière particulière, y porte lumière, sagesse, désintéressement, peut, avec le temps d'épreuve nécessaire, parvenir de même aux avantages de la condition noble.

D'après ces principes, un État sera mal composé si, avec les précautions nécessaires pour accorder la facilité avec l'importance, la difficulté avec l'encouragement, toute issue d'honneur n'est pas ouverte au mérite transcendant dans quelque condition qu'il se trouve. L'esprit de famille peut vouloir, à cet égard, qu'on ne laisse pas assez à l'ambition individuelle. Celle-ci peut vouloir tout ôter à l'esprit de famille. L'art est de ne point trop faire pour les individus contre les familles, ce qui rendrait tout viager, dissoudrait tous les liens, donnerait aux ambitions un mouvement violent et désordonné, anéantirait les mœurs, amènerait la corruption générale. D'un autre côté, il faut prendre garde de trop faire à l'avantage de la famille contre les individus, ce qui amènerait le relâchement, priverait l'État du principe nécessaire d'émulation, donnerait aux rangs une démarcation trop marquée, rendrait chez une nation pleine de délicatesse et de susceptibilité une partie du corps social jalouse et ennemie de l'autre partie.

Ces principes me paraissent certains. Il ne reste plus qu'à rechercher leur meilleur mode d'application.

CHAPITRE XII.

Du mouvement qui a détruit la noblesse en France et qui l'a rétablie.

Ce n'est pas ici le lieu de rechercher l'action que la noblesse a pu avoir sur le caractère national ; comment cette action a élevé la France au-dessus de toutes les autres nations du monde ; comment ce caractère, une fois imprimé par la noblesse, a passé peu-à-peu de ses rangs dans les rangs voisins, a suivi progressivement tous les degrés de l'hiérarchie sociale, et a fini par l'embrasser en totalité. Si j'avais à entrer pleinement dans cette question, ce que j'aurais de préférence à montrer, c'est comment une partie de ce beau caractère a pu insensiblement s'effacer et perdre quelques-uns de ses traits ; ce que j'aurais à montrer, c'est comment par un mouvement nouveau des lettres, des arts, du commerce, il y a eu une rivalité qui s'est prononcée d'abord, et qui ensuite s'est établie entre l'argent et le territoire, l'esprit et le courage, les

petits talens et les plus honorables sentimens ;
ce que j'aurais à montrer, c'est comment ceux
qui font des vers et ensuite ceux qui les débitent sur les tréteaux ; comment ceux qui font
des bas et ceux qui les débitent ensuite dans les
magasins ; comment ceux qui apprennent la
jurisprudence et qui la débitent ensuite dans
leurs cabinets ; en un mot, tout ce qui peut
s'acquérir au moment et individuellement, s'est
mis en guerre contre tout ce qui se transmet
par le canal des mœurs et des âges, c'est-à-dire
par la famille ; ce que j'aurais à montrer, c'est
comment une nation se concentrant toute en—
tière dans de petites passions, plaçant toute son
existence dans son existence du moment, a été
entraînée à se diffamer elle-même en diffamant
sa vie passée ; ce que j'aurais à montrer, c'est
comment se rendant absurde en proportion de
ce qu'elle se rendait stupide, une classe d'hommes a pu imaginer que la servitude, cette ancienne calamité de l'espèce humaine, était une
chose particulière à son sol., qui lui avait été
apportée par une race particulière d'individus
appelés nobles ; ce que j'aurais à montrer, c'est
comment brisant sa mémoire de la même ma—
nière que sa raison, ne laissant pas plus de suite
dans ses jugemens que dans ses souvenirs, elle

a imposé à toute notre jeunesse l'admiration des Grecs et des Romains qu'elle savait très-bien avoir eu des esclaves, tandis que, d'un autre côté, elle déchaînait toutes ses fureurs contre la France ancienne, parce que cette France avait eu des vassaux; ce que j'aurais à montrer, c'est le long accord du trône et des rangs inférieurs de la société, c'est la position d'un corps de noblesse vouée par sa nature à toutes les affections généreuses, frappée d'en haut par la haine de toute liberté, frappée d'en bas par la haine de toute supériorité; et subissant pendant des siècles l'action d'un plan de despotisme, qu'on peut réduire aux termes suivans : « jetons l'égalité à la tête de ceux qui veulent la liberté, et que la vanité de ceux-ci nous « venge de la fierté de ceux-là. »

Ce plan une fois prononcé, il ne fallait plus qu'un moment favorable pour développer par la férocité des dernières classes, le mouvement le plus violent et le plus extraordinaire qui ait éclaté dans le monde, et qu'on peut comparer dans l'ordre moral et social aux grandes convulsions qui ont bouleversé la terre.

L'histoire parle d'une espèce particulière d'hommes habitant dans les forêts du Nord, vers les bouches du Danube, ou sur les mon-

tagnes de la Scythie. La destination spéciale de
ces hommes fut long-temps de se jeter sur les
nations à leur décadence, et d'en faire leur proie.
Ces hommes n'ont plus aujourd'hui à nous arriver de si loin. Une masse immense de population indigente, vivant comme les Sauvages,
sans assurance pour la subsistance d'aujourd'hui,
sans souci pour la subsistance du lendemain;
une masse de population qui, au moment de la
dissolution d'une société, n'étant plus retenue
par les liens des mœurs, par les liens religieux, par les liens des diverses espèces de
clientèle, de corporation et de subordination,
a sans cesse les yeux sur nos possessions
qu'elle convoite, en même temps que des
classes plus relevées ont les yeux sur des rangs
qui les désolent; ces hommes n'ont plus à nous
arriver des contrées lointaines; ils sont dans
nos maisons et à nos portes, tout prêts aux
premiers cris de l'égalité et de la souveraineté
du peuple, à se jeter sur les sociétés, et à les
remplir de désolation et de ruine.

Telle a été la révolution française : son
histoire peut offrir les trois phases différentes :
1.° de la férocité franche; 2.° de la férocité
tempérée de faiblesse et d'hypocrisie; 3.° du

retour de la générosité et de l'honneur. Ces trois nuances peuvent s'offrir dans un seul exemple.

Sous Robespierre, les naufragés de Calais seront massacrés au moment même. Sous ses successeurs, ils seront tenus avec timidité au bord de l'échafaud. Dès que les soldats surviennent, la France respire. Ils chassent devant eux les satellites de Carrier et ceux de Rewbell. Des hommes d'une profession servile ont ensanglanté la France ; des hommes d'une profession mercenaire l'ont avilie ; des hommes d'une profession noble la relèvent.

La noblesse se refait ainsi d'elle-même par l'habitude des armes. Le premier instinct de cette noblesse nouvelle est de s'emparer de la noblesse ancienne. Des ambassadeurs de la république eussent trouvé mauvais qu'on leur eût contesté l'éclat de la monarchie qu'ils avaient abattue, de la noblesse qu'ils avaient détruite, des institutions qu'ils avaient anéanties. Les Rohan, les Montmorency, les La Trémouille, pouvaient entendre redemander la gloire de leur nom, par les mêmes hommes qui se partageaient leurs possessions.

Tandis qu'un mouvement violent pris dans

l'énergie d'une certaine passion porte une nation toute entière à la destruction de ses anciens
rangs, c'est ainsi qu'un autre mouvement moins
violent, en apparence, mais beaucoup plus fort
en réalité, en ce qu'il ressort de la nature même
des choses, la ramène, bon gré mal gré, à refaire
ces mêmes rangs qu'elle a détruits.

CHAPITRE XIII.

Des circonstances particulières qui portent la France au rétablissement de la noblesse.

J'AI parlé ailleurs plus en détail des grands effets de ce mouvement qui, en portant tout l'honneur français aux armées, l'a répandu ensuite sur les mœurs et sur les institutions nouvelles. Il est nécessaire actuellement d'entrer de plus près dans les causes qui, en dépit de toutes les jalousies et de toutes les passions, ont ramené une institution qu'elles repoussent.

Voici une règle que je puis énoncer d'une manière précise : si vous trouvez une nation qui montre un grand désir de l'égalité, si ce désir vous paraît avoir une teinte de passion, si, dans les mouvemens de cette passion, vous apercevez quelque chose qui aille jusqu'à la fureur, vous pouvez être sûr qu'une telle nation est précisément faite pour une institution de noblesse : car comme la haine qu'on porte à cette institution ne provient que de l'importance extrême qu'on y attache, le Gouvernement qui aperçoit cette disposition, s'empresse

d'en profiter ; il y voit une mine féconde d'é-
mulation et d'activité.

Sous une enveloppe apparente de haine et
d'envie, c'est ainsi que Bonaparte a aperçu
dans la nation française la nécessité d'établir sa
noblesse et sa légion d'honneur.

On a jugé diversement cette mesure.

Nul doute que la révolution ne doive occuper une grande place dans notre existence sociale. Nul doute tant pour l'équité en quelques
points, que pour l'ordre en tous, que la plupart
de ses résultats ne doivent être conservés et
consacrés ; nul doute aussi que les temps antérieurs à la révolution ne doivent être comptés
dans notre existence comme peuple, et que,
parmi les résultats de ces temps antérieurs,
ceux qui ont échappé à la révolution, ceux
même qui ayant été saisis par elle, peuvent
lui être arrachés, sans troubler essentiellement
l'ordre, ne doivent être rétablis.

Partant de deux principes également passion-
nés, également extrêmes, deux esprits ont
cherché à tout confondre. D'un côté, certains
politiques voudraient créer un corps de noblesse,
sans aucun rapport aux temps antérieurs : il
semblerait, suivant eux, que la France n'eût
d'existence que depuis la révolution ; d'un au-

tre côté, certains politiques s'efforcent de regarder la révolution comme un trouble sans
conséquence : tout ce qui s'est passé depuis
1789, n'a aucune existence pour eux; ils pla-
cent toute la France d'aujourd'hui dans la
France ancienne.

La Charte constitutionnelle a voulu accorder
cette double opposition : elle n'a fait que l'aggraver. Elle a cru très-habile de ne stipuler
aucuns droits; elle a laissé par là une issue à
toutes les prétentions. Elle a rapproché la noblesse ancienne de la noblesse nouvelle, comme
dans un duel on rapproche deux ennemis prêts
à se combattre.

Avant tout, il fallait comprendre les trois
grands objets d'une institution de noblesse. Le
premier est la récompense des services rendus
à l'État; le second, qui me paraît non moins important, est une espèce d'ostracisme exercée
par les classes lucratives, au moyen duquel celui
qui en est sorti une fois pour recueillir d'autres
avantages, ne doit plus y rentrer; le troisième
est d'offrir un séminaire particulier pour toutes
les places de l'ordre civil.

Le premier de ces deux objets me paraît généralement entendu; les deux autres ne le sont
pas du tout. La prétention des classes vouées

aux professions lucratives, serait de cumuler la capacité aux places de service public, avec l'exercice de ces professions. Dans nos anciens temps, lorsque les communes d'abord et ensuite les campagnes s'affranchirent, leur objet fut de cumuler ce qu'on appelait alors la franchise, c'est-à-dire la liberté pleine, avec l'exercice des professions, qui, jusqu'alors, avaient été réputées serviles. Les anciens Francs continuant à se caser dans les professions nobles, il en résulta, comme je l'ai montré ailleurs, un changement de dénomination. On appela nobles ceux qui s'étaient voués aux professions nobles.

Aujourd'hui les mêmes classes inférieures veulent revenir sur cet ancien partage. Elles veulent ajouter l'honneur à leur lot de liberté pleine. Elles voudraient, s'il était possible, cumuler la capacité aux professions les plus éminentes avec l'exercice des professions les plus subalternes. Elles sont disposées à regarder comme une injustice envers un homme voué aux professions mécaniques, l'inadmissibilité immédiate de celui-ci aux premières places de l'État, et comme une arrogance de la part d'un fils de maréchal de France, son éloignement absolu pour toute espèce de profession mécanique. Une telle constitution de choses pourra être éternellement réclamée; elle sera éternellement repoussée.

On sait comment, même dans ces derniers temps, les charges de magistrature, ainsi que les autres places anoblissantes, formaient une sorte de noviciat. Abandonné à la seule approche des grandes fonctions publiques : (ces avant-postes de la noblesse,) l'esprit de pécule et de trafic devait s'enfouir en quelque sorte et s'effacer.

Si je m'en rapporte au mouvement que j'aperçois généralement, je puis croire qu'on désire changer cet ordre de choses. Je cherche comment on pourra y parvenir. Ne veut-on que de la richesse, on est sûr ainsi de l'obtenir.

S'il eût été établi dans les temps anciens, que les hommes de la classe élevée, au lieu d'être voués aux sentimens de leur profession, eussent abaissé vers les entreprises de la fortune les facultés de leur âme, je ne puis douter qu'à l'exemple d'une nation voisine, la France n'eût accumulé dans son sein les richesses du monde. Nul doute qu'elle ne se trouvât bouffie aujourd'hui de la plus grande opulence qui ait existé sur la terre. Estime qui voudra un tel peuple : ce ne sera plus au moins la nation française.

J'admire cette classe de politiques qui nous vantent comme un grand avantage l'amalgame de l'énergie des combats et de l'activité commerciale. Les insensés! ils ne voient pas que c'est précisément l'énergie réunie à la cupidité qui produit dans une nation la violence et le crime; ils ne voient pas que le courage lui-même, s'il n'est dirigé par l'honneur, tempéré par la générosité, est un principe de brigandage et de férocité.

CHAPITRE IV.

Application de ces principes à la France actuelle.

Anciennement la noblesse jouissait de grandes prérogatives : elle était tenue aussi à de grands devoirs. Ce n'étaient pas seulement les arts mécaniques, et les professions lucratives qui lui étaient interdites ; les arts libéraux n'étaient pas même assez nobles pour elle, lorsqu'ils avaient dans leur exercice une teinte mercenaire. Un gentilhomme n'était ni peintre, ni médecin, ni avocat, ni architecte. Il n'était ni négociant, ni banquier, ni entrepreneur de manufactures. Fermage de terres, emploi de bureau, de négoce ou de finance : tout cela lui était interdit. On devait trouver un gentilhomme sur la route de l'honneur et non sur celle de la fortune.

L'effet de cette espèce d'ostracisme décerné en quelques points positivement par les lois, en quelques autres par les mœurs, était tout à l'a—

vantage des classes inférieures. On comptait des fortunes considérables dans la banque, dans le commerce, dans la loi. Un simple praticien de village pouvait avec un peu de talent, acquérir dans dix ans une fortune considérable. Des professions plus relevées, telles que celles d'architecte, d'avocat, de médecin, offraient dans leur genre les mêmes moyens de fortune. Ce mouvement, s'il n'eût point été arrêté, eût bientôt chargé la France d'une opulence désordonnée. Heureusement l'esprit national était de donner au désintéressement et à toutes les affections nobles la considération qu'on donne ailleurs aux richesses. Le fils d'un riche avocat projetait, dès sa première jeunesse, de renoncer à la vie lucrative de son père, pour acquérir une magistrature. Le fils d'un riche banquier s'empressait de même à arrêter le mouvement lucratif de ses capitaux, pour les porter à des charges nobles ou à de grandes terres. C'était presque avec dégoût qu'un Français s'abandonnait aux habitudes nécessaires pour acquérir des richesses : les richesses une fois acquises, tout le monde ambitionnait de se séparer de leur source.

On n'entrait pas pour cela immédiatement dans l'ordre de la noblesse. De grands services

rendus à l'armée, dans des missions particulières, dans les diverses parties de l'administration, pouvaient dans certains cas appeler
directement à la noblesse, soit par des lettres
du prince, soit par la possession immédiate
de charges nobles. A l'exception de ces cas
particuliers, la marche générale était plus compliquée et plus lente.

C'est par ces règles sévères, par ce rigoureux noviciat, par cette longue dépuration des
habitudes qui accompagnent les professions
lucratives, que se façonnait en France l'homme
destiné à la profession libérale.

Une fois entré dans cette classe, il n'y avait
plus moyen de revenir à la fortune. Ce n'est
pas que rigoureusement il n'y eût des places
d'administration et de finance compatibles avec
cette ambition; mais si on songe à l'espèce d'é-
ducation consacrée pour y parvenir, on verra
comment elles étaient inabordables.

On en peut dire autant du commerce. Le
commerce en gros pouvait être censé ne pas
déroger au texte précis de la loi. Il n'en était
pas de même dans l'opinion; et puis comme il
n'est pas de moyen raisonnable de se former
au commerce en gros, excepté par l'habitude
du commerce en détail, on sent bien que par

cela seul toutes les fortunes du commerce étaient interdites à la noblesse.

Il en était ainsi des manufactures et autres entreprises spéculatives. Un gentilhomme se serait-il annoncé pour entreprendre des édifices publics, des confections de ponts ou de grandes routes; un gentilhomme se serait-il présenté à l'armée comme commissaire ou fournisseur des vivres?

J'ai montré ailleurs les effets de cette situation, j'ai montré comment la noblesse était tombée ainsi du côté des richesses, dans un état d'abaissement. Au milieu de cet abaissement, l'obstination de son attitude fière semblait provoquer, non les hommages et le respect, mais seulement cette sorte d'irritation avec laquelle on repousse la présomption et l'arrogance.

La révolution étant survenue, comme celle-ci a ajouté à cet état d'abaissement, ses spoliations et ses proscriptions, on peut juger de l'ensemble de ces résultats; on peut juger aussi des dispositions de la noblesse envers la révolution et ses conquêtes; on peut juger ce qu'elle est portée à penser d'un régime de constitution et d'idées libérales, qui semblent n'avoir d'autre objet que de consacrer le triomphe de ses spoliateurs et le rendre durable; on peut juger quels doivent être les sentimens de patriotisme envers une patrie qui, depuis long-temps, ne se montre que vexatoire et oppressive; on doit juger aussi le parti que quelques brouillons auront pu tirer de ces sentimens pour faire exagérer ses prétentions et ses plaintes; on doit juger enfin du ton peu ménagé et quelquefois d'insulte, qui souvent lui sera échappé.

Dans cette position, je conviens que sa conduite, à beaucoup d'égards, a pu paraître injuste; mais il n'est peut-être pas impossible qu'un homme sage se trouve encore dans ses rangs; je suppose que cet homme se présente à la France assemblée, et lui dise:

« Pour servir uniquement l'État, nous avons
« abandonné toutes les routes de la fortune. Nos
« pères et nos grands-pères en ont fait autant.
« Nous avons privé ainsi nos enfans de l'héritage
« de richesse que nous pouvions leur laisser.
« Nous avons suivi en cela les devoirs de notre
« profession et les ordres de la patrie. Mais en
« nous ôtant les moyens de richesses, la patrie
« nous avait assuré, en compensation, un autre
« héritage. Cet héritage, cette dernière posses-
« sion, la révolution et une certaine philoso-
« phie, s'efforcent de nous l'enlever. Elles n'y
« parviendront pas. Quelques-uns de nous di-

« sent mal ; tous auront au moins une conduite
« uniforme. Les temps auront beau changer,
« notre attitude ne changera pas. Nos principes
« sacrés, nos mœurs inviolables, protesteront
« à jamais contre cette infraction à tout droit et
« à toute équité. »

Ou je me trompe beaucoup, ou ce langage
est droit. Voyons actuellement le langage du
parti opposé.

« Vous réclamez je ne sais quel honneur de
« famille. Dans un État, il n'est point de fa-
« mille ; il n'y a que des individus. Toute gloire
« doit être viagère ; ou du moins nous le disons
« ainsi pour les âges passés, car nous nous pro-
« posons bien de faire tout ce qu'il faudra pour
« que la gloire que nous avons acquise dans la
« révolution passe à nos enfans. Par l'effet d'un
« premier mouvement des temps passés, vous
« étiez déjà tombés dans la médiocrité ; par
« l'effet de celui de la révolution, vous êtes
« tombés dans la misère. Restez-y, ou bien
« faites comme nous. Ici, il y a un artiste qui
« a su se mettre en vogue, et qui a acquis de cette
« manière une fortune immense. Là, c'est un en-
« trepreneur de spectacles ; un autre a trouvé
« une nouvelle manière de faire ou de peindre
« les toiles. Imitez ces exemples, ou bien, si vous

« désirez une autre carrière, vous pouvez choi-
« sir : avec la plus petite fortune et un peu d'in-
« dustrie, celui-ci s'est d'abord fait clerc de
« procureur ; ensuite il est devenu procureur
« lui-même. Il a acquis ainsi une grande fortune.
« Celui-là s'est fait marchand de bois, un autre
« marchand d'épingles et de lacets. »

Pour achever ce langage de franchise, voici
ce qui peut être ajouté : « Aujourd'hui nous
« nous efforçons de vous mépriser à cause de
« la détresse de votre situation, et nous vous
« haïssons, en effet, à cause de l'obstination de
« vos prétentions : si vous suivez nos avis, nous
« vous mépriserons davantage ; mais il est vrai
« que nous ne vous haïrons plus. »

Il n'est personne qui ne connaisse les torts de
la classe que je viens de mentionner. On se sera
aperçu dans le cours de cet ouvrage que je n'ai
point envie de les dissimuler ; mais ce que je
ne dois pas dissimuler non plus, ce sont les
torts du parti opposé.

D'un côté, comme celui-ci est décidément
le plus nombreux, le plus influent, le plus puissant, le plus fort ; d'un autre côté, comme je
suis certain qu'avec le temps, et par la seule
nature des choses, l'ancienne caste ne man-
quera pas de reprendre ou de conserver son

ascendant, si le parti populaire veut s'en dé—
fendre avec succès, il doit choisir un des deux
partis suivans : ou renouveler contre la noblesse
les proscriptions de la Saint-Barthélemy, sous
Charles IX ; ou ordonner la déportation qui fut
ordonnée par Louis XIV, lors de la révocation
de l'édit de Nantes.

Même avec ces mesures, je doute encore
qu'il parvienne à ses fins. Fauchée de quelle que
manière que ce soit, on peut être sûr que la
noblesse renaîtra en France d'elle-même. Elle
renaîtra de tous les sentimens de générosité qui
lui survivront, et que son sang même ou les
persécutions n'auront fait qu'exciter et féconder.

Il me paraît beaucoup plus sûr et beaucoup
plus sage de revenir, envers cette classe, à des
principes d'équité.

Sous plusieurs rapports, les intérêts de la
France se trouvent dans ce parti. C'est d'abord
un intérêt de conservation pour tous les avantages d'éclat produits de la révolution. Même
dans les parties brillantes, les teintes de cette
nouvelle noblesse sont trop mélangées, pour
qu'elle ne profite pas extrêmement de son amalgame avec des teintes qui ne le sont pas. Le
lustre des temps passés profitera ainsi au lustre
du temps présent ; et à son tour, ce qu'il y a de

force dans le lustre du temps présent, profitera beaucoup au lustre un peu affaibli des temps passés.

A cet intérêt de justice, il faut ajouter pour toute la France un intérêt d'ordre. Il importe de ne pas tout payer avec de l'argent, parce que les finances d'un pays n'y suffiraient pas, et qu'il est dans une nation délicate une multitude de choses qui ne peuvent absolument se payer.

Si vous n'avez que de l'argent, comment aurez-vous des juges, comment parviendrez-vous à compenser leur dévouement au service public avec le lucre qui se trouve attaché aux professions subalternes des offices inférieurs? Dans l'ordre de choses adopté aujourd'hui, quel est l'avocat, homme de talent, qui voudrait être juge?

Payer avec de l'honneur purement personnel! cela me paraît impossible. Jamais vous n'obtiendrez que le fils, qui succède aux traits de son père, à sa vie, à sa fortune, reste étranger à la considération qu'il a acquise; et si vous l'obteniez, vous ne seriez pas plus avancé. Quel est l'homme sensé qui voudrait détourner son fils des professions où s'acquièrent les richesses transmissibles et héréditaires, pour le porter de

préférence dans une profession où les avantages seraient purement viagers ?

A l'égard des magistrats, vous ne pouvez
vous dispenser de compenser, par la différence
des honneurs, la différence des salaires ; il en
est de même pour l'armée. De même pour
toutes les parties de l'administration. Dans tous
les points de service public, vous ne pouvez
soutenir, que par la perspective d'un honneur
héréditaire, une honnêteté continuellement aux
prises avec les tentations de la cupidité.

Avec vos petites vanités, vous ne voulez pas
de noblesse héréditaire. Quoi que vous fassiez,
vous y serez ramenés.

CONCLUSION ET RÉSUMÉ.

D'un côté, propriété, sûreté; d'un autre côté, comme époux, comme père, comme chef de maison et de domaine, toute faculté de développer ses moyens et ses avantages : c'est ce qui compose la liberté naturelle, et ce premier ordre de la civilisation qu'on pourrait appeler l'ordre domestique.

Actuellement que faire de cette multitude de petites sphères, rapprochées les unes des autres, et ayant entre elles des relations habituelles, comment les empêcher dans leurs mouvemens, dans leurs actions et dans leurs prétentions diverses, de se heurter à chaque instant, de se froisser et bientôt de se combattre, comment les porter, au contraire, à se concerter, à se protéger, à s'entr'aider!

La faculté de développer pour son plus grand avantage dans l'ordre social, tel qu'il est établi, tous ses moyens de force, d'industrie et d'intelligence, une source commune de protection et de puissance, où chacun puisse recourir au besoin pour le maintien de ses facultés et de ses droits, c'est ainsi que se compose la liberté civile et l'ordre civil. De même que les premières autorités de l'ordre domestique se composent par la nature des choses, et sont seulement constatées et déclarées par la loi, de même les autorités civiles doivent se composer par la nature des choses, avec des réglemens, non pour contrarier cette marche naturelle, mais seulement pour la favoriser.

Ici nous nous rapprochons de l'ordre politique. Comme il faut un ordre supérieur pour gouverner et discipliner entre elles les petites sphères de l'ordre domestique : ce qu'on appelle l'ordre civil, il faut de même un ordre supérieur pour gouverner et discipliner entre elles les sphères de l'ordre civil. Ce nouvel ordre supérieur est ce qu'on appelle l'ordre politique.

Dans un état de choses ordinaire, ce serait assez de ces principes généraux. Avec ses dévastations et ses désordres, la révolution est venue compliquer cette situation.

Dans les grands bouleversemens des États, les peuples n'avaient songé jusqu'ici qu'à une seule espèce de destruction. Dans quelques pays on s'est déclaré pour l'abolition des dettes ; cette abolition avait été en quelque sorte régularisée dans le code des Hébreux. Ailleurs la jalousie populaire a attaqué particulièrement les grandes propriétés. A Rome, il fut défendu à un citoyen de posséder au-delà de cinq cents arpens de terre. Les peuples vaincus étaient punis par la perte d'une partie de leurs propriétés. Dans d'autres circonstances, on a réclamé hautement la loi agraire. Nous sommes venus à un ordre de civilisation, où les richesses sont le moindre objet de l'envie.

Quoique la révolution ait attaqué aussi par la confiscation et les proscriptions, une partie des grandes propriétés, l'égalité des propriétés n'a jamais été avouée dans ses plans. L'abolition des rangs : tel a été le grand objet de la révolution. Il a été le cri de la nation entière.

Après les extravagances les plus extrêmes, lorsqu'un peu de raison a pu reluire, on a commencé à se méfier de la possibilité de cette abolition totale ; en souffrant des distinctions, on a voulu au moins les concentrer dans les individus seuls. On a admis une sorte de noblesse individuelle et viagère. Bientôt cette séparation de la vie d'un père et de celle de son fils, a paru impossible. On a créé une noblesse transmissible. On a voulu que sa transmission se fît à partir de la révolution, comme si la France n'avait eu d'existence que depuis la révolution. A la fin, on a compris qu'un peuple ne peut pas être séparé ainsi de sa vie passée. On a associé la noblesse ancienne et la noblesse nouvelle.

Arrivé à ce point, on sera très-heureux, si on sait comprendre que la noblesse dans son principe n'est pas seulement un aliment à la vanité; qu'elle n'est un honneur qu'à condition d'être une charge; qu'elle est le salaire de tous les genres de services, qui, par leur nature, ne peuvent se solder en argent; qu'elle est nécessairement un salaire héréditaire, puisque tous les patrimoines sont héréditaires; que ce serait l'altérer et la déshonorer, que de la rendre viagère, lorsque dans les autres professions le salaire en richesses qui y est attaché, se trouve héréditaire. L'ordre administratif, l'ordre judiciaire, l'ordre militaire ne peuvent absolument se solder et conserver leur prééminence : bien plus leurs candidats ne peuvent offrir une sûre et convenable garantie, que par une institution de noblesse.

LIVRE TROISIÈME.

Principes pour la recomposition de l'ordre politique.

L'ORDRE civil que je viens d'analyser a pour objet un système de protection en faveur des droits naturels. C'est comme un réservoir de lumière, de sagesse et de puissance à la disposition de ces droits.

L'ordre politique a pour objet premier et spécial, le maintien des droits civils ; il a aussi pour objet l'ordre de mouvemens et de relations à observer avec les autres peuples.

Un système de protection pour se conserver au dedans, et pour se défendre au dehors: tel est l'objet de l'ordre politique.

CHAPITRE PREMIER.

Des diverses formes de l'ordre politique.

Les anciens, qui se sont beaucoup occupés du souverain bien, ont fait aussi des recherches sur le meilleur Gouvernement. Les uns ont préféré la démocratie ; les autres l'aristocratie ; les autres, le Gouvernement monarchique. Cicéron a vu le meilleur Gouvernement dans un mélange de ces trois Gouvernemens. Tacite a cité, sans l'adopter, cette opinion de Cicéron.

Les modernes, qui ont débattu cette question comme les anciens, ont imaginé de plus des systèmes représentatifs, des balancemens de forces. Montesquieu a le premier parlé de la séparation des pouvoirs. Cette idée qui me paraît fausse a été généralement admise. On regarde aujourd'hui la séparation des pouvoirs comme la première garantie de la liberté.

Il y a à cet égard, il me semble, deux méprises. La première consiste à appeler séparation ce qui n'est qu'une distinction. La tête est

distincte du corps : ce qui, sans doute est convenable à la vie. Une séparation totale cause
la mort.

La seconde méprise consiste à confondre les
fonctions avec les pouvoirs. Il ne faut sûrement pas que les magistrats soient commandés
pour aller à l'ennemi, il ne faut pas non plus
que les soldats s'immiscent à rendre la justice.

Considérés dans le sens des fonctions, les
pouvoirs peuvent être, ou réunis, dans la
même main, ou divisés entre plusieurs. Dans
tous les cas, c'est leur ensemble qui forme le
souverain. En Angleterre, où il y a véritablement séparation de pouvoirs, il n'y a véritablement de souverain que dans le parlement.

Les publicistes ont été partagés sur l'origine
de la souveraineté, comme ils l'ont été sur ses
formes. Les uns l'ont attribuée au pouvoir pa-
ternel ; d'autres à la religion, d'autres au droit
de la guerre. On s'est accordé sur un seul point :
c'est que les pouvoirs civils en sont une émanation.

C'est une erreur.

Les pouvoirs civils naissent du besoin. Ils se
forment parce qu'ils sont nécessaires. Le temps
et l'habitude ciment ensuite leur existence.
Cette théorie n'est pas difficile à imaginer.

Du moment qu'un peuple propriétaire et ca-
sanier a bâti des maisons et mis des bornes à
ses champs, il a besoin d'arbitres dans ses différends; dès—lors il s'établit des juges.

Bientôt de grandes affaires s'agitent, il a besoin pour ses résolutions de l'expérience de ses
vieillards; et alors il s'établit un sénat.

D'autres circonstances surviennent, où il a
besoin d'un chef pour la guerre; ce chef devient un roi.

De cette manière, ce ne sont pas les pouvoirs
politiques qui forment, comme on dit, les pouvoirs civils; ce sont les pouvoirs civils, au contraire, qui s'établissent en pouvoirs politiques.
Il n'est pas besoin pour cela de Chartes ni de
conventions particulières : c'est l'effet de la nécessité même, et de la nature des choses. Les
conventions particulières, les lois écrites peuvent devenir ensuite l'expression de cet ordre
établi; elles peuvent le régulariser et le cimenter. Elles ne peuvent le créer.

Je me permettrai une supposition.

Voilà des individus isolés énoncés bien solennellement dans une Charte constitutionnelle
comme pouvoirs politiques. Eh bien ! si ces individus n'ont à leur disposition ni le pouvoir
militaire qui est le premier attribut de la royauté,

ni le pouvoir judiciaire qui est la première fonction d'un sénat, ni le pouvoir de l'impôt, prérogative ordinaire de la propriété, il est évident
que, malgré les Chartes, ces individus ne formeront jamais un corps politique.

Au contraire, supposez dans ce même état,
1.º un grand pouvoir militaire; 2.º un grand pouvoir judiciaire; 3.º des assemblées de propriétaires
délibérant sur l'impôt, vous aurez, par le fait
seul de l'action de ces trois pouvoirs et de leur
rapprochement habituel, un véritable ordre politique. Vous n'avez besoin pour cela ni de
Charte, ni de constitution écrites. Les parlemens et leurs prétentions politiques, appuyées
de leur importance judiciaire, en sont un
exemple.

En suivant cette voie, nous nous trouvons
amenés au grand principe que j'ai déjà énoncé
dans mon ouvrage sur la monarchie française,
et qui n'avait pas été connu jusqu'au temps présent : c'est qu'il faut d'abord être puissance pour
être apte à entrer comme élément dans la souveraineté. D'un côté, c'est de la plénitude de
l'empire domestique que doivent partir les premiers élémens de l'ordre civil; d'un autre côté,
c'est de la plénitude de l'empire civil, c'est-à-dire
de la magistrature, que ressortent les élémens de

l'ordre politique. Ainsi il faut être nécessairement pouvoir civil, pour être apte à devenir
pouvoir politique. La constitution politique d'un
État peut, en quelques cas, avoir besoin de
Charte pour la régler ; mais non pas pour la
former. Elle ne gît pas même toujours dans ses
Chartes. Elle gît dans le jeu de ses grands pouvoirs civils quels qu'ils soient.

La participation des pouvoirs civils comme
appuis, comme auxiliaires, ou comme élémens
dans la puissance politique forme la monarchie
tempérée. La circulation constante du pouvoir
principal par le canal des pouvoirs subalternes
en constitue l'essence.

C'est ordinairement le Sénat ou la première
corporation judiciaire qui remplit les fonctions
de pouvoir intermédiaire. L'habitude des peuples de s'adresser au Sénat pour en obtenir des
jugemens, les accoutume insensiblement à s'a-
dresser à lui pour la confection des lois. Ce
corps, organe habituel de la justice, sur les demandes particulières, est manifestement le plus
propre à en devenir également l'interprète sur
le vœu général.

Si, par la fatalité des circonstances, aucun
corps intermédiaire n'a pu s'interposer entre le
monarque et le peuple, il faudra que le peuple

cesse d'énoncer aucune volonté, ou que les volontés du prince et celles du peuple soient sans cesse en contact. On doit s'attendre de cette manière à un flux et reflux de jalousie et de crainte, et par là même, à un flux et reflux d'invasions et d'anticipations respectives.

Un souverain faible et imprudent, une nation faible et mal avisée, pourront se laisser mener de cette manière : le premier, jusqu'au dernier terme de la nullité ; l'autre jusqu'au dernier terme de la servitude. D'autres fois aussi, l'alarme étant donnée à temps, les entreprises seront réciproquement signalées. Un pouvoir qui veut envahir, trouvant au—devant de lui une obéissance qui veut se limiter, l'État se divisera en deux partis qui s'examineront, s'observeront, se regarderont réciproquement comme ennemis, et se mettront en guerre comme feraient deux puissances indépendantes ; quelquefois aussi des négociations s'ouvriront, des moyens termes se proposeront ; on regardera comme un bonheur que de grandes collisions se préviennent, ou se terminent par des Chartes, des capitulations, des traités.

De grands génies ont aperçu cette situation. Je suis porté à croire qu'ils ne l'ont pas bien observée. Du moment qu'un État vient à se par-

tager entre le prince et le peuple, du moment
que le pouvoir qui est essentiellement protecteur de la liberté, est signalé comme l'ennemi
de la liberté; en un mot, du moment qu'un
corps quelconque parvient à prendre une portion de la souveraineté, partagé dès ce moment
entre deux âmes, deux esprits publics, deux
principes d'ordre, de mouvement et de volonté, un État est certainement au bord d'un
abîme.

S'il ne faut consulter que l'ordre ordinaire
des passions, la liberté exaspérée par le pouvoir voudra le renverser. Le pouvoir à son tour
exaspéré par les excès de la liberté voudra l'effacer. Or, le pouvoir une fois mis à bas comme
un ennemi public, l'État sera livré à l'anarchie;
la liberté mise à bas comme ennemie du pouvoir, il y aura fermentation intérieure : l'a-
narchie finira par se mettre dans le pouvoir
même.

Quelques peuples sont parvenus non à se
sauver tout-à-fait de cette situation, mais à en
reculer les effets. Le pouvoir se partagea à Rome
entre le peuple et le Sénat. Il y eut aussi alors
des capitulations, des traités. Un ver rongeur
n'en demeura pas moins dans le sein de l'État.
Les Romains comprirent très-bien le principe

de destruction qui les dévorait; dès qu'ils en
éprouvaient les atteintes, ils se réfugiaient vers
la guerre étrangère. La conquête du monde fut
le remède à la maladie de Rome.

Dans les temps modernes, un peuble divisé
long-temps en Whigs et en Torys, s'est sauvé
du fléau de la séparation des pouvoirs par ses
guerres avec la France, et l'envahissement systématique du commerce du monde.

Hors ces cas particuliers, la séparation des
pouvoirs doit amener un peuple, non à la
liberté, comme on le croit, mais à sa confusion
et à sa ruine.

CHAPITRE II.

De l'ordre politique considéré dans ses rela-
tions au dehors.

SPÉCIFIER d'une manière précise ce qui constitue un peuple, ce n'est pas aussi facile qu'on
pourrait l'imaginer.

On entend généralement par le mot peuple,
une identité quelconque de religion, de Gouvernement, de mœurs sur le même territoire.
Cependant ici des peuples qui ont la même religion, ont un Gouvernement différent; là des
peuples qui ont le même Gouvernement n'ont
ni la même religion ni les mêmes mœurs. Les
Juifs répandus sur une multitude de territoires
différens, sont regardés comme un peuple particulier. Les Grecs, chez lesquels existait une
variété infinie de mœurs et de Gouvernemens,
sont regardés généralement comme un seul
peuple. Les anciens nous représentent les Germains et les Gaulois dans la même situation.

Aux yeux d'un Chinois et d'un Indien, l'Europe fait la même, impression. Un Anglais n'aperçoit pas les nuances qui différencient un Français du midi d'avec celui des provinces du nord. Un Français n'aperçoit pas davantage celles qui différencient entre eux les peuples de l'Allemagne et ceux de la Grande-Bretagne. Il confondra de même celles des différentes parties de la Suisse ou de l'Italie.

La raison de ces méprises vient du point de vue où on se place. Comme les peuples ainsi que les individus se touchent sur certains points, et sont étrangers sur d'autres, on peut être frappé, ou des différences qui les distinguent, ou des rapports qui les lient. Sous le rapport de leur obéissance au même souverain, l'Irlande et l'Écosse font partie de l'Angleterre. Sous le rapport de leurs constitutions, elles ont une existence particulière ; sous un rapport, elles sont corps ; sous un autre, elles sont membres.

Comme les nations de quelque dimension qu'elles soient, ont un grand désir de se conserver, celles qui sont faibles et qui ont la conscience de leur faiblesse, ont une grande tendance à se rapprocher. Dans de grandes entreprises, ce rapprochement même ne suffit pas : elles se créent momentanément des chefs. Agamemnon fut pendant dix ans roi de la Grèce. Plusieurs rois furent nommés dans les Gaules pour commander les armées. Rome eut de même ses dictateurs. On vit des rois créés par le besoin du moment disparaître après ce moment.

Rien n'est si difficile en soi que de donner de la consistance à des confédérations d'État. Il est à cet égard une règle qu'on peut regarder comme sans exception. C'est qu'à mesure que les masses grandissent, et que les organisations se compliquent, leurs communications intimes deviennent d'autant plus difficiles. Les communications des minéraux sont simples et invariables ; la coexistence des petits animaux, tels que les fourmis et les abeilles, est plus forte que celle des castors et des éléphans. Dans l'espèce humaine la coexistence est beaucoup moins intime que chez les animaux. A la distance où un homme se trouve toujours d'un autre homme, il a besoin pour se faire entendre de détacher continuellement de lui-même un interprète particulier : la parole. Les animaux au contraire s'entendent et se concertent sans se parler. Les peuples qui, par leur masse, sont moins susceptibles d'une coexistence intime que les individus, ne peuvent communiquer leurs pensées que par des envoyés et des ambassadeurs. Ce n'est pas ainsi que se compose l'union intime.

De ce rassemblement, ou plutôt de cette cohue de peuples ainsi rapprochés, il pourra sans doute ressortir quelquefois des opérations bien concertées et d'une grande énergie; mais ces merveilles, ouvrage de la passion du moment, ne tiendront ni contre l'action du temps, ni contre l'artifice prolongé de la politique. Après avoir brûlé Rome, fait trembler la Grèce et l'Asie, les Gaulois ne triomphèrent plus des Romains, lorsque ceux-ci eurent conquis les Alpes et se furent établis dans leur voisinage. Les Grecs qui avaient brûlé Troie et triomphé ensuite du grand roi et de ses trois cent mille hommes, ne triomphèrent pas des Macédoniens plus habiles, plus rapprochés, plus à même de fomenter leurs dissensions.

On a vu de nos jours ce que sont devenus la Hollande et le Corps Germanique.

Voici pour tous les États fédératifs la difficulté de leur position. Elle exige, pour de grands succès, une concentration de force et par conséquent un rapprochement intime. Mais à force de fournir ainsi à l'association, c'est-à-dire à l'individualité générale, il est inévitable que

quelque chose des individualités particulières
ne s'affaiblisse. En ne se communiquant pas du
tout, on perd l'avantage de la force des autres;
en se communiquant trop, on s'énerve. Si la
conservation et l'énergie d'un peuple dépen-
dent de la conservation même et de l'énergie de
son esprit public, il s'ensuit que hors certains
cas extraordinaires, le premier intérêt d'un
peuple est de se concentrer et non de se communiquer. Ce n'est pas en se produisant sans
cesse hors de soi, qu'on peut renforcer son
énergie.

En examinant l'état actuel de l'Europe, je
n'y vois rien qui me détourne de cette idée.
Tandis que la variété de religion, de lois et
de mœurs qu'on rencontre chez chacun de
ces peuples, les empêche d'avoir un caractère précis, la multitude de leurs relations
entre eux par le commerce, les sciences, les
arts et la politique, leur donne je ne sais quelle
physionomie commune. L'usage d'entretenir des
ambassadeurs les uns chez les autres, est fort
admiré. S'il dure encore quelques siècles, il
pourra avoir des conséquences qu'on ne pré-
voit pas. Il paraîtrait absurde d'affirmer qu'il
amènera l'Europe entière à une constitution
fédérative. Cependant ce qu'on appelle déjà

dans les cabinets équilibre ou balancement des puissances, n'est autre chose que ce qu'on appelle en Gouvernement balance des pouvoirs. Toutes les fois que des pouvoirs, quels qu'ils soient, se rapprochent habituellement, il faut qu'ils se concertent ou qu'ils se combattent.

Des nations que nous appelons barbares, ont senti mieux que nous le danger de ces relations étrangères. Attachées à une vie sobre et casanière, elles mettent à s'isoler le même soin que les autres peuples à se communiquer. Anciennement le Turc, le Grand-Mogol n'entretenaient point d'ambassadeurs. Plusieurs nations anciennes et modernes ont flétri le commerce. La Chine, maîtresse d'un vaste territoire, a demeuré long-temps inconnue au reste du monde.

Auprès d'un voisin ambitieux, que fera donc un État faible? Je ne puis que déplorer sa condition; car le danger d'être envahi par ceux qui protègent, n'étant guère moindre que celui d'être subjugué par ceux qui attaquent, leur position me paraît très-difficile. Si on veut se rappeler la tyrannie d'Athènes et de Sparte envers leurs alliés dans la guerre du Péloponèse; si on veut réfléchir que le patronage chez les Romains n'eut d'autre origine que la bien-

faisance même et la protection; en un mot, si
on jette ses regards sur le résultat constant de
toutes les protections de ce genre, on saura
apprécier à leur véritable valeur tous ces prétendus pactes, alliances, associations. L'on sentira que dans la position de la faiblesse, une
extrême habileté, ou un extrême courage peuvent seuls la sauver; et alors ce n'est pas en
dissipant son énergie dans des communications
inutiles et multipliées, c'est en se concentrant,
en s'isolant, en exaltant au plus haut degré les
mœurs publiques, qu'une nation peut acquérir, ou cette force qui n'a pas besoin d'activité,
ou cette activité qui supplée à la force.

CHAPITRE III.

De l'ordre politique considéré dans ses mouvemens au dedans.

C'est sur-tout à l'égard des pouvoirs inférieurs que la conduite du pouvoir suprême est remarquable. On peut être sûr que l'antiquité ne connut rien de ce système de jalousie, de précaution et de méfiance que nous voyons partout mis en pratique. C'est au point que la moindre combinaison est un objet d'effroi. Quel est le souverain aujourd'hui en Europe, qui voudrait laisser établir chez lui l'esclavage ? De grandes maisons à Rome comptèrent leurs esclaves par milliers : les empereurs ne s'en occupèrent pas. Quel est le souverain qui voudrait laisser établir ou le vasselage ou la clientèle ?

La cité nous offre la même insouciance. Quelque ombrageux que fussent les Romains, quelque habiles qu'ils dussent être dans l'art de détruire les peuples dont ils avaient si bien l'expérience, ils ne portèrent jamais envers les cités particulières, les précautions au point où on les porterait aujourd'hui. Si on veut examiner la constitution que Rome donna aux villes qu'elle soumit, on y trouvera de véritables souverainetés. Rome parut mettre son orgueil à établir partout de petites Rome.

Nos premiers rois francs ne furent pas plus méfians. Sous les Romains quand les villes gauloises avaient des contentions entre elles, elles se faisaient franchement la guerre sans que Rome s'en embarrassât. Il en fut de même sous nos rois mérovingiens. Après avoir été effacées par le laps de temps, lorsque nos rois de la troisième race jugèrent à propos de rétablir les communes, ils leur donnèrent une importance qu'on se garderait bien aujourd'hui de leur accorder.

Pour ce qui est des assemblées délibérantes, il est remarquable que Rome ne trouva jamais aucune difficulté à les convoquer. Nos anciens rois s'entourèrent de même de champs de Mars et de Mai, de parlemens de barons et d'états-généraux.

Transportons-nous actuellement dans les temps modernes; on sait de quel œil on y regarde et un corps représentatif et les prétentions des propriétaires, et celles des cités. Dans toute l'Europe, le pouvoir regarde comme une faiblesse la moindre rémission dans une certaine activité de police qu'il se croit commandée.

Il est facile de se rendre raison de ces différences. Instruit par une longue expérience, le pouvoir connaît aujourd'hui ses dangers; tout ce qui s'approche de lui avec un peu de volume lui inspire des craintes. Cependant ces approches sont à peu près inévitables.

L'autorité étant un bien commun, ce ne sont pas seulement les individus qui ont à l'invoquer, ce sont aussi des corporations d'intérêt et d'entreprises, telles que les diverses compagnies; des corporations de maisons telles que les cités; des corporations de territoires telles que les départemens et les cantons; enfin dans certains cas la corporation même des citoyens ou la nation. Encore que ces masses n'interviennent que par l'organe de leurs représentans, ces représentans n'en acquièrent pas moins une grande prépondérance. Sans cesse en présence de ces corporations, si le pouvoir principal se néglige, s'il abandonne autour de lui son action et sa surveillance, à la longue, elles pourront l'envahir. Nous pouvons voir aujourd'hui en Asie, par ce que deviennent les Bachas et les Satrapes, quel est le partage qui reste au pouvoir principal, lorsque, par son éloignement, ou par une cause quelconque prolongée, il cesse d'être en scène.

C'est ainsi que se forment les anticipations successives, tantôt du pouvoir principal sur les pouvoirs particuliers, tantôt de ceux-ci sur le pouvoir principal. Ces mouvemens offrent dans l'histoire un spectacle singulier.

Sous nos deux premières races, tant que durèrent les champs de Mars et de Mai, l'État fut en quelque sorte un camp, le Gouvernement une armée : l'autorité qui avait tout sous ses yeux fut puissante. Lorsque les assemblées n'eurent plus lieu, le Gouvernement qui avait eu une grande force n'en eut plus assez. Les maisons acquirent l'énergie qu'avait perdue l'État. Elles s'armèrent, s'enrégimentèrent. On eut une hiérarchie de domaines dessinée sur le mode de la hiérarchie militaire. L'ordre civil suivit cet exemple. Les ducs, les comtes, c'est-à-dire, les magistrats civils et militaires s'élevèrent au rang des souverains.

En Allemagne, où le même mouvement eut lieu, les circonstances firent qu'il se consolida. Il devint la base de la bulle d'or et de la constitution germanique.

Il n'en fut pas de même en France. Le pou-

voir principal réagissant sur les pouvoirs particuliers, reprit à la longue le terrain qu'il avait
perdu. Sous Louis-le-Gros, il est facile de
voir que la base de l'État avait anticipé sur le
sommet. Sous Louis XIV, nous trouvons les
anticipations effectuées en sens inverse. Ce ne
sont plus les chefs de maison qui déclinent la
juridiction des magistrats, pour en appeler à
Dieu et à leur épée ; ce sont les magistrats qui
méconnaissent les droits des chefs de maison.
Autrefois ceux-ci levaient des impôts et des
troupes, faisaient des lois dans leurs domaines,
sans la participation du prince ; à présent, c'est
le prince qui fait les lois sans la participation
des chefs de maison. Le prince juge de même,
quand il lui plaît, sans la participation des
magistrats, au moyen de ses commissions, de
ses évocations, de ses lettres-de-cachet.

Le pouvoir principal s'avançant, selon la
fortune des circonstances, sur les pouvoirs particuliers, et ceux-ci revenant à leur tour sur le
pouvoir principal, on a vu ainsi de grands États
revenir à leurs premiers élémens ; des élémens se
rapprocher ensuite, et recomposer de nouveau
de grands États. On sait les vicissitudes qu'a
éprouvées en ce genre l'Allemagne à diverses
époques et à divers âges. Les Gaules divisées

avant les Romains, réunies sous les Romains, divisées de nouveau sous les Barbares, réunies de nouveau sous Clovis, ont été amenées à se diviser encore sous le Gouvernement féodal, et à se réunir encore à sa décadence. L'Italie a éprouvé les mêmes fluctuations. On a ainsi dans l'histoire successivement le spectacle d'un grand État se divisant peu à peu, et prêt à éclater en pièces, pour former plusieurs États, et celui de plusieurs États qui, se resserrant progressivement, finissent par se confondre en un seul.

CHAPITRE IV.

Du principal objet d'une Constitution politique.

L'ORDRE civil a, comme nous avons vu, pour objet un système de protection pour les droits naturels. L'ordre politique à son tour a pour objet un système de protection pour les droits civils.

Je dis protection, ce n'est pas assez : l'ordre politique a aussi pour objet un système de règles. L'ordre civil n'a pas seulement à protéger le domaine et la maison dans leur enceinte ; il doit veiller à ce qu'ils n'en passent pas les limites. L'ordre politique a de même à protéger les pouvoirs inférieurs ; il doit aussi veiller à ce qu'ils n'excèdent pas leur attribution.

Je dois ajouter que l'ordre politique a pour objet un système d'influence publique. Comme une nation a des intérêts publics, elle est par là même dans le cas d'avoir une volonté publique. Ayant en propriété des lois, des mœurs, un territoire qu'elle est intéressée à conserver, elle est admise par là même à avoir une volonté pour les défendre. C'est ce qui compose dans l'ordre politique le système de liberté.

Et d'abord je dois dire que la liberté et la servitude sont pour les nations ce qu'elles sont pour les individus. Une nation et un individu sans volonté, sont également esclaves. Ce n'est pas qu'une nation esclave ne puisse conserver un peu de liberté dans quelque partie de ses relations sociales. Le nègre dans sa case en conserve aussi dans quelques-unes de ses relations domestiques. Dans quelque sphère qu'elle soit placée, la liberté conserve invariablement son caractère. La providence qui en a fait le plus bel apanage de l'homme, en a fait la première dignité des nations. Ceux qui observant les orages d'une révolution, maudissent la liberté qui les cause, ressemblent à ces philosophes qui maudissent la religion à cause des excès du fanatisme. Hobbes, après les troubles d'Angleterre; Machiavel, après ceux de Florence, ont pu proclamer la doctrine du despotisme. L'un était athée, l'autre a donné son nom à la perfidie politique.

La volonté des nations peut se considérer

sous trois points de vue ; dans leurs relations extérieures, dans leur police intérieure, dans leur réaction sur leur Gouvernement.

Si on veut faire attention à la moindre rixe sur la place publique, on verra avec quel soin se débattent, dans le groupe qui s'y forme, les intérêts des deux partis. Le droit une fois reconnu, tous se réuniraient à l'instant même contre celui des deux contendans qui, sous le prétexte de la supériorité de force, voudrait renouveler le combat.

Les différends ne se règlent pas tout-à-fait ainsi entre les peuples, et pourtant on les voit se grouper de même quelquefois. Tel est dans le cœur de l'homme le sentiment de la justice, que les souverains sont contraints, comme les particuliers, de rechercher dans leurs querelles les suffrages publics. Les mémoires qui précèdent les jugemens des procès, et les manifestes qui précèdent les déclarations de guerre, sont également des invocations à l'équité.

Ces démêlés des nations entre elles, quand ils sont soumis à la raison, ne peuvent se juger que de deux manières, ou par le texte des conventions, des traités d'alliance et de commerce, ou à leur défaut, par le sentiment d'équité qui se trouve chez tous les hommes, et qu'on a généralisé pour les nations sous le nom de droit des gens.

Comme les lumières chez les nations sont sujettes, ainsi que chez les particuliers, à être troublées par l'intérêt, il faut bien que la guerre décide ce que la raison n'a pas voulu juger.

De quelque manière que les nations parviennent à régler leurs démêlés, il en est d'elles comme des individus : leur condition suit toujours le rang de leurs volontés. Une nation qui abaisse sa volonté devant une autre se place naturellement au-dessous d'elle. Après lui avoir soumis son orgueil, elle lui soumettra bientôt sa liberté. Une nation avilie peut être regardée d'avance comme une nation asservie.

Il ne suffit pas à une nation que sa volonté soit respectée au dehors, il faut encore qu'elle ne soit pas comprimée au dedans. On a long-temps disputé sur la meilleure forme de Gouvernement. Le meilleur Gouvernement est celui où l'on fait le plus ce qu'on veut. L'art de gouverner les hommes n'est autre chose que l'art de leur faire faire leur volonté.

En supposant les rapports extérieurs parfaitement réglés, les rapports intérieurs parfaitement ordonnés, une nation peut avoir des inquiétudes dans ses rapports avec son Gouvernement. Il faut une puissance contre les passions des individus; il en faut encore contre les passions des chefs. En ce genre les paroles, les promesses, les sermens, ont peu de valeur. Les particuliers entre eux ne s'en contentent pas: ils veulent que les promésses soient rédigées en actes. Entre le souverain et les sujets, quel sera l'acte? quelle sera la garantie?

Dans les pays où l'homme est la propriété d'un autre homme, l'esclave peut avoir un peu de volonté; il la défend par l'humanité et par la justice; mais il n'a d'autre puissance pour la protéger que l'honnêteté et l'intérêt de son maître.

Dans les contrées où l'esclavage est aboli, l'homme défend sa volonté contre un autre homme par les lois. Il a pour la faire respecter la décision et la puissance des magistrats.

Les nations peuvent avoir des volontés contre les nations qui les avoisinent. Elles les défendent par le texte de leurs traités d'alliance et de commerce, par les conventions reconnues du droit des gens; elles les font respecter par la puissance de leurs armées, de leurs places fortes, par tous les appareils de la guerre.

Les souverains peuvent avoir une volonté

contre leurs sujets ; ils la défendent par le texte des coutumes et de la constitution du pays. Ils ont toute la puissance militaire pour la rendre imposante.

Quand les peuples, à leur tour, ont une volonté contre leur souverain, ils la défendront sûrement par le texte de leurs coutumes, de leurs Chartes, de leurs privilèges ; mais comment la feront-ils respecter ? Je ne connais, en pareil cas, que la puissance de l'impôt, celle des grandes corporations, des assemblées représentatives. Cette garantie paraît forte, et cependant, si vous n'y joignez le scandale, c'est-à-dire, l'intervention de l'esprit public et des mœurs publiques, j'ai peine à croire qu'elle soit suffisante.

Le grand but de la société étant la protection, la puissance, voilà la garantie nécessaire du droit. Il n'y a pour les droits de sécurité qu'avec la puissance. On ne peut raisonnablement compter sur des richesses que lorsqu'on a des moyens de les préserver ; on ne peut de même compter sur sa volonté, que lorsqu'on a une puissance pour la défendre.

CHAPITRE V.

Du premier caractère de la volonté nationale.
Elle doit être juste.

Lumière pour apercevoir, puissance pour
protéger, tel est l'objet de l'ordre civil; tel est
encore dans une autre catégorie l'objet de l'ordre
politique. Ici, comme dans l'ordre civil, comme
dans l'ordre naturel, la première condition est
l'équité.

L'équité! je ne doute pas que ce seul mot
ne provoque chez certains hommes d'État un
sourire dédaigneux. Mais à mon avis, il faut
moins haïr comme dépravés, que mépriser
comme insensés ceux qui affectent de ne pas
reconnaître pour les peuples les lois de vérité,
d'honnêteté et de justice admises pour les individus.

Il est admirable d'entendre traiter de niaiseries entre les peuples ce qu'il y a de plus saint
entre les hommes. Dans le paganisme, les vertus
de la terre ne semblaient pas faites pour le Ciel.

On y avait des Dieux colères, vindicatifs, adul-
tères, incestueux. Certains politiques pensent
de même pour les affaires d'État. Les régles de
l'honnêteté humaine leur paraissent trop vulgaires pour les rois. Donner des paroles et les
enfreindre; faire des pactes et les violer, ces
choses qui sont viles entre les individus, leur
paraissent bonnes entre les peuples. Cicéron
qui en savait autant que ces messieurs sur les
matières d'État, repousse très-durement ces
maximes. « Non seulement, dit-il, je ne pense
« pas que l'injustice soit nécessaire à la chose
« publique; j'estime même que, sans une jus-
« tice rigoureuse, un État ne peut être gou-
« verné. »

Il ne faut pas se le dissimuler. Quelques per-
tes plus ou moins graves, quelques sacrifices
plus ou moins momentanés, peuvent accompagner pour les États le respect pour les pactes.
C'est là la grande considération. Voici un fait
dont un homme de ma connaissance a été témoin.

Un homme s'arrête tout-à-coup sur la grande
route, auprès d'un pauvre cultivateur qui ré-
pandait sur son champ les semences de l'automne. « Eh quoi! lui dit-il en riant aux éclats,
« vous enfouissez ainsi dans la terre cette graine

« précieuse qui demain, après demain pourrait
« nourrir votre femme et vos enfans, ou bien
« être portée au marché et payer vos tributs ! »
Cet habile raisonneur était un fou qu'on menait
à Charenton.

Les hommes d'État qui, dans les affaires
publiques déclinent la morale publique, rai-
sonnent de la même manière.

On regarde comme une perte les sacrifices
que peuvent coûter dans certains cas la loyauté
et l'honnêteté. Cette perte n'est qu'une semence
qui se reproduit bientôt en confiance et en
affermissement des mœurs au dedans, en confiance et en respect au dehors. Eh quoi ! lorsque depuis des siècles, une société entière va
dans un sens d'ordre et d'équité, n'est-ce rien
que de faire rétrograder sur lui-même ce mouvement antique ! que de faire refouler le cou-
rant de toutes les pensées et de tous les
sentimens !

Comme c'est de ces sentimens que naît
l'équité dans toutes les relations particulières,
comme c'est par ces sentimens que le pouvoir
lui-même subsiste, de manière que dans des
États religieux, le roi se montre toujours le premier aux exercices de piété, que dans des États
voués particulièrement à l'honneur, tout ce qui

en a la livrée, est particulièrement adopté par le prince, comment conçoit-on qu'on jettera impunément sur tout cet ensemble le scandale d'une violation, ou la honte d'une iniquité? Les soins nécessaires pour conserver chez un peuple l'État d'accord et d'harmonie d'où résulte au plus haut degré les mœurs et l'énergie de l'esprit public; comment se concilieraient-ils avec le scandale d'un crime? comment la morale d'un peuple pourrait-elle se conserver au milieu de brigandages supposés utiles dont son souverain lui offrirait sans cesse le spectacle?

CHAPITRE VI.

Second caractère de la volonté nationale : elle doit être véritablement une volonté.

LE mystère de la volonté dans un individu appartient à ces causes simples : on ne veut que ce qu'on aime ; on n'aime que ce qu'on connaît. L'homme moral est composé de ces trois facultés : connaître, aimer et vouloir. Si l'on recherche dans notre constitution physique le siége apparent de ces facultés, l'intelligence semble être dans la tête ; l'amour dans le cœur, la volonté s'engendre de l'un et de l'autre.

Le cœur a quelque chose d'ardent qui donne de l'activité à l'intelligence ; l'intelligence a quelque chose de lumineux qui éclaire le cœur. Le cœur seul serait trop pour la volonté, l'intelligence seule ne serait pas assez.

Il y a bien une espèce de volonté qui paraît produite par l'intelligence seule ; mais elle n'a aucun caractère d'énergie : elle porte le nom d'opinion plutôt que de volonté. Il y a bien une autre espèce de volonté qui est produite par le cœur seul sans l'intelligence ; mais elle a rarement un caractère de raison. On l'appelle sous certains rapports passion ; sous d'autres, fantaisie, caprice. Un exemple va confirmer ces principes.

Dans une révolution, si vous n'avez que des mouvemens de l'esprit à opposer aux mouvemens du cœur ; c'est-à-dire si vous n'avez que des opinions à opposer à des passions, vous serez certainement vaincu. La force en ce genre ne vient pas seulement du nombre.

Dans une assemblée de cent votans, si trente ont chacun une volonté comme dix, et que dans les autres soixante-dix, chaque volonté soit comme un, les trente votans finiront par avoir sur leurs adversaires la prépondérance de trois cents sur soixante-dix.

Cela explique le phénomène de la supériorité constante des minorités bien organisées sur les majorités. Cela explique aussi la cause de l'ascendant d'une poignée de factieux sur la multitude.

Ces principes relatifs à la volonté dans les individus s'appliquent parfaitement à la volonté dans les peuples.

Là, comme ailleurs, il faut se méfier de

cette espèce de sentiment ardent qui voudrait s'appeler volonté, et qui n'est en réalité que passion, fantaisie, caprice. Il faut aussi se méfier de cette espèce d'intention froide qui a la prétention d'être une volonté, et qui n'est en réalité qu'une préférence d'opinion, sans activité et sans force. Le souverain étant dans un État le véritable centre de la raison et de l'intelligence ; le peuple étant le principal foyer de l'énergie et des passions, on peut dire qu'il n'y a point dans un État de véritable volonté du souverain sans la participation du peuple ; il ne peut y avoir de même de véritable volonté du peuple sans la participation du souverain.

Cela même me conduit à signaler la méprise par laquelle on se permet quelquefois d'appeler nation le corps de la population en le distinguant du souverain. Cette locution, qui peut être admise pour la commodité du langage, n'a, à la rigueur, aucune réalité. On ne peut confondre des demandes adressées au souverain par des individus qu'on appelle députés, représentans, membres du Corps-Législatif, avec une véritable volonté nationale. Ce sont, dans ce cas, des vœux et non pas une volonté. Pour savoir si ces demandes sont justes, il est indispensable, comme toutes les autres demandes, qu'elles

passent à l'épreuve des contradictions et des débats dans une cour d'équité. Les demandes qui
arrivent de la Chambre des députés , le souverain les fait juger par son Sénat. Celles qui lui
arrivent par son Sénat, il les envoie de même
à la Chambre des députés. C'est ainsi , toute
proportion gardée , qu'il fait juger par les corps
administratifs , ou par les corps judiciaires, les
demandes qui lui sont adressées PAR LES PAR-
TICULIERS.

CHAPITRE VII.

Des divers rapports du souverain et du peuple
dans l'ordre politique.

L'EXPRESSION de la volonté dans l'ordre politique est susceptible de divers modes ; et d'abord
dans les mouvemens du dehors, la participation
du peuple ne peut avoir le même caractère que
dans les mouvemens du dedans.

Dans les mouvemens intérieurs, l'esprit qui
préside à la vie des peuples est trop affairé pour
pouvoir mettre aux choses du dehors une attention active et continue. De même que l'œil,
l'ouïe, l'odorat, sont comme des postes avancés
pour le maintien de la vie qui est en nous, le
souverain qui, dans la vie des peuples, remplit
les mêmes fonctions, a de même ses ministres
particuliers qui, sans causer aucun dérange-
ment intérieur, lui fournissent du dehors ce
qui lui est nécessaire en instruction et en lumières.

En ce qui concerne les rapports avec les autres nations, c'est donc du souverain que doivent partir tous les mouvemens, toutes les propositions ; c'est-à-dire, les initiatives de la volonté publique.

Il en est tout autrement des réglemens intérieurs. Il ne peut y avoir à cet égard qu'une seule marche.

Certainement il serait absurde qu'un tribunal se transportât de lui-même dans toutes les maisons, y recherchât avec empressement les contentions particulières, pour porter ensuite, à ce sujet, des jugemens ou des réglemens qu'on ne lui demanderait pas. Dans ce cas, c'est la famille intéressée qui se présente par l'organe de son chef en présence de la partie adverse, à l'effet d'obtenir la décision qui lui est nécessaire. D'après ce principe, l'ouverture d'une route, la construction d'un pont, un établissement quelconque local ne peut être ordonné d'en haut, sans une demande positive préalable faite régulièrement par ceux qui, étant sur les lieux, ont naturellement sur ce point intérêt et instruction.

La confection des lois est dans le même cas.

La sentence, comme je l'ai dit, est une décision d'équité appliquée à un cas particulier. Si ces cas se renouvelaient ou se multipliaient, il pourrait être convenable ou de décider à la fois l'ensemble de ces cas par un seul et même jugement, ou de les prévenir par un bon réglement, C'est ainsi que se forme la loi; et alors, tout ainsi que les jugemens particuliers ne sont rendus que lorsqu'ils sont demandés, la loi ou le jugement collectif ne peut être accordé que sur la demande qui en aura été faite.

Dans les affaires du dehors, nous avons vu que les initiatives de la volonté publique doivent partir du souverain, comme étant spécialement en ce point l'œil et la lumière de l'État; par la même raison, dans les affaires du dedans cette initiative appartient, comme étant plus directement intéressée et plus éclairée, à la masse du peuple.

Les organes qu'on lui fait pour cet effet composent son régime représentatif.

CHAPITRE VIII.

Du roi et de l'autorité royale.

Dans ma première partie, en discutant les dispositions de la Charte constitutionnelle, j'ai suffisamment établi, à ce que je pense, le caractère du roi en France, et celui de son autorité. Ce qu'il y a de plus important à rappeler ici, c'est que la personne ne doit jamais être confondue avec l'office. Selon nos mœurs françaises, le prince est un être individuel qui naît, qui meurt, qui est sujet à toutes les infirmités humaines. Le roi au contraire est comme un corps collectif qui réunit en lui toute la force, toute la sagesse, toutes les lumières de l'État.

De ce principe qu'on ne contestera pas, se développe le premier et le plus important caractère du roi : c'est d'être le représentant de son peuple auprès des nations étrangères. Il en est encore le représentant dans toutes les mesures d'administration et d'exécution au dedans.

De ce même principe se développe encore le véritable caractère de la loi sur la responsabilité des ministres.

Les serviteurs du prince sont en général des écuyers, des chambellans, des courtisans. Ils peuvent être à leur risque comme les autres serviteurs les exécuteurs de ses ordres individuels. Les serviteurs du roi sont les ministres, c'est-à-dire les instrumens de son office. Ils ne peuvent exécuter que ses ordres officiels.

Le ministre qui exécute un ordre individuel du prince, n'a en cela que le caractère de serviteur ordinaire. Il est responsable. Celui qui exécute un ordre officiel du roi, est hors d'atteinte.

Comme roi, on voit que le prince ne peut jamais être accusable. Comme prince il ne peut l'être davantage.

Les considérations les plus importantes tirées de la dignité du prince, de la puissance dont il est revêtu et de l'espace qu'il convient de laisser à l'exercice de la puissance, ont fait imaginer avec raison, de ne jamais laisser cette puissance aux prises avec des sentimens aussi vifs que des intérêts personnels. Cet avantage n'a pas paru suffisant.

Tout en restreignant sa puissance d'action,

il a été convenu de laisser le plus d'espace possible à sa puissance d'empêchement. Le roi
exerce ainsi par le même principe un droit de
veto individuel, d'un côté contre toutes les lois
qui pourraient être proposées et acceptées par
la représentation nationale, d'un autre côté
contre toutes les condamnations pénales qui auraient pu être portées par ses cours judiciaires.
Une accusation qui serait portée contre sa
personne, pour des actes individuels, est repoussée par le même principe.

Il est inutile au temps présent de rechercher
si un roi doit être électif, ou s'il doit être héréditaire. Même sous les deux premières races où
le droit électif avait été consacré, j'ai montré
que ce droit avait été restreint dans la famille.
Cet usage venait des Germains. Le texte où
Tacite dit : *Reges ex nobilitate, duces ex vir-
tute sumunt*, paraît s'appliquer comme chez
nous à la race.

En effet, il en est d'un roi, dans un État,
comme de toute autre institution : il doit non
être créé, mais se produire de la nature des
choses. La seconde race se forma dans Pepin-
le-Bref, du premier officier de l'État ; la troisième se forma dans Hugues Capet, de son premier seigneur. Les deux régences consulaires

et impériale qui ont eu lieu sous Bonaparte, se sont produites d'elles-mêmes de l'énergie révolutionnaire ; tout cela peut être déclaré et ensuite cimenté, constaté ; cela ne peut être créé.

Ce roi qui n'est pas créé, n'a rien lui-même à créer. Son office est tout entier de surveillance, au dehors contre l'ambition des nations voisines, au dedans contre les mouvemens désordonnés des pouvoirs inférieurs.

CHAPITRE IX.

Principes pour la composition d'un Sénat.

DANS une grande organisation sociale, comme la représentation se tire de deux élémens différens, elle se compose dans deux modes différens. Ne voulez-vous connaître que les souffrances, les intérêts, les passions du moment? vous n'avez besoin que d'une Chambre de députés. Vous aurez de cette manière trente lois par jour. Vous irez de changement en changement, de bouleversement en bouleversement. L'État sera ainsi tout viager, tout individuel: que dis-je? il sera tout entier au moment. Une année fournira les événemens d'un siècle. La législation sera en police, la politique en expédiens. Vous aurez une nation dans laquelle le principe de vie sera tout en fièvre; un délire habituel y formera l'esprit public.

Voulez-vous au contraire un État social, stable? Au lieu du dévergondage et d'une licence effrénée, voulez-vous une sage et honorable liberté? Au lieu de cette vie du moment, renouvelée d'une manière violente pour chaque moment, voulez-vous une organisation ordonnée réglée et durable? Au lieu d'une existence précaire, viagère, individuelle, voulez-vous quelque chose qui marche gravement comme la nature et comme les siècles? Il vous faut un corps aristocratique, dont l'existence correspondant à celle de la nation, forme par sa consistance, ainsi que par sa durée, une sorte d'intermédiaire entre l'existence de la famille et l'existence de l'État.

Tous les intérêts commandent de former un corps aristocratique qui soit le représentant des âges, comme la Chambre des députés est la représentation du temps présent. Il y a sans doute une nation du moment, qui a au moment présent des plaintes et des souffrances, c'est-à-dire des intérêts passagers à énoncer; il y a aussi une nation des âges qui a des lois, des mœurs une multitude d'intérêts durables à défendre et à conserver.

Destiné à protéger les intérêts des âges, sa composition étant déterminée déjà par son objet, elle l'est d'une manière non moins positive par le besoin public.

Un Sénat, voilà le véritable boulevard de la

liberté, de la sûreté, de la stabilité d'une nation.
Ce boulevard doit être construit, comme la nation même, d'une manière inébranlable. Il faut qu'il ne puisse être déplacé sans déplacer la nation entière. Il faut qu'il ait des attaches tellement fortes à toutes les parties fortes de l'État, que celles-ci se sentent toutes attaquées lorsqu'il sera attaqué, toutes ébranlées lorsqu'il sera ébranlé. Étant dépositaire des anciennes mœurs, et les mœurs étant particulières aux âges et à la famille, il faut qu'il soit composé non dans les intérêts seuls des individus, mais dans les intérêts des familles. Étant dépositaire des anciennes lois de la patrie, il faut qu'il ait, par sa nature, un instinct de résistance aux innovations; et que les lois nouvelles lui soient, en quelque sorte, arrachées par l'équité et par le besoin.

Il ne suffit pas qu'un Sénat résiste aux innovations, il faut qu'il ait l'œil jour à jour sur les déviations particulières des tribunaux, et la confusion que ces déviations finiraient par apporter dans la jurisprudence. En cela même son premier office est d'être cour suprême de cassation. Surveillant de la législation, il faut qu'il le soit aussi de la magistrature. Par sa nature, il a également la haute police des lois et la haute police des juges. Il est également haut-juré pour tous les délits d'État quelles que soient les personnes, et pour tous les grands fonctionnaires d'État, quels que soient les délits.

De même que, dans l'ordre civil, les fonctionnaires doivent être pris dans la classe indépendante de faculté et de choix, c'est-à-dire, dans la classe des hommes voués aux professions nobles; par la même raison, les grands fonctionnaires de l'ordre politique doivent être pris dans un ordre de vie et de profession analogue à ces fonctions. *Magnates*, *optimates*, *principes*, *proceres*, c'est-à-dire, les nobles entre les nobles, les illustres entre les illustres : tel est l'ordre des *grands* destinés à composer un Sénat. La réunion de toutes les grandeurs d'un État, de toutes ses illustrations, de toutes ses facultés, de toutes ses puissances, voilà ce que cette composition doit présenter.

Cette composition appartient, comme on voit, à la nature des choses, peut-être si l'on veut, à la nature des dispositions intérieures de l'État; jamais à l'arbitraire du prince, ou à un choix de fantaisie. Ce n'est ni par la volonté du roi, ni par la volonté du peuple que vous devez avoir un Sénat, c'est par l'influence naturelle qu'ont naturellement dans une grande société les grands de cette société.

Il est peut-être raisonnable de limiter cette influence naturelle, de peur qu'elle n'envahisse tout; il est peut-être raisonnable de la constater; il est absurde de la créer.

Ce n'est pas ici une règle particulière que j'invoque : c'est une loi générale.

Ce n'est certainement pas la loi qui fait la majorité d'âge ; c'est bien la nature. Cette majorité est déclarée, lorsque le développement de l'organisation est complet. Cependant faudra-t-il que le magistrat examine ou fasse examiner un à un chaque individu, pour savoir si en lui le développement physique est ou n'est pas suffisant. Un réglement commode pour tous les citoyens, le fixe à vingt-un ans. Chez quelques-uns, la loi pourra paraître tardive, chez quelques autres précoce. L'ordre public commande une règle, la voilà. Il y aura de même pour la nomination d'un sénateur, pour celle d'un juge, de l'espace laissé à la faveur ou à l'arbitraire; ces écarts ne dérangent pas la règle. Il faut d'abord être grand pour entrer dans la chambre des grands. Si j'insiste sur ce principe, c'est qu'il a été absolument méconnu par les écrivains du peuple, ainsi que par ceux du pouvoir.

Ce n'est pas assez d'être d'abord grand par soi-même, ou par ses offices, il faut que la chambre, elle-même, montre cette grandeur par ses vacations et ses fonctions habituelles. C'est par ses fonctions civiles habituelles qu'elle peut donner de l'appui et de la consistance à ses fonctions politiques. Il est essentiel pour la solidité de l'État, pour la sûreté, pour la liberté, que ce corps tienne d'un côté à toute la hiérarchie judiciaire, dont il sera en quelque sorte le régulateur et le complément; d'un autre côté, à toute la tribu des hommes d'une profession noble et indépendante, dont il sera la sommité et le premier lustre; en troisième lieu, à tout l'ordre des propriétaires dont il sera le premier appui. C'est ainsi qu'il pourra remplir ses augustes et importantes fonctions.

CHAPITRE X.

Principes pour la composition d'une Chambre des députés.

Je viens de traiter de deux grands élémens de la représentation d'un pays : le Roi et le Sénat.

En sa capacité officielle, c'est-à-dire entouré de la sagesse, de la richesse et de la force nationale, le roi est le véritable et le seul représentant d'une nation. Les peuples étrangers ne connaissent que lui dans tous les détails d'administration et d'exécution. Au dedans, on n'a de même à reconnaître que le roi. Cependant comme ce représentant général et unique ne peut convenablement remplir son office qu'en recevant lui-même par des organes particuliers la sagesse, la richesse et la force nationale, les organes destinés à lui transmettre ces avantages, se composent auprès de lui comme une représentation élémentaire destinée à former cette représentation finale.

Le Sénat est l'organe qui lui apporte la sagesse ;

il est composé pour cela, non dans l'esprit du moment, selon les passions ou les vœux fugitifs du moment, mais dans l'esprit des âges, dans le mouvement des antiques mœurs et des antiques lois.

Une telle représentation seule ne serait pas suffisante. Il en faut une autre qui, étant plus particulièrement l'interprète des besoins du moment, doit être formée particulièrement selon les souffrances, les intérêts et les besoins du moment.

D'après ce principe, s'il y avait une part qui dût être faite entre les deux Chambres représentatives, il faudrait que le mouvement des lois prît de préférence son origine dans la Chambre du Sénat; les concessions d'argent dans la Chambre des députés.

J'ai dit que le principe de la composition du Sénat se trouvait dans la nature des choses. A la suite d'un grand mouvement de civilisation et de toutes les inégalités de talent, d'industrie, de courage et de moyens de tout genre, que la Providence a départis entre les hommes, il est impossible que quelques têtes ne dépassent bientôt dans un État les autres têtes; c'est ce qui compose les grands, *magnates*. La représentation sénatoriale se forme ainsi de l'ensemble de ces grandeurs héréditaires consacrées, constatées, renouvelées selon des règles spéciales. La seconde représentation, celle d'une Chambre de députés, ne peut se former d'une manière aussi précise. Elle a cependant, pour sa composition, des élémens réguliers et simples que je vais énoncer.

Je l'ai assez dit, ce n'est pas la loi, ce n'est pas le magistrat, ce n'est pas l'ordre civil, ce n'est pas l'ordre politique qui forme les premières représentations sociales, c'est la nature même. Quand l'État a à traiter avec la maison, il n'a point à appeler un serviteur, un enfant, une femme. L'État ne connaît point tout cet intérieur; il ne parle, ne commande qu'à son chef; il ne traite qu'avec lui, ne connaît que lui. Ce rapport particulier du chef de la maison avec l'État est ce qui constitue le citoyen. L'État ne doit connaître que des citoyens : c'est là sa véritable population.

L'État offre non seulement des maisons et des domaines dans toute leur intégrité, il offre également des fragmens sous le nom de domiciles, de droits, de propriétés.

Dans l'ordre civil, celui qui n'a ni femme, ni enfans, ni serviteurs, ni biens, a encore la propriété de lui-même, et en cette qualité, il a pour cette part, à la protection publique, le même droit que le premier citoyen. L'ordre des actions civiles est composé de manière à recevoir la demande du plus pauvre habitant comme celle du plus riche. Il en est de même relativement aux droits politiques.

Comme celui qui n'a qu'un fragment de maison, sous le nom de domicile, a dans l'ordre public un intérêt proportionné au volume qu'il y occupe, il doit y avoir dans la même proportion sa part de représentation. La qualité de citoyen, qui appartiendra, d'une manière pleine, à l'intégrité de la maison et du domaine, appartiendra pour un fragment au fragment du domaine et de la maison. Tous les habitans d'un village ne seront pas individuellement citoyens; mais le village lui-même le sera dans son maire, c'est – à – dire dans son représentant légal et habituel.

Par la même raison, tous les habitans d'une ville ne seront pas comptés individuellement comme citoyens ; mais chaque corporation devra l'être dans la personne de son syndic, qui est de même son représentant légal et habituel.

Dans les campagnes tous les maires, présidés par les maires de canton ; dans les villes tous

les chefs d'établissement public ou de corporation, présidés par le maire de la ville; tous
les propriétaires d'une vie indépendante, non
seulement de faculté, mais de fait et de choix,
c'est-à-dire voués aux professions nobles;
voilà, par la nature des choses, l'ensemble des
citoyens, c'est-à-dire les corps électoraux.

Quand les assemblées électorales seront ainsi
formées, laissez-les faire; c'est-à-dire, laissez-
les à leur libre volonté. Vous n'avez besoin
de fixer aucune règle. Il ne le faut pas; car les
règles qui ne sont bonnes que dans les cas où
elles sont nécessaires, sont des attentats à la
liberté lorsqu'elles sont inutiles.

Dans certains cas même, il est bon que l'espace soit vaste. Par exemple, il est bon que,
dans la carrière de l'étude et des lettres,
l'homme, qui n'a d'autres avantages sociaux
que la sagesse de sa conduite et l'étendue de
ses talens, puisse franchir toutes les barrières des
places et de l'opulence pour arriver, par la seule
estime publique, à la représentation nationale.

CHAPITRE XI.

Principes pour la marche du Gouvernement et l'administration.

Ce n'est pas sans intention que je cumule ici ces deux mots, dont le premier signifie la partie active des fonctions du souverain ; l'autre, de préférence, un simple mouvement de soin et de surveillance. Gouverner, c'est déterminer par une action précise le mouvement de l'État, ou d'une partie de l'État. Ce mouvement une fois déterminé, l'entretenir, le soigner, en conserver convenablement la direction, c'est administrer. Le laboureur prépare sa terre ; il lui donne les façons, les engrais et les semences nécessaires. C'est là son gouvernement. La plante une fois formée, il la défend par de nouvelles cultures des plantes parasites, ou bien par des clôtures, des dévastations des animaux. C'est là son administration.

Dans les choses du dehors, dont l'initiative compète particulièrement au souverain, et dans

laquelle il est partie principale, le Gouvernement doit présenter cette sorte d'activité et de
vivacité qui appartiennent à un intérêt personnel. Il y entrera quelquefois de l'arbitraire. Dans
les choses du dedans, soit dans celles qui concernent tout le corps social, soit dans celles qui
en intéressent seulement des parties, la réalité
des besoins, la possibilité de les satisfaire sont
les premiers objets de son attention. Cette véri-
fication une fois faite, quand il a fourni ce qui
est en sa puisance, son devoir, qui devient
tout de surveillance, consiste plus à ôter les
obstacles qu'à donner le mouvement. Dans les
affaires comme dans les plantes, c'est par les
racines, par une fermentation qui est en terre
et qu'on ne voit pas, que se fait principalement
la croissance.

La première règle, pour un Gouvernement,
c'est de s'occuper sur-tout à administrer, et de
gouverner le moins possible. La seconde règle,
c'est que sa marche et ses mouvemens soient
francs et uniformes.

La condition attachée essentiellement à cette
règle, est qu'un Gouvernement soit composé
d'élémens homogènes. Il serait absurde de vouloir gouverner un État monarchique avec des
ministres républicains, ou un État républicain

avec des ministres monarchiques. Dans le cours
d'une longue vie, où j'ai mis beaucoup de temps
à rechercher l'histoire des peuples, je n'ai
trouvé rien de semblable au Gouvernement de
Louis XVIII, dans lequel on voit des ministres
de la contre-révolution occupés à gouverner
des résultats révolutionnaires.

J'ai entendu prôner à ce sujet les avantages
d'une réunion de partis. Je suis loin de repousser cette doctrine ; mais l'application qu'on en
fait est si singulière, que je ne puis m'empêcher
de la relever.

Lorsqu'une grande division a existé au passé,
que les élémens de cette division n'existent
plus, ou qu'un ordre de choses nouveau et in-
variable les a fait disparaître, c'est tout profit,
pour l'avenir de l'État, de rapprocher et de
raccorder pour son service les grands talens
qui ont marqué dans les divisions passées. A
l'époque de la révolution française, l'Angleterre a donné en ce genre un grand exemple.
Le duc de Portland, M. Windham et M. Burke
ont pu, malgré leurs vives et anciennes opposi-
tions, se réunir au parti de M. Pitt, de lord
Grenville et de M. Dundas, à l'effet de porter,
vers la nouvelle et grande affaire du temps, tous
leurs talens et toutes leurs forces. Mais lorsque

LIVRE QUATRIÈME.

Principes pour le rétablissement de l'esprit public, des mœurs et de la religion.

CHAPITRE PREMIER.

Considérations générales sur la vie des États.

Si j'ai un jour le loisir de rédiger quelques ré-
flexions sur la vie de l'homme, je montrerai
comment elle présente une double combinaison
d'esprit nécessaire, par lequel s'exercent toutes
les fonctions de la vie, et d'esprit surabondant
par lequel s'exercent les fonctions de la pensée.
Les mouvemens de nos viscères, de nos organes et de nos muscles s'exécutent en nous sans
délibération, quelquefois même sans la participation de la volonté. La vie des peuples me
présente cette même double combinaison d'un
esprit qui délibère sans cesse, et d'un autre qui

ne délibère jamais. Ces deux esprits sont d'un côté le souverain, d'un autre côté les mœurs.

Les mœurs qui, comme une sorte d'esprit particulier, président à tous nos mouvemens habituels, ont une action trop rapide pour délibérer. Leur route est tracée d'avance, leur science est toujours faite. Leur force est l'enthousiasme; leur fièvre, le scandale; leur défense se manifeste dans les choses légères par le ridicule; dans les choses importantes par la fureur et le fanatisme. Le souverain, au contraire, calcule, balance, délibère. C'est la tête de l'État; c'est le siége de sa lumière et de sa raison. Quelque puissante qu'elle soit, une armée a besoin d'avant-postes qui fassent la garde, et qui veillent en dehors. La constitution humaine a besoin d'un œil qui voie au loin l'approche des corps, et d'une main qui puisse les saisir; la vie des peuples a besoin de même d'un avant-poste qui veille et qui fasse la garde pour elle. Tel est le souverain.

L'esprit ne peut comprendre qu'une machine aussi vaste se compose ainsi spontanément, et par la nature des choses; mais ce n'est pas une difficulté qui s'applique particulièrement à l'organisation des États. Elle frappe sur toutes les organisations, sur toutes les compositions de la nature. On peut se demander de la même manière comment s'établissent dans les corporations d'animaux l'ordre et le concert de leurs opérations; dans la constitution animale, l'ordre et le concert de ces grandes puissances qu'on appelle viscères. Partout où il y a une force ayant une œuvre à accomplir, et un but à atteindre, soyez sûr qu'il y aura, dès ce moment, art, habileté, intelligence. Le besoin qui fait naître le génie, devient avec lui un grand architecte. C'est le besoin qui a créé jour par jour le langage et ses règles savantes. C'est le besoin qui a dessiné de même l'architecture des sociétés. Partout où vous placerez à côté les uns des autres des droits et des intérêts, ils commenceront peut-être par se combattre; ils finiront par se concerter. Le simple rapprochement des possessions détermine une multitude de lois d'ordre. Si je n'ai pas d'autre accès, il faut absolument que je traverse votre champ pour aller dans mon champ : des rues se composent ainsi pour le service des maisons, des routes pour le service des terres.

Dans ce système, comme dans l'ordre général de la nature, ce qui est sous le voile, ce qui se dérobe aux regards, c'est-là où est le vrai, le réel, le positif. Au contraire, les formes, ce

qui est apparent , ce qui peut se juger et se voir
au dehors , a à peine de l'importance.

Dans les livres précédens , j'ai assez traité des
formes. J'ai analysé autant qu'il m'a été possible les grands ressorts de la vie des États. Ce
n'est pas assez. Celui qui décrirait un à un tous
les organes du corps humain , qui en désigne-
rait les mouvemens , les caractères et les fonctions , n'aurait encore qu'ébauché le tableau
de la vie ; on lui demanderait comment tous
ces organes s'entendent et se concertent pour
une vie commune. J'ai de même à faire comprendre comment tous les grands viscères de la
vie sociale se coordonnent entre eux , et parviennent à composer cette organisation particulière , cette sorte d'individualité qui la constitue.

Nous mettons beaucoup d'importance aujourd'hui aux formes d'un État. L'antiquité n'eut
aucune science de ces formes. Elle ne s'en oc-
cupa pas : c'est que les peuples qui , à l'égard
de leur existence , ont un instinct aussi sûr que
les individus , savent très-bien que leur existence a un autre principe. Nous croyons généralement que la vie de l'État se fait par les
formes. Ce sont au contraire les formes qui se
composent par la vie de l'État.

De quelque manière que soit constitué un peuple, on en verra toujours une partie qui n'a aucun loisir, dont le temps est tout entier aux choses de la vie, qui est gouverné ainsi et dominé par le besoin ; on en verra une autre partie qui est entièrement dégagée en ce genre ; qui, par là même, a la possession de son temps, et dont le caractère est d'être gouverné et dominé principalement par la pensée.

Certes, ce serait une grande folie de prétendre gouverner par la pensée toute cette partie immense de la population qui se gouverne par le besoin. Il faut absolument qu'elle reçoive ses principes en préjugés, ses actions par l'habitude, ses sentimens par les mœurs. De cette manière, ses vertus seront quelquefois rigides ; ses passions ardentes et aveugles. Sa puissance sera principalement le scandale ; sa défense le fanatisme. Les classes élevées au contraire dont les principes se font ordinairement par l'instruction, les actions par le raisonnement, et chez lesquelles les sentimens tiennent quelquefois de cette double origine, auront des vertus plus douces, des passions plus éclairées. Ces classes paraîtront toujours polies, quelquefois énervées.

On voit par là, que, sans choix, sans délibération, par le seul mouvement de la nature des choses, l'esprit surabondant d'un État, c'est-à-dire le souverain, ne se prendra point dans les classes inférieures, sans loisir, et livrées exclusivement aux besoins : même dans les démocraties pures, il faudra que le souverain se forme dans les classes élevées. Sparte écartera ainsi ses ilotes; toutes les nations, leurs esclaves et leurs prolétaires; même chez les peuples sauvages, on voudra avoir recours à la sagesse des vieillards. Ici une sorte d'aristocratie se placera dans la vieillesse sous le nom de Sénat. Ailleurs la situation particulière du dedans, le caractère de défensive au dehors, la nécessité de donner à tous les mouvemens plus d'ensemble, de concentration et d'énergie, fera élever sous le nom de roi, des chefs particuliers. On aura la monarchie.

Quelle que soit la constitution d'un État, il ne faut pas oublier que sa vie n'est pas dans ses formes. Celles-ci sont indice, elles ne sont pas cause. On ne peut pas même dire que la vie d'un État soit dans le souverain : elle est dans le mouvement naturel des intérêts réglés par l'équité, et mus par le besoin; elle est dans l'ordre donné à ces mouvemens , sanctionné depuis long-temps par l'expérience et par l'habitude ; elle est enfin dans la fidélité à ces habitudes devenues un lien commun consacré et cimenté par les mœurs.

CHAPITRE II.

Considérations générales sur les mœurs.

En général, quand on parle des mœurs, on entend quelque chose qui se consacre par la tradition, c'est-à-dire par l'autorité des âges ; qui se propage par l'imitation, c'est-à-dire par l'autorité des exemples ; qui reçoit des atteintes par de grandes violations, c'est-à-dire encore par l'autorité des exemples. Ce qu'on ne sait pas, c'est comment se forme cette espèce d'accord secret, au moyen duquel une multitude d'hommes qui ont quelquefois peu de relations, se surprennent à éprouver le même transport sous le nom d'enthousiasme ; le même repoussement sous le nom de scandale ; la même irritation sous le nom de fanatisme. Ce qu'on ne sait pas, c'est comment dans certaines circonstances tous les individus d'un même pays parviennent à consacrer, sans se concerter, une certaine convenance qui dans les manières s'appelle bon ton ; dans les arts, bon goût ; dans les sentimens, honnêteté. Ce qu'on ne sait pas, c'est comment dans certaines circonstances tout un peuple se trouve saisi à la fois, comme d'une manière contagieuse, des mêmes espérances, des mêmes alarmes, du même délire : contagion qui n'est pas étrangère aux armées elles-mêmes, et qu'on voit se déployer quelquefois sous le nom de terreur panique.

Cette loi embrasse la nature entière. Elle tient à ce principe secret, par lequel tous les êtres se communiquent. En se communiquant, ils agissent les uns sur les autres ; et ils se modifient réciproquement. Un enfant reçoit des sons comme s'ils lui étaient imposés, et il les répète. Dans l'âge mûr, nous apprenons, sans nous en apercevoir, un air qu'on nous chante. Notre pas se met, à notre insu, en mesure avec l'instrument qui frappe notre oreille : il n'est pas jusqu'aux pulsations de nos artères, qui, dans ce cas, se ralentissent, ou s'accélèrent.

Les mœurs dans une nation se présentent donc comme une sorte d'harmonie dans les impressions, dans les sentimens, dans les mouvemens. On doit distinguer les mœurs individuelles, les mœurs domestiques, les mœurs publiques.

Les hommes sont naturellement portés à s'i-
miter les uns les autres. Les divers instans de
notre vie sont portés à s'imiter de même. Notre
premier honneur, comme notre plus grand
bonheur, consiste en ce que l'ensemble de nos
actions fasse un tout consistant et homogène;
c'est-à-dire que notre présent soit d'accord
avec notre passé, l'un et l'autre avec notre
avenir. C'est ainsi que se constitue cette force
d'âme qu'on appelle plus particulièrement caractère : heureux accord qui cherche à s'établir
entre tous les instans de notre vie, beau penchant, noble fidélité à soi-même, à laquelle nos
livres saints font allusion, quand ils disent que
le jeune homme se trouvera, en vieillissant, sur
la voie qu'il aura prise dans sa jeunesse. *Ado-
lescens, juxtà viam suam etiam cùm senuerit,
non recedet ab eâ.*

Dans l'état ordinaire, on ne sait pas toujours
apprécier convenablement et la force et le prix
de cet accord; c'est comme l'air qu'on respire.
Mais dans les tempêtes des passions, lorsqu'une
imagination en délire sera venue nous présenter un acte qui doit venir mettre notre vie présente en opposition avec notre vie passée; dans
ce moment terrible où un sentiment nouveau
qui veut entrer en nous, se trouve repoussé

par tous ceux qui s'y trouvent déjà établis; si nous parvenons à nous conserver, nous le devrons à cette puissance d'accord et d'harmonie qui nous a été faite. Si au contraire nous venons à succomber, par combien de tourmens s'expiera un moment de faiblesse? Car l'effort qui s'était fait pour préserver notre accord, se renouvelant pour le rétablir, les combats que nous avons éprouvés sous le nom de passions, se renouvelleront sous le nom de remords. Cette fièvre morale peut aller jusqu'au délire et prendre le caractère d'une maladie ardente. L'épée de l'ennemi qui traverse le cœur, le crime qui traverse la conscience, ont ainsi les mêmes effets.

Cet accord qui se remarque dans la vie individuelle, et qui est déterminé par l'accord imposé à nos mouvemens, se remarquera de même dans la famille et dans la maison. La joie d'un père est si facilement la joie de ses enfans, sa tristesse est si facilement leur tristesse! C'est quelque chose assurément que cette habitude d'être ensemble et à chaque instant de la vie touché des mêmes vœux, des mêmes craintes et des mêmes espérances. Ce concert continu d'impressions et de mouvemens secrets dans une famille : c'est ainsi que se composent les mœurs domestiques.

Ce même concert peut s'observer dans un plus grand espace.

Les mœurs publiques se forment dans un État, de plusieurs sources. On peut les apercevoir, tantôt comme un sentiment commun de certaines convenances : ce qui compose le bon ton et le bon goût; tantôt comme un assentiment général à certaines doctrines : ce qui compose l'opinion; tantôt comme une affection de piété pour un certain culte, ou une certaine croyance religieuse; quelquefois c'est un sentiment de devoir : ce qui appartient à l'équité et à l'honnêteté; d'autre fois c'est l'habitude de certains actes : ce qui compose dans une nation une sorte de cérémonial et de rituel.

Sur quelque point que ce soit, dès que les fibres d'un peuple sont montées une fois sur le même ton, il est inévitable que toutes les émotions ne deviennent sympathiques, et alors la moindre discordance deviendra choquante. Dans les choses légères, le ton faux n'excitera que ce léger repoussement, appelé ridicule; dans les choses graves, il aura des effets plus graves, il produira le scandale et le fanatisme.

Ces observations peuvent paraître vulgaires,

mais si elles sont bien méditées, j'ai lieu de croire qu'on y trouvera la cause d'une multitude de phénomènes, qui, jusqu'ici ont paru inexplicables. On ne s'étonnera plus qu'au milieu d'un grand rassemblement d'hommes, la douleur et les larmes, l'ennui et les baillemens, la joie et le rire soient quelquefois contagieux ; on ne s'étonnera plus de cet enthousiasme particulier qui agite les hommes assemblés, qui les anime d'une même vie et qui semble donner à de grandes corporations l'esprit, les passions et l'exaltation des individus.

Cachée sous un voile mystérieux, l'action des mœurs a été méconnue par la philosophie. Elle a échappé aussi quelquefois à la clairvoyance des législateurs.

Une des plus belles pensées de Montesquieu, c'est « qu'il ne faut point juger par les lois civiles ce qui est du ressort des lois politiques, ni par les lois politiques ce qui est du ressort des lois naturelles. » Il aurait dû ajouter de ne pas juger par les lois, ce qui doit être jugé par les mœurs.

Il faut remarquer à cet égard, que l'empire des mœurs a comme les autres empires ses compartimens et tous les degrés d'une grande hiérarchie. Distribué comme l'ordre judiciaire en divers degrés de juridiction, il aura de même ses cas de compétence et d'incompétence. Il faut prendre garde d'après cela, de faire juger par les mœurs publiques, ce qui est du ressort des mœurs privées. Un homme de village peut être sensible à l'opinion de son village; un artisan, à celle de sa corporation. Celle d'un grand tribunal le touchera peu. On connaît le mot d'un cocher au sujet d'un arrêt de blâme qui lui avait été infligé par le Parlement. Il est évident par ce mot que cet homme ne devait ni plaider là, ni être jugé là.

Faute de connaître le caractère de la vie harmonique qui constitue un peuple, de grands philosophes ont complètement déraisonné sur les préjugés et le fanatisme. Leur zèle à décrier ces impressions montre qu'ils n'ont eu aucune idée de la chaîne immense à laquelle elles appartiennent. Tout se tient, tout est lié à cet égard. Les mœurs individuelles mettent l'homme en présence de sa vie entière; de cette manière, tous les instans de notre existence sont forcés de se lier ensemble. Les mœurs domestiques mettent l'homme en présence de la maison et de la famille; elles lient les pères et les enfans, les générations passées et les générations à venir. Les mœurs nationales ont pour effet de lier ensemble tous les instans de la vie d'un peuple, elles donnent à nos actions un plus grand espace et un plus grand théâtre. Les mœurs religieuses s'ajoutent à tous ces grands principes; elles vont chercher nos actes jusque dans notre conscience qu'elles épurent, en nous mettant sans cesse en présence de Dieu et des espérances d'une autre vie.

Telle est l'importance et l'immensité de cette chaîne. Une fois établie, quel est celui qui aura le droit de venir l'ébranler ou la rompre? Quel est celui qui, au milieu de cette vaste harmonie, viendra y porter d'autres mouvemens et d'autres tons? Accoutumé à certains principes, à certaines doctrines, à certaines habitudes, lorsqu'un peuple viendra à être traversé tout-à-coup par des principes nouveaux, par des intérêts nouveaux, des doctrines et des impressions nouvelles, faut-il s'étonner qu'il s'établisse aussitôt une scission dans l'État. Il y aura de toute part conflit, confusion, repoussement?

Le monde a vu un homme assez fort pour s'élever seul contre tous les préjugés, fouler aux pieds les honneurs, les richesses, les bienséances. Cet homme, couvert d'un simple manteau, put faire une secte de l'impudence, et recevoir des hommages chez les Grecs contem-

porains d'Alexandre ; il eût été mis en pièces
par les Grecs contemporains de Léonidas. On
s'étonne qu'à la Chine un calendrier ait tant
d'importance, qu'à Athènes une corde de plus
à la lyre soit une affaire d'État. C'est le bon
temps des nations : tant qu'il dure, elles repoussent de toutes leurs forces des habitudes
nouvelles.

CHAPITRE III.

Des mœurs considérées dans leur mouvement.

JE viens de présenter les mœurs dans leur tendance à la stabilité. J'ai dû montrer comment, soit par le ridicule, soit par cette sorte d'irritation qu'on appelle fanatisme, les peuples étaient portés d'instinct à repousser les innovations. J'ai à montrer actuellement que les innovations sont quelquefois nécessaires, et comment elles sont nécessaires.

On a beaucoup disserté sur la tolérance et sur l'intolérance. J'ai eu souvent occasion de me convaincre qu'on n'avait à cet égard aucune idée juste. Si plusieurs religions existent paisiblement à côté les unes des autres, je ne puis qu'applaudir à cette indulgence réciproque ; toutefois cela ne peut arriver ainsi, que lorsque ces deux religions sont contemporaines, ou qu'elles ont existé long-temps ensemble: Les mœurs alors se sont façonnées à ce spectacle ; mais lorsqu'en possession d'un pays une reli-

gion verra arriver à elle une autre religion, il
y aura une crise dans l'État : c'est inévitable.

On cite les Romains. Je sais qu'ils s'embar-
rassaient fort peu de tous ces Dieux qu'on leur
apportait des contrées étrangères : Dieux paisibles par leur nature, et qui, dès le premier
moment de leur arrivée, se rangeaient avec
les autres Dieux, et prenaient place avec eux.
Il n'en fut pas ainsi du christianisme. Hostile et
conquérant, il fut repoussé.

On pourrait croire que les Romains eurent
beaucoup d'indifférence à l'égard des questions
philosophiques : Cicéron et Sénèque écrivirent
ce qu'ils voulurent; c'est que leurs écrits n'é-
taient pas de nature à causer de troubles. Lorsque des philosophes, arrivant de tous les pays,
se mirent à propager leur doctrine, et à remuer
le monde avec des légions de disciples, ils furent
expulsés.

Il n'est pas de doute que les mœurs n'aient
une grande tendance à la stabilité. Malheur à
qui vient maladroitement troubler cette tendance ! Il n'est pas de doute non plus qu'elles
n'aient un progrès insensible, et que, dans ce
mouvement, elles ne soient susceptibles de
prendre de nouvelles nuances. Assurément rien
n'est plus admis aujourd'hui parmi les hommes

d'une profession ainsi que d'une éducation honorable, que de ne pas se battre à coups de poing, et de ne pas aller faire des excuses à genoux. Qu'il me soit permis de citer à ce sujet un fait ancien tiré de notre histoire.

Il s'éleva un jour une dispute entre les chevaliers à la solde du sire de Joinville et les sergens d'armes du roi St.-Louis. Ceux-ci étant les plus forts, les chevaliers furent battus. On croira peut-être qu'il résulta de cette aventure ou une affaire générale entre les deux corps, ou des duels particuliers : pas du tout. Le Sire de Joinville porta ses plaintes au roi, qui voulut d'abord excuser ses sergens d'armes. Le sire de Joinville ayant menacé de se retirer, il fut convenu que les sergens d'armes se rendraient au logement des chevaliers du sire de Joinville, que là, ils se mettraient à genoux et demanderaient pardon de l'insulte qu'ils avaient commise : ce qui fut exécuté.

Ce point de notre histoire prouve invinciblement qu'on n'avait pas alors les mêmes sentimens de délicatesse, les mêmes idées de duel et de point d'honneur que nous avons aujourd'hui.

A mesure que les âges ont avancé, et que dans les différentes réunions, aux tournois et aux fêtes guerrières, des aventures de ce genre ont été racontées, on comprend comment, peu à peu, il s'est établi en maxime, 1.º qu'un gentilhomme, au péril de sa vie, ne doit point se laisser battre; 2.º que l'offenseur ne doit point aller faire de réparations à genoux. C'est ainsi que l'honneur et une certaine délicatesse suivent le progrès des temps.

Si on veut suivre en d'autres points le mouvement de nos mœurs, on trouvera les mêmes variations et les mêmes progrès. On verra comment dans certaines classes la délicatesse étant parvenue peu à peu au plus haut degré, elle a dû se communiquer bientôt aux classes voisines; de celles-ci dans un degré encore inférieur; et comment la nation française a fini ainsi par être investie toute entière de la plus grande élégance de manières et de mœurs.

Par la même raison les mœurs d'une nation sont susceptibles de s'altérer. C'est lorsque exaltées par les intérêts ou les passions du moment, elles cessent d'être en harmonie avec les idées éternelles de bonté, d'honnêteté et de justice, qui indépendamment de la folie des hommes, ou de la folie des temps, restent gravées dans les consciences.

Arrivées à ce point, les mœurs d'une nation

finiront par n'avoir plus d'ensemble, c'est-à-dire, en d'autres termes, par se corrompre. Qu'est-ce que la corruption dans l'ordre physique? Elle représente une solution de parties. Il en est de même dans l'ordre moral. Un individu, une famille, un peuple, sont corrompus par cela seul que leurs actions n'ont plus d'ensemble, qu'elles ne sont placées que sur l'heure fugitive, sur le petit intérêt, sur la petite jouissance du moment, sans se rapporter aux grands intérêts du passé et de l'avenir.

CHAPITRE IV.

Du mouvement des mœurs considéré dans son influence sur les institutions.

Quoi que les hommes fassent, quelque précaution qu'ils prennent pour donner à leurs institutions de la fixité et de la stabilité, elles seront emportées par ce balancement perpétuel, qui ne laisse rien de stable sous le ciel. Il me paraît inévitable que les pouvoirs politiques changent comme les pouvoirs civils, les pouvoirs civils comme les lois, les lois comme les habitudes. Les rides du temps qui changent toutes les formes, changent bientôt tous les intérêts et tous les rapports. Qu'est-ce que la France d'aujourd'hui en comparaison de la France d'autrefois?

Ce n'est pas qu'à travers le laps des siècles, quelque chose des anciens traits d'une nation ne parvienne à se conserver. Car les nouvelles institutions arrivant peu à peu, et se plaçant à mesure qu'elles arrivent, dans le moule tout fait de celles qui les ont précédées, la forme au moins demeure quand la réalité n'existe plus ; mais quelqu'illusion que nous fasse cette forme, lorsque dans les temps de crise on invoque l'ancienne constitution, il est bien évident que ce mot ne se prononce qu'en souvenir des institutions anciennes dont on la suppose dérivée.

Ces principes une fois posés, je puis marquer avec certitude deux écueils qui sont également à craindre pour une nation : les innovations qui la précipitent dans l'avenir, les réformes qui la font rétrograder vers le passé. Les innovations causent le désordre et la corruption des mœurs ; les réformes apportent la désunion et le schisme. Les novateurs veulent accélérer la marche du temps ; les réformateurs veulent l'arrêter. Les uns et les autres, en donnant à un peuple des institutions nouvelles au milieu d'habitudes antiques, ou des habitudes antiques au milieu d'institutions nouvelles, tendent également à bouleverser son repos. Aussi éprouvent-ils ordinairement une grande résistance. Les novateurs, qui taxent l'attachement aux anciens usages de barbarie, ne voient pas qu'ils sont eux-mêmes des barbares. Les zélateurs des coutumes antiques qui, contre le torrent des siècles, veulent faire remonter une nation à des habitudes qu'elle a abandonnées, ont beau déclamer contre les innovations, ils sont eux-mêmes des novateurs.

Ce principe a donné naissance chez les nations à deux grands législateurs : la désuétude et la coutume. Ce qui fait que certaines lois tombent en désuétude, c'est que, par le cours des événemens, les nouveaux rapports établis ne les rendent plus praticables. Ce qui fait de même que certaines parties de la constitution d'un peuple tombent, c'est que, par le cours des événemens, les nouveaux rapports établis les rendent inexécutables. Voilà, pour le dire en passant, le grand inconvénient des constitutions écrites ; de peu de secours, si elles sont vagues ; très-embarrassantes, si elles sont précises.

Quelques personnes consentent à blâmer les innovations brusques ; elles demandent de l'indulgence pour les innovations graduées et mesurées. Il ne faut pas s'abuser sur ce point. Les fléaux, qui sont le partage des innovations subites, se montreront également dans une innovation graduée, si on n'a pas pris la précaution

de l'accompagner d'une innovation correspon-
dante dans tout le système civil et politique;
car alors, voici ce qui arrivera : les uns, s'atta-
chant d'autorité à l'ancien système, les autres,
de confiance au système nouveau, il y aura
division dans l'État.

CHAPITRE V.

Des différends qui peuvent survenir entre les mœurs et le pouvoir.

Nous avons vu comment des scissions dans l'État sont sujettes à se former par le mouvement des temps, l'imprudence des réformes, ou celle des innovations. La scission entre les mœurs et le pouvoir n'est pas moins fréquente et n'a pas moins d'importance. Un artifice politique assez commun, c'est que cette scission des mœurs, si redoutable pour les peuples, est quelquefois excitée par le pouvoir. L'histoire offre à cet égard des tableaux divers.

Les rois de Lacédémone me paraissent avoir été parfaitement dans le sens des mœurs de Lacédémone; les premiers rois de Rome, dans le sens des mœurs romaines; les premiers rois francs, dans le sens des mœurs franques; la plupart des empereurs d'Asie, dans le sens des mœurs de l'Orient. Cependant, en vivant ainsi dans le sens des mœurs d'un pays, les souve-

rains ont beaucoup de ménagemens à garder.
Leurs écarts éprouvent des répressions terri-
bles. Tarquin est expulsé pour ses violences;
Childéric, pour ses débauches : toute la France
se soulève contre Chilpéric et contre Philippe-
le-Bel. Les séditions sont fréquentes au Caire, à
Constantinople, à Maroc. Des souverains qui
veulent vivre à l'aise ne tardent pas à s'aviser.
Alexandre ne crut sa puissance en sureté dans
la Grèce, que lorsqu'il eut affaibli les anciennes
mœurs grecques. Les Romains ne crurent leur
puissance établie dans les gaules, que lorsqu'ils
se furent défaits des anciennes mœurs gauloises.
Le premier procédé d'Agricola dans la Grande-
Bretagne fut de se défaire des mœurs britanni-
ques. Louis X, Philippe-le-Bel, Charles V,
Charles VII, eurent pour première base de leur
politique, d'introduire en France de nouvelles
mœurs. Le cardinal de Richelieu appela à la
cour les seigneurs qui vivaient dans leurs terres.
Il ne crut la puissance souveraine complètement
établie, que lorsqu'il se fut défait de ce qui res-
tait encore des mœurs franques.

Comme je pourrais faire admirer à ce sujet
les bévues des philosophes!

Un grand publiciste a donné des éloges à
cette loi d'Alexandre, qui accorda dans la Grèce

la qualité de citoyen à tous les étrangers. Il a pris pour un mouvement de bienfaisance un trait de politique. Alexandre n'avait conquis les Grecs que par les armes : en introduisant les étrangers, c'est-à-dire, un peuple nouveau au milieu du peuple ancien, il le subjugua dans ses mœurs.

Avec le même esprit, des écrivains se sont extasiés, dans ces derniers temps, sur les grands services du cardinal de Richelieu ; il en est qui auraient prôné, s'ils l'eussent osé, la bonté de Louis XI. Quel dommage pour l'éloquence de nos gens de lettres, que Tacite nous ait révélé les véritables vues de son beau-père, lorsque celui-ci porta les lettres dans la Grande-Bretagne ! N'entendez-vous pas d'avance toutes les belles amplifications d'Agricola sur l'humanité et son zèle pour la civilisation ? C'était, dit Tacite, un leurre qui cachait un plan de servitude. *Idque apud imperitos humanitas vocabatur, cùm pars servitutis esset.*

CHAPITRE VI.

De l'esprit public.

Les mœurs représentent à la pensée quelque chose qui correspond aux âges. L'esprit public représente quelque chose qui s'applique au temps présent. Le mouvement des mœurs sur un trait particulier, c'est ce qu'on appelle généralement esprit public. Il est deux espèces d'esprit public également ardent : celui qui se produit des mœurs dans toute leur énergie, et dont le mouvement est tout de conservation, et celui qui se produit des mœurs dans leur décadence, et dont le mouvement est tout de destruction.

Quand un peuple est arrivé dans cette dernière situation, il est une espèce d'hommes que Tacite, ainsi que nous l'avons vu, signale comme *imperitos*, et qui s'imaginent que tout se fait par préméditation et par conspiration. Le concert qu'on aperçoit alors résulte de la nature des choses, et non pas comme on le croit de quelques conventions particulières.

Je commencerai par excepter les cas de décadence des mœurs anciennes, et où les choses
cherchent, en quelque sorte d'instinct, à se
détruire au plus vîte, afin de pouvoir plus tôt
se recréer. J'excepterai aussi quelques traits
particuliers qui, dans certaines situations, appellent l'énergie en raison des résistances. A ces
exceptions près, on n'apercevra presque jamais dans un État l'action de l'esprit public. Ce
sont les obstacles qui font connaître plus particulièrement le cours d'une rivière et sa direction. Ce sont de même les obstacles qui font
sentir la direction de l'esprit public.

Dans le train ordinaire des choses, il est très-
rare d'apercevoir quelque chose de l'esprit de
patrie. Pour un homme du peuple, ce que les
autres appellent *patrie*, est le monde entier. On
n'aime pas l'univers. Mais si les habitans du
village voisin viennent couper les bois d'un
autre village, s'ils veulent introduire de force
leurs animaux dans ses pâturages, alors tout le
village s'émeut; il s'y développe un grand esprit public. Il en est de même dans les intérêts
de nation. Il faut parler des nations étrangères,
les nommer par leurs noms, annoncer leurs
prétentions, leurs desseins, pour exciter dans
nos cœurs l'esprit de patrie.

Dans d'autres circonstances, il faudra nommer les ministres, c'est-à-dire les hommes du pouvoir; il faudra annoncer leurs vues particulières et les signaler comme ennemis, pour développer contre eux cet esprit de jalousie, d'inquiétude et de surveillance continues appelé esprit public.

Soit à l'égard des mœurs, soit à l'égard de l'esprit public, la France aujourd'hui présente un spectacle singulier. On ne peut pas dire précisément que les anciennes mœurs y soient dissoutes; les sentimens d'équité y sont à peu près ce qu'ils ont toujours été. Il en est de même des sentimens d'honneur et de délicatesse.

Je ne sais si j'ai fait assez remarquer que les mœurs d'une classe ne sont pas tout-à-fait les mœurs d'une autre classe. Les manières de nos anciennes familles de robe, avaient des nuances différentes de celles de nos seigneurs, et même de nos gentilshommes de province. Aujourd'hui tout cela est confondu : ce qui a peu d'importance. Ce qui en a davantage, et que je dois signaler comme une véritable calamité publique, c'est la confusion des mœurs de toutes les classes.

Comme un des principaux effets de la révolution a été de confondre toutes les conditions, toutes les prétentions, tous les rangs, il en est résulté la confusion des mœurs qui caractérisaient autrefois chaque classe. Les mœurs des classes élevées, portées dans les classes subalternes, mélangées avec les professions et les habitudes les plus subalternes, offrent quelquefois les contrastes les plus singuliers. Si la France est un instrument destiné à conquérir ou à ravager le monde, il ne faut pas contrarier cette situation : pour être complètement dévastateur, le courage a besoin d'un mélange de grossièreté. Si elle est destinée à vivre en paix avec les autres peuples et à former seulement dans l'Europe un modèle d'élégance, d'urbanité et de bonne civilisation, il faut faire cesser cette anarchie des mœurs comme les autres anarchies.

Dans cette direction diverse, deux esprits publics divers luttent ensemble. L'un s'attache à la confusion actuelle comme à une perfection : il veut la défendre comme un bien et une conquête ; l'autre s'attache à la renverser comme une dégradation, il y voit un désordre et un principe de convulsion.

Je ne connais pas d'autre esprit public aujourd'hui en France. C'est le mouvement de deux vanités opposées, toutes deux offensantes parce qu'elles sont toutes deux offensées. Leur lutte cessera, lorsque, par une transaction convenable entre les deux parties, tous les avantages, tout l'éclat, tout l'honneur des dernières vingt-cinq années de la France auront consenti à se combiner dans une juste proportion avec l'éclat, l'honneur, tous les avantages acquis à la France précédente.

Si cela ne se pratique pas, voici ce que je puis prédire de nos destinées.

La guerre seule convient à un mélange d'honneur excité par le courage, et de grossièreté entretenue par des habitudes subalternes. Il faut marcher alors à la dévastation du monde. En cas de succès, nous voici à une nouvelle ère : *novus seclorum nascitur ordo.* En cas de revers, il faut s'attendre que notre sol lui-même sera bouleversé. Il est possible que nous disparaissions comme nation de la surface de la terre.

CHAPITRE VII.

De la Religion.

J'AI traité de la vie humaine dans toutes ses rélations d'ici-bas. Il en est d'une autre nature que je ne puis passer sous silence.

L'homme a habituellement des rapports avec lui-même, ce qui constitue son harmonie intérieure. Il en a avec ses semblables, ce qui constitue la vie sociale ; il en a comme membre d'une société avec les autres sociétés, ce qui constitue la vie politique. Il en a avec Dieu, ce qui constitue la vie religieuse. Celle-ci se lie naturellement avec la vie à venir : elle en est le commencement, et en quelque sorte l'apprentissage.

Que le Ciel intervienne dans la vie présente, qui pourrait en douter ? rien de ce qui existe sur la terre n'est susceptible de s'isoler. La science nous assure que la lune remue la masse immense des mers. Le soleil pénètre dans la plus petite plante ; il lui porte sa vie et ses couleurs. Et nous pourrions croire que le soleil des soleils, la force des forces, est étrangère à la vie de l'homme ?

C'est, selon moi, par son intervention positive et continue dans la vie présente, plutôt que par les considérations tirées d'une vie à venir, que la religion nous est d'un véritable secours. C'est de là que viennent en effet les grandes ressources et les grandes forces. D'accord avec nous-mêmes, si, par les suggestions de notre faiblesse, des fautes sont venues troubler la paix qui était en nous ; ou que, sous le nom de remords, le crime y ait introduit des furies, comment refaire cet accord intérieur ? comment rétablir cette harmonie, si ce n'est en nons adressant à l'auteur de toutes les harmonies ? Pour croire à cette action continue du Ciel, on voudrait qu'elle se manifestât par des miracles ! Et la vie même n'est-elle pas toute entière un miracle ? Le Ciel, que nous sommes sans cesse à invoquer, n'est ainsi notre première espérance, que parce qu'il est notre première force. Ce n'est pas de son propre fond, c'est d'en haut que le prophète cherche à tirer la prévision des choses futures ; le poëte, le génie et le feu sacré ; le citoyen, le courage et la vertu ; tous les grands hommes, ce souffle particulier de l'esprit divin que les anciens ont appelé enthousiasme. Faute de cette action, le plus fort devient faible ; avec cette action, le plus faible devient fort. Nous sommes trop portés à croire que le misérable est sans puissance. Il n'est par vrai que l'infortuné soit abandonné de Dieu. Les larmes d'un homme juste ont l'air de couler à terre ; elles sont reçues dans le Ciel.

Toute l'antiquité s'accorda à voir dans les choses d'ici-bas, l'intervention du Ciel, la protection céleste fut plus particulièrement l'apanage du malheureux. Ce sentiment fit de l'hospitalité un devoir sacré. Le scoliaste d'Euripide sur Hélène, nous apprend qu'à Athènes, faire injure à un étranger, eût passé pour une impiété. La raison qu'il en donne, c'est que les étrangers appartiennent à Jupiter : *quià ab Jove peregrini sunt.*

Le christianisme a mis encore plus d'expression dans sa doctrine sur ce point. L'Évangile, ainsi que le Deutéronome, nous représentent le malheureux comme étant plus particulièrement sous la protection du Ciel. Qui sait, dit Saint Ambroise, lorsque vous recevez un malheureux chez vous, si ce n'est pas Dieu lui-même que vous recevez ? *Quis scit an et tu cùm suscipis hospitem suscipias Christum? quià Christus in paupere est, sicut et ipse ait.*

CHAPITRE VIII.

De la religion dans ses rapports avec la croyance d'une autre vie.

Sɪ on vient à considérer attentivement un fleuve, on observera avec étonnement cette masse de flots qui, se succédant les uns aux autres depuis l'origine du monde, roulent ainsi les uns par-dessus les autres, pour aller se perdre ensemble dans je ne sais quel gouffre qui s'appelle Océan. Quand on observe la vie humaine, on peut voir de même une succession de générations, roulant les unes sur les autres, pour aller se perdre les unes après les autres dans l'océan de l'éternité.

Examinez dans tout son ensemble le mystère de la formation et de l'accroissement de la vie, vous serez convaincu qu'elle a été composée pour la mort. Observez ensuite attentivement la mort : vous demeurerez convaincu qu'elle a été composée pour la vie. Ici malheureusement je suis forcé de m'écarter d'une ligne de doctrine que je trouve tout-à-fait fausse, encore qu'elle soit tout-à-fait admise.

Au milieu des loisirs de la pensée et de la méditation, si je me livre en même temps à une attention et à une réflexion profonde, je puis découvrir ainsi le dogme de l'immortalité de l'âme : cela même prouve que ce dogme n'est de première nécessité ni pour la vie des hommes, ni pour la vie des peuples. En suivant la marche générale de la Providence, on peut se convaincre qu'elle n'abandonne pas ainsi à la simple raison les choses qui nous sont absolument nécessaires. Il peut être fort raisonnable de se nourrir pour prévenir la mort; il peut être fort raisonnable d'avoir des enfans pour s'assurer des héritiers et des appuis dans la vieillesse. La Providence ne s'en est pas rapportée à la raison : elle a créé l'amour, elle a créé la faim.

La croyance de l'immortalité de l'âme n'est donc pas, comme on le croit, absolument nécessaire ; elle n'en est pas moins pour cela un dogme respectable et consolant. Rien n'honore autant la nature de l'homme, rien n'ennoblit autant sa destinée que de voir toutes les espérances de sa vie présente en harmonie avec les espérances d'une vie à venir. Mais si cette doctrine est belle, si elle est douce, si elle est consolante, il faut bien prendre garde, pour la morale même, d'en faire le fondement de la morale.

Les âges actuels sont témoins en ce génre de deux espèces de dépravation. Les uns attachent toutes les idées morales aux dogmes révélés ; les autres à l'intérêt et à la crainte. L'un dit : Savez-vous pourquoi les hommes ne s'égorgent pas dans les rues ? c'est que Dieu a dit dans le décalogue : *non occides* ; l'autre dit : c'est parce qu'ils craignent l'échafaud. Je demanderai à ces moralistes : en vertu de quel calcul d'intérêt, ou de quel préeepte du décalogue, certains animaux, nos esclaves, sont aimans et fidèles. Je leur demanderai, en vertu de quel intérêt ou de quel dogme les grands animaux sont quelquefois susceptibles de générosité. Qu'ils me disent ce qui fait que le lion conçoit tant d'affection pour un faible animal qui partage sa captivité. J'avoue que je trouverai très-intrépide, soit l'incrédule, soit le croyant qui osera dire à sa femme, à ses enfans, à ses amis : celui-ci, je vous aime, parce que Dieu me l'ordonne ; celui-là, parce que j'y trouve mon intérêt. Ni l'un ni l'autre ne tiendront ce langage : ils sentiront qu'il y a dans leur cœur, ainsi que dans la nature humaine, une autre source de leurs affections. Ah! sans doute, elle est triste la doctrine de l'athée qui abolit Dieu de dessus la surface de la terre ; celle du croyant qui voit toute la morale dans la crainte d'une autre vie, ne me paraît pas moins désolante.

On fait en général le raisonnement suivant.

Dans les classes élevées, où la facilité d'abuser des plaisirs, fait en quelque sorte une habitude de la modération, lorsque la vertu a pris ainsi un charme par l'habitude de la délicatesse, et que les désirs ont perdu de leur vivacité par l'habitude des jouissances, la morale peut se dispenser de réclamer aussi fortement la croyance d'une autre vie ; mais dans les classes inférieures autrefois diversement soumises, aujourd'hui sans frein, dans ces classes où les passions affamées sont excitées tout à la fois et par la rareté des jouissances et par la continuité de leur perspective ; dans toutes les classes, lorsque les passions irritées se déchaîneront avec fureur contre les obstacles que leur opposeront la conscience publique et les lois, quel autre frein apporterez-vous aux hommes, si ce n'est la terreur de Dieu, et celle d'une autre vie ?

Ces idées prises dans un fond raisonnable, ont une apparence de justesse dont il faut se méfier. Dans la dépravation des mœurs ou dans l'exaltation des passions, si vous arrivez avec cette seule ressource, vous êtes perdu.

J'ai montré comment les mœurs individuelles qui nous mettent en présence de notre vie entière, et qui en lient tous les instans, s'attachent ensuite aux mœurs domestiques, celles-ci aux mœurs nationales. J'ai montré comment les unes et les autres s'attachent ensuite aux mœurs religieuses, et comment la terre se lie ainsi avec le Ciel. Certes, ce n'est pas moi qui chercherai à rompre cette chaîne. La croyance en Dieu et les espérances d'une autre vie qui en sont les derniers anneaux, m'en paraissent inséparables. Mais ou cette chaîne sacrée est entière, et alors malheur à vous si vous allez maladroitement chercher aux extrémités les principes familiers et beaucoup plus analogues à notre nature qui sont sous vos mains ; ou bien cette chaîne est rompue, et alors encore malheur à vous, si au lieu de vous occuper à la rétablir, vous prétendez gouverner avec l'harmonie du Ciel des cœurs qui ont perdu leur propre harmonie.

Oui sans doute la religion est nécessaire à la morale. Elle en est le lustre ; elle doit en être le complément. Elle ne doit en être ni le principe, ni le fondement ; c'est les altérer et les dégrader l'une et l'autre que de les subordonner de cette manière. La vertu ne se forme ni ne se propage ainsi. Ce n'est pas sûrement en considération de tel ou tel avenir qu'une mère soigne et allaite ses enfans. Croyons que les hommes qui nous entourent, à qui nous accordons estime et confiance, ne sont point retenus de nous assassiner, parce qu'ils croient à une autre vie.

C'est ainsi que par la volonté de la Providence, le dogme de l'immortalité a été tenu sous le voile. On connaît chez toutes les nations l'époque où il a commencé à s'introduire : c'est presque toujours celle de leur corruption. On cite cette époque en Grèce ; on la connaît en Égypte. A l'exception de Socrate, les philosophes anciens ne montrèrent pas sur ce point une grande confiance. Selon Philostrate, Apollonius de Thiane ne la révéla à ses disciples, qu'après sa mort. Chez les Hébreux, on croit l'entrevoir dans certains traits des livres de Moyse et de Job ; toutefois on regarde comme constant, qu'elle n'a commencé, que très-tard pour ce peuple, à être une croyance vulgaire. La division des Pharisiens et des Saducéens paraît tenir à cette époque.

L'histoire des nations nous marque le véritable caractère du dogme de l'immortalité. Plus consolant que nécessaire à l'existence des sociétés, il peut offrir la récompense de la vie, mais non pas son objet. C'est la couronne de la vertu ; mais la vertu elle-même a succombé, si elle n'a plus d'existence que par la perspective de cette couronne. Dieu a conservé à la morale ce qu'elle a de plus noble et de plus pur, en la séparant de la crainte et de l'intérêt. Tout porte à cet égard l'empreinte de sa sagesse. S'il s'est révélé aux hommes, c'est avec ménagement. Les cieux publient sa gloire et non pas ses volontés. Il n'a pas été dans ses desseins, que son existence comme être vengeur et rémunérateur eût l'éclat de l'évidence.

CHAPITRE IX.

Du Sacerdoce.

Comme la religion catholique, cette ancienne religion de la patrie, est la plus auguste et la plus imposante des religions de la terre, les institutions de son sacerdoce sont de même les plus augustes, les plus pompeuses et les plus imposantes de nos institutions. Malgré le trouble des temps, la religion catholique et ses prêtres se sont heureusement conservés en France. La religion protestante et les autres branches de la réforme n'ont pu s'y fixer. Il est bien important, autant qu'il se pourra, que la France demeure fidèle à cette religion, et qu'elle en conserve scrupuleusement les rites. Je ne connais à cet égard qu'un seul danger, qu'un seul obstacle : ce sont les prêtres.

Que les prêtres qu'on regarde communément comme le principal moyen de la religion, soient précisément un obstacle, cela peut paraître singulier à énoncer ; c'est pourtant l'exacte vérité.

Lorsque le christianisme remplaça dans les Gaules l'ancienne religion des Druides, il est à présumer qu'à l'exemple de ceux-ci qui s'étaient emparés de toute la vie civile, le clergé du christianisme fut amené à se substituer à leur prétention, et à leur importance. C'est là un des plus grands fléaux de nos anciens temps.

Il importe extrêmement à notre système actuel, civil et politique, qu'il soit écarté. Il est tout-à-fait et contre la nature en soi du sacerdoce et contre les institutions du christianisme, de faire entrer les prêtres dans la vie civile. Le prêtre est un homme du temple, un homme du culte et non pas un homme de salon. Il n'est pas davantage un magistrat ou un homme d'État.

La religion est nécessaire à la morale. En adoptant cet axiome dans toute son étendue, il ne s'ensuit pas qu'on doive donner au prêtre une importance sociale. La médecine est sans doute nécessaire à la santé, la magistrature au maintien de l'équité. Il ne s'ensuit pas que, par une loi générale, les médecins et les magistrats doivent être mis à la tête de nos affaires civiles.

Il y a encore plus de raison d'éloignement

pour un prêtre. Ses fonctions et les fonctions civiles ne sont pas seulement étrangères ; elles sont incompatibles. Quand un prêtre entre dans un salon, s'il y apporte l'importance du temple, il en aura trop. S'il vient à perdre quelque part l'importance de l'homme de Dieu, il ne la recouvrera plus.

C'est sur quoi la piété et l'impiété se trompent également. L'impiété voudrait que le prêtre n'eût d'importance nulle part ; la piété voudrait qu'il en eût partout. La demande de l'impie est injuste. L'amalgame proposée par l'homme religieux est impossible. Il est absurde de voir un évêque à la tête de l'instruction publique, allant se faire expliquer par un jeune élève nos livres classiques. Il n'est pas moins inconvenant de le voir s'occuper d'administration et de finance, de législation et de politique. Du moment qu'il veut être un homme du monde, il a cessé d'être homme de Dieu. Dégradé comme prêtre, je doute qu'il recouvre d'une autre manière le respect qu'il a perdu.

Dans cette situation le prêtre n'est pas seulement un être méprisé, c'est un être odieux. La haine provient de cette cumulation de prétentions au respect et à la soumission religieuse qu'on cherche à dérober à la liberté des cons-

...ciences, en les demandant à l'autorité civile.

Qu'un vieillard vénérable se présente à moi, tout chargé des livrées de la mortification et de la pénitence, je puis sans honte m'aller mettre à ses genoux. Il est doux de recevoir les bénédictions de l'homme de la pénitence et de la prière. Mais un abbé de salon, mais un évêque homme d'état, mais un prêtre qui me parle non des psaumes, mais de Virgile, un prêtre qui pratique avec moi les festins et les rassemblemens de plaisir, qui dispute avec moi une pièce de monnaie à un jeu frivole, un prêtre qui vient me parler de l'enfer en bas de soie, et la tête toute chargée de pommade et d'amidon! je ne puis ni respecter un tel homme, ni à quelque prix que ce soit, m'humilier et m'abaisser devant lui.

Et quoi! dira-t-on, n'est-ce pas assez d'une vie réglée et honorable? N'est-ce pas assez de ne manquer ni au devoir ni à la probité? N'est-ce pas assez de renoncer à toutes les affections si douces de famille, de n'avoir auprès de soi ni une épouse, ce charme de l'existence, ni des enfans cette douce espérance? Ne pourrons-nous en quelque manière nous asseoir au banquet de la vie, nous associer à quelques-uns de ses plaisirs, participer à quelqu'une de ses jouissances? N'est-il pas naturel, qu'élevé une fois à la condition de prêtre, nous nous servions du respect qu'on nous accorde comme homme de la religion pour nous emparer des avantages de la vie civile, n'est-il pas naturel que nous fassions servir ensuite les avantages de la vie civile à assurer le respect qu'on nous accorde comme homme de la religion?

Ma parole vous sera dure, mais il faut absolument que je la prononce. Ce que vous demandez est impossible; ce que vous annoncez est un manége; encore qu'on l'aperçoive quelquefois dans le vague, et qu'il ne soit pas toujours convenablement signalé, ce manége n'en est pas moins odieux. Renoncez à ce monde qui vous est cher, à ces joies qui vous sont si douces, à ce pouvoir civil auquel vous attachez tant d'importance. Ce n'est plus désormais qu'en cessant d'être les hommes du monde, que vous pouvez obtenir les respects du monde. Formez votre doctrine religieuse comme vous l'entendrez; établissez vos cérémonies comme vous aviserez. On vous reproche, sans savoir ce qu'on dit, votre fanatisme et votre intolérance; peu nous importe. Dans vos questions théologiques, décidez tout ce que vous voudrez. Mais dans la pratique du culte, que tout ce qui vient dans vos temples y soit également admis. Au moment du saint sacrifice de la messe, le prêtre ne se détourne pas pour demander si tel ou tel sont dignes d'y assister. Au moment de la participation à la sainte table, le prêtre ne se permettrait pas de détourner l'hostie qui est dans ses mains, et de la refuser. Nos anciennes lois à cet égard sont très-sévères. Soyez de même en tout point. Personne ne connaît vos noms, et vous ne devez connaître les noms de personne; c'est en connaissant des noms que vous deviez ignorer, que vous avez causé récemment un grand scandale. Pourquoi repoussez-vous les morts, lorsque vous ne repoussez pas les vivans? Quel droit avez-vous de chasser de votre temple un homme mort qui vient vous demander vos dernières bénédictions, lorsque vivant vous l'avez accueilli? Que le temple de Dieu soit désormais ouvert à tous les enfans de Dieu. Que celui qui vient vous trouver soit toujours sûr de vous trouver. N'oubliez pas que vous êtes non les maîtres des hommes, mais leurs serviteurs; car vous êtes les serviteurs des hommes, en cela même que vous êtes les serviteurs de Dieu.

CHAPITRE X.

Application de ces principes à l'état actuel de la France, et d'abord relativement à l'esprit public.

AVERTISSEMENT.

Après avoir posé les principes généraux, j'allais passer à leur application. Voilà qu'un orage, se propageant rapidement du midi au nord, me paraît devoir changer la face de la France, peut-être aussi celle de l'Europe. Quel que soit le dénouement final de cet événement, si la France est encore appelée à s'occuper sérieusement de sa recomposition, les principes que j'ai établis peuvent être regardés, sinon comme une route, au moins comme des jalons. Puissent les passions excitées par les fautes de ceux qui ont eu un moment de prépondérance, et qui n'ont pas su la faire profiter au bien pu-

blic, ne pas conduire leurs antagonistes à des
fautes semblables ! A quelque parti que soit ré-
servée désormais la domination, que ce parti
sache que, dans les plus hautes situations comme
dans les plus subalternes, l'injustice, l'imprudence, la violence, ne sont le droit de qui que
ce soit. Poussés par l'esprit de vanité et de cupidité, il est des individus actifs, entreprenans,
courageux, qui, sous le nom de voleurs, viennent vous assaillir sur les grands chemins : la
société les tue. La Providence tue de même les
nations, lorsque, poussées par l'esprit de vanité
et de vertige, elles manquent à l'équité; car,
l'équité est une harmonie que vous ne pouvez
briser dans un point, en disant : « Je la conser-
« verai dans les autres. » Vous ne la conserverez pas; vous serez précipités de désordre en
désordre, de catastrophe en catastrophe.

Au milieu du mouvement présent, quels
qu'en soient les résultats, les événemens ont
trop d'importance, ils ont trop de droit à mon
attention, à quelques égards à ma tristesse,
pour que je veuille donner du soin aux deux
ou trois chapitres destinés à compléter cet ouvrage. Je prie le lecteur de se contenter des
notices suivantes.

Notice relativement à la formation de l'esprit public.

Ceux qui voudront s'occuper de la restauration de l'esprit public en France doivent d'abord en comprendre les élémens. Il n'y a point d'amour du village pour celui qui n'aime pas sa chaumière. Il n'y a point d'amour de la contrée pour celui qui ne donne aucune affection aux lieux qui l'ont vu naître. L'amour de la patrie, lorsque cette patrie a deux cents lieues de diamètre, lorsqu'elle renferme une multitude de peuples de langage, de mœurs et d'habitudes différentes, est un sentiment hors de mesure avec les affections de la plupart de ses habitans. Il n'est pas impossible toutefois que ce sentiment se compose et se généralise.

Commençons par en examiner les difficultés.

Je ne doute pas que celui qui, en perfectionnant l'art de fondre de la graisse et de faire de la pâtisserie dans un coin de la rue Montmartre, est parvenu à une grande fortune; que celui qui, en perfectionnant les bobines, ou la manière de brasser de la bierre, s'est enrichi de même dans un coin du faubourg St.-Antoine; que cet autre qui fait si bien des habits ou des souliers dans un coin de la rue St.-Honoré; ou que ce boucher que je vois si bien mis, et dans un si joli cabriolet, fréquenter régulièrement les marchés de Sceaux et de Poissy, ne soient des hommes très-propres à remuer dans leurs têtes les plus grands intérêts de l'État. En regardant ce jeune conscrit qui s'achemine vers les drapeaux, je me garderai bien de douter de même qu'il ne doive un jour commander nos armées. J'ai lieu d'espérer toutefois, pour les intérêts de notre gloire, ainsi que pour ceux de notre sûreté, qu'on voudra bien le soumettre auparavant à des épreuves qui nous répondent de sa valeur, de sa probité, de sa capacité. Dans ce système, qu'on pourra abandonner dans peu, mais qui, au moins, est établi depuis le commencement du monde chez toutes les nations civilisées, il arrivera probablement qu'avant de se placer aux premiers rangs qu'il ambitionne, le candidat dont il est question sera obligé de passer successivement aux grades de caporal, de sergent et d'officier. Peut-être même aura-t-on l'injustice d'exiger ensuite qu'il passe à ceux de capitaine, de colonel et de général de brigade.

J'en dirai autant de tous ces autres honnêtes citoyens qui se croient tant de talent pour régler

l'Europe, ou pour figurer dans nos affaires d'É-
tat. A Dieu ne plaise que je veuille les priver
de l'avantage inestimable de l'admissibilité à
toutes les places, ce grand point de mire de
toutes les vanités du temps; mais je ne doute
pas que ma pensée ne paraisse bien dure, bien
barbare, ou pour tout dire en un seul mot, BIEN
FÉODALE, si je demande que cette admissibilité que toutes les passions veulent immédiate,
soit assujettie, comme dans le cas précédent, à
des épreuves et à des délais; si je demande,
avant de produire ces hommes dans des fonctions élevées, que la patrie ait vu d'abord comment ils se conduisent dans leurs corporations,
dans leurs municipalités, dans leurs corps électoraux, quel esprit ils y portent, quelle confiance ils inspirent. Je conviens pour le citoyen
boucher, que c'est un détail bien peu important et bien peu digne de ses hautes pensées,
que le meilleur mode de l'arrivage des bœufs,
de l'Auvergne et du Poitou, ainsi que la meilleure organisation d'une caisse de crédit commune et solidaire. Je conviens pour le cordonnier, que les détails sur le commerce des cuirs
et sur les tanneries, traités dans les assemblées
de sa corporation, sont aussi des objets de pensée et de méditation bien subalternes. Je ferai

les mêmes excuses au boulanger, au charcutier,
au menuisier, à toutes les corporations. Même
après s'être distingués long-temps dans les petits conseils de leur corporation par leur intégrité et leur sagacité, j'aurai la dureté de penser, qu'avec tout leur mérite, ils doivent passer
par l'intermède des fonctions municipales ; et
alors même je sens que j'ai de nouvelles excuses à leur offrir pour les minces détails des
égouts d'une ville, de ses fontaines, de ses rues,
de sa propreté, de sa salubrité. En vérité, c'est
une grande injustice que d'avoir à subir tant
d'épreuves, tant de délais. Malheureusement la
vie physique nous donne à cet égard des exemples de la même injustice. Est-ce qu'à douze
ans un jeune homme ne croit pas raisonner per-
tinemment sur tout ? est-ce qu'à dix-huit ans, il
n'est pas d'une sagesse consommée ? qu'est-ce
donc que ces gradations si odieusement inven-
tées, et qui s'appellent enfance, adolescence,
âge mûr ?

    Oui, il vous faut un esprit public. Mais pour
l'obtenir, il vous faut auparavant obtenir ses
élémens. Je vous conseille de conserver, tant
que vous pourrez, dans votre capitale, ce beau
fleuve qui l'enrichit et qui l'embellit. Mais je
vous préviens que vous ne le conserverez pas,

si en allant aux montagnes de la Champagne ou à celles de la Bourgogne, vous parvenez à en détourner ou à en tarir les sources. Vous voulez avoir de L'ESPRIT PUBLIC : vous n'en aurez point, si vous n'avez d'abord de l'esprit de famille et de l'esprit de village. Au premier moment où je verrai dans les hameaux, dans les bourgs, dans les villes un esprit public relatif à la fontaine du lieu, à son horloge, à son école, à sa halle, à la place du marché ou des foires, ainsi qu'à ses routes vicinales; lorsque je verrai en même temps dans les départemens un esprit public, relativement à la meilleure culture des denrées qui lui sont propres, au meilleur mode d'échange de l'excédant avec les départemens voisins, au meilleur soin des grandes routes, au meilleur entretien des ponts; chaque année, au lieu des niaiseries que M.rs les préfets nous débitent, lorsque je verrai porté aux conseils généraux des départemens un recensement bien fait des améliorations et des perfectionnemens qui ont été faits dans chaque commune sur les divers points d'intérêt ou d'industrie locale, je commencerai à croire que vous pouvez arriver à quelque chose d'un esprit public, ou autrement à un intérêt général de patrie.

CHAPITRE XI.

———

Notice sur l'état de la France relativement
aux mœurs.

Sans un bon système de municipalités, de corporations, de jurandes ; sans de bons élémens, au moyen desquels s'instituent convenablement les maires de village, de ville et de canton ; sans ces instrumens particuliers, au moyen desquels se transmettra et se propagera habituellement de proche en proche jusqu'aux dernières classes quelque chose du mouvement général des affaires, vous continuerez à avoir en France ce que vous y avez aujourd'hui : d'un côté, un fredonnement universel qui naît de l'amour des places, de l'argent et du pouvoir ; d'un autre côté, le murmure continu d'une rage concentrée contre tout ce qui a obtenu à quelque prix que ce soit de l'honneur, de la considération, de l'importance. Ce n'est pas là, je pense, ce qu'on regarde comme un esprit public.

Je puis ajouter immédiatement que vous n'aurez rien non plus de ce trésor précieux, de ce principe de vie si nécessaire aux États, et qui constitue les mœurs.

Je ne sais si, dans les chapitres précédens, j'ai marqué suffisamment ma pensée sur ce qui distingue essentiellement les mœurs de l'esprit public. Ce premier élément de la vie des États me paraît correspondre à cette partie de leur forme extérieure et sensible, qu'on appelle la Chambre des députés. L'esprit public est en effet, comme la Chambre des représentans, quelque chose qui s'attache de préférence aux intérêts du moment. Les mœurs, au contraire, me semblent correspondre à ce qu'on appelle le Sénat, ou la Chambre haute. Elles ont en effet, comme les Sénats, un fond stable, ennemi de toute impulsion brusque. Elles se meuvent sans doute aussi, et se déplacent. Mais leur mouvement a quelque chose de particulier qui semble se régler sur le mouvement même des âges....

Comme une des grandes plaies de la France, relativement aux mœurs, provient de la confusion des rangs, laquelle provient à son tour de la rapidité avec laquelle les basses classes, excitées par les exemples de la révolution, continuent à vouloir envahir les classes supérieures, si vous voulez rétablir les mœurs, leur rendre de la vie et de la fixité, il vous est indispensable de rétablir d'abord les rangs, et à cet effet, de rétablir les classes, c'est-à-dire, en d'autres termes, de rétablir les corporations. Il est vrai que vous reconnaîtrez alors la nécessité de suivre dans toutes les parties de l'ordre civil, les degrés qu'on est obligé de suivre dans l'ordre militaire, à l'effet d'y obtenir la part de considération et d'importance qui peut appartenir aux divers avantages et aux divers mérites....

Une irruption subite des classes inférieures sur les classes supérieures : voilà ce qui, à une certaine époque, a caractérisé cette crise qu'on a appelée RÉVOLUTION. Cette crise qu'on a voulu repousser étant demeurée victorieuse, veut-on enfin sérieusement la terminer ! il faut s'empresser de saisir tous ces rangs nouveaux qui sont faits, et les fondre avec ce qui reste des rangs anciens. En conservant aujourd'hui, en tenant en permanence cette impétuosité d'ambition et de prétention qui a déterminé la crise révolutionnaire, que fait-on ? on conserve, on tient en permanence la révolution elle-même. De cette manière, vous n'avez ni classe, ni rangs, ni mœurs ; vous n'avez point d'ordre social. Toutes les existences sont de fortune, toutes les combinaisons momentanées ou viagères....

J'entends quelquefois citer sur ce point l'Angletcrre. Ceux qui connaissent ce pays savent qu'une partie est emportée par le tourbillon des affaires, l'autre vit tranquillement par les mœurs. Dans celle qui est adonnée aux affaires, c'est s'abuser, que de chercher en ce genre une comparaison avec quoi que ce soit qui existe sur la terre. La maison d'un premier ministre n'est, nulle part, plus affairée que celle d'un simple marchand de la cité de Londres. Allez lui demander de l'argent, si cela vous convient, cela peut faire partie de ses affaires. N'allez pas lui demander du temps : il n'en a pas. La préoccupation de tous les hommes d'affaires, à Londres, est une chose dont les nations du continent ne peuvent se faire d'idée.

Ce n'est là qu'une partie de l'Angleterre.

De cette classe importante et immense, si vous vous transportez à la campagne chez le *gentleman*, ou le simple propriétaire, là, vous trouverez l'empire des mœurs. Cet empire n'est nulle part aussi plein ni aussi solidement établi ; aussi, vous ne trouverez nulle part la démarcation des rangs aussi précise et aussi complètement observée.

Comme la grande plaie de la France est aujourd'hui la confusion des rangs, et que le premier remède à cette calamité est la recomposi-

tion des classes, le premier pas pour parvenir à
cette recomposition, c'est la fusion de la France
ancienne et de la France nouvelle. Tout ce qui
laisse ces deux parties de la France distinctes,
les laisse, par là même, l'une contre l'autre en
état de conspiration et d'hostilité. Tout ce qui
les ramène au même mouvement et aux mêmes
intérêts, devient le premier fondement d'une
restauration. Avec ce point, qu'on doit toujours regarder comme préalable, vous aurez
la stabilité et la paix. Sans ce point, vous aurez
beau écrire sur le papier des constitutions, aucune ne s'exécutera. Vous irez de convulsion en
convulsion.

Mais cette *fusion* elle-même est très-difficile.
Ah! sans doute. Il faut comprendre seulement
cette difficulté. Elle n'est point dans la nature
des choses; elle est seulement dans la nature
de nos vices. Du moment qu'on voudra sérieusement cette fusion, elle s'exécutera; mais avec
nos vanités, nos passions, nos irritations, et
sur-tout nos méfiances, la difficulté est de la
vouloir.

CHAPITRE XII.

*Notice sur l'état de la France relativement
à la Religion.*

Sɪ on veut partir des principes que j'ai exposés, il ne sera pas plus difficile de rétablir la religion en France, que les rangs et les mœurs. Non seulement on a prononcé une maxime impie, en parlant de séculariser la législation, c'est-à-dire, en voulant écarter la religion et les prêtres de tous les actes domestiques, de tous les actes civils, ainsi que de toutes les grandes cérémonies d'État ; on a prononcé en même temps une maxime qui me paraît subversive de tout bon ordre, de morale et de civilisation. Dans l'ordre domestique, trois actes doivent être nécessairement consacrés par la religion : la naissance, le mariage, la mort. Les grandes époques du renouvellement et de l'inauguration des lois, les grands événemens de la guerre et de la paix, toutes les autres grandes époques de la vie des nations me paraissent devoir être consacrées de même et illustrées par l'intervention de la religion et de ses ministres.

Mais encore une fois, que ce soient là toutes leurs fonctions. Si on veut faire renier Dieu d'un bout de la France à l'autre, on n'a qu'à nous montrer, au lieu de prêtres de l'ordre religieux, des prêtres de l'ordre civil.

J'ai dit qu'il ne fallait pas séculariser la législation : il faut encore moins séculariser les prêtres.

On mettait autrefois beaucoup de soins à tenir nos religieuses enfermées dans leur cloître. Mettons-en beaucoup plus à tenir nos prêtres enfermés dans leurs temples. Dès cet instant, et seulement dès cet instant, ils recouvreront de la considération et du respect. Ils recouvreront aussi de la puissance, c'est-à-dire, celle avec laquelle ils sont naturellement en affinité, et dont ils peuvent être convenablement les ministres : la puissance du Ciel.

Je n'aurais pas dit toute ma pensée sur ce sujet, si en même temps que je réclame la réhabilitation de tout ce qui appartient à la religion de la patrie, je ne sollicitais pas l'abolition de tous les décrets prononcés d'impiété ou d'irritation contre la vie monastique. L'ordre civil et politique n'ont que faire, sans doute, de s'entremettre, comme autrefois, dans l'exécution des règles d'un couvent, à l'effet de les faire observer bon gré mal gré, ce qui, à mes yeux, est une chose horrible; mais, après avoir écarté à cet égard les envahissemens injustes des petites passions humaines, si par une affinité de sentimens pieux, quelques individus veulent se réunir en congrégations religieuses, non, certes, pour se mêler des choses du monde ou de la vie civile, mais seulement pour se vouer en commun à des rites de culte et de piété, quel droit les autres citoyens ont-ils de s'y opposer?

Ce sont des extravagans! Prenez garde que ce ne soient vous-mêmes; prenez garde, si on l'examine attentivement, que l'extravagance ne consiste à mettre aux intérêts de la minute fugitive de la vie l'importance qui appartient bien plus aux choses de l'éternité. N'est-il pas beau, même en soi, qu'il y ait quelque part un spectacle vivant du dédain pour les biens frivoles de la vie?

Sur ce point comme sur les autres, voici ce que je puis prédire : c'est que, si la direction qui convient est bien comprise, toute la France, avant dix ans, redeviendra religieuse. Elle le deviendrait tout-à-fait. J'ajouterai : elle le deviendrait peut-être trop.

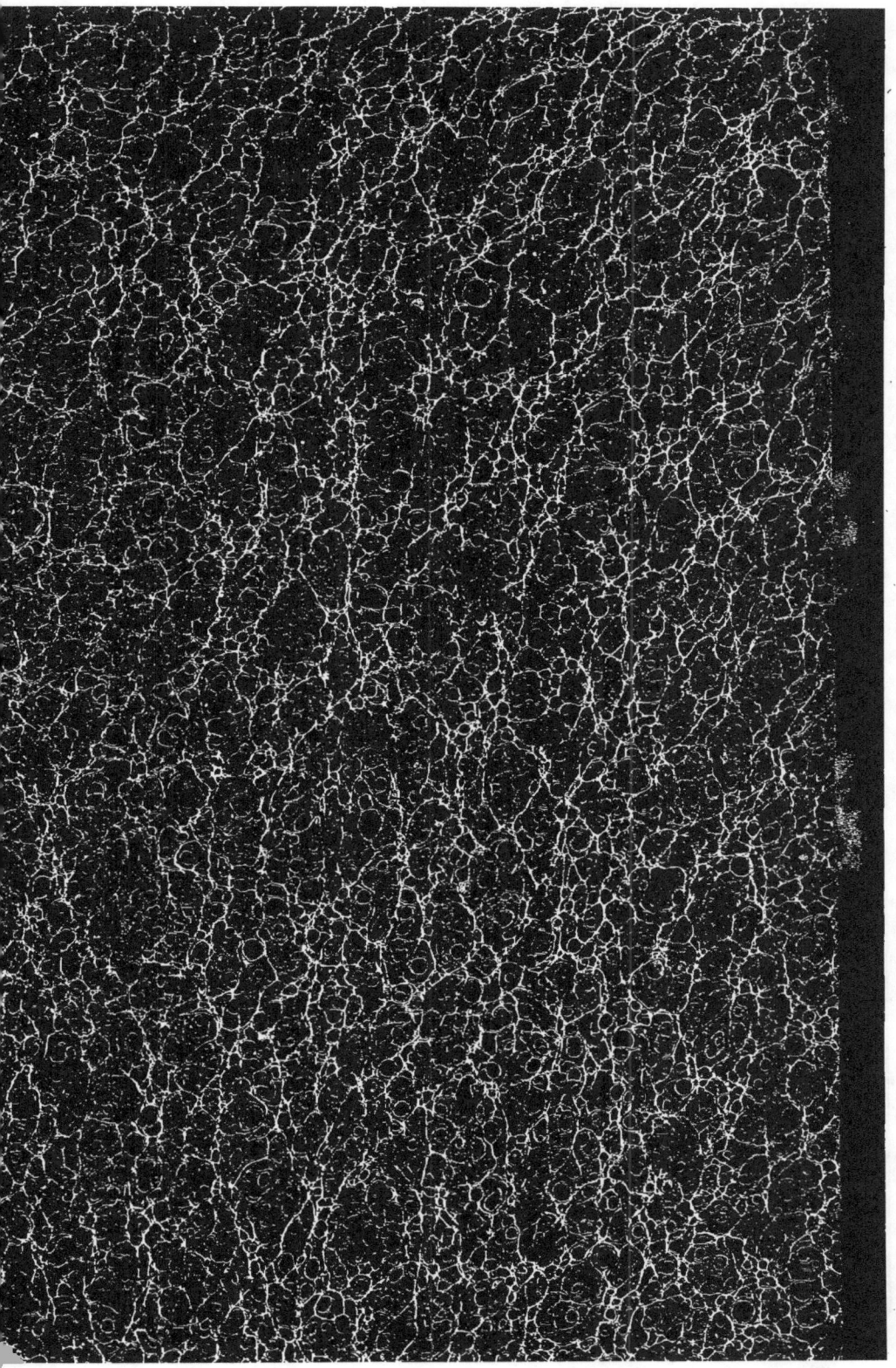

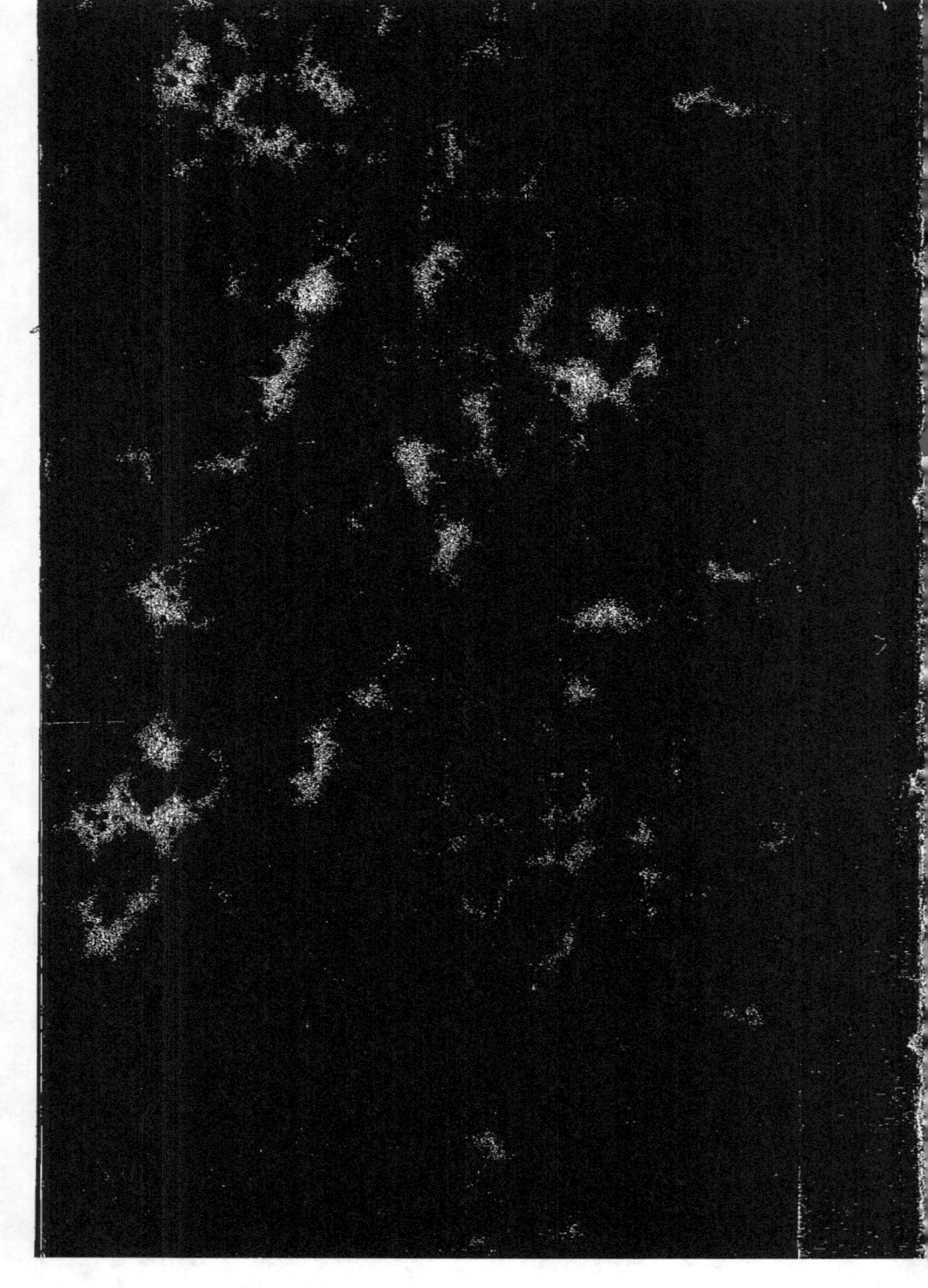

MONTLOS...
DE LA
MONARCH...
FRANÇAIS...
DEPUI...
RESTAUR...